五 缘 湾

魏 军 和 他 的 厦 门

王春元 〰〰〰〰〰〰〰〰 著
万 芊 〰〰〰〰〰〰〰〰

〰〰〰 海 〰〰〰〰 知 〰〰〰 道

号 环 球 航 海 纪 行

〰〰〰〰〰 中国青年出版社

目录

正是几个不按常理出牌的家伙，
才有了打破常理的可能。
常理，
就如同隔夜茶，
味道好像是，
但已然丧失了人对茶的灵动与飘渺的追索过程。

以前有句话叫"樱桃好吃，树难栽"。
对于魏军而言，
启航的日子定了，
如何出航确实是个大麻烦事儿，
一个焦虑的气团也由此在五缘湾的上空游走。

深蓝是诱人的，
也是神秘莫测的。
我们人类永远无法用陆地的法则去丈量大海，
只有用身体丈量过大海的人才能说出海的感觉

"船长，感谢你的宽容！
我本应该和兄弟们坚持到底的！
您知道我有多么渴望越过合恩角！
请再次原谅我的懦弱！
等孩子大了，
我一定会再走一遍我们一起走过的路，
一定会亲自穿过合恩角！
感谢这些年的照顾，
是您把我的血液染成蓝色的！
最好的祝福给兄弟们！
我在厦门等你们平安回家……"

狂风卷起巨浪从船侧后方袭来，
不时将船头高高抬起，
发出哗哗的响声；
周围漆黑一片，
只有船尾的水流发出白色荧光被拖出几十米远
周围的浪尖也闪着磷光追逐在厦门号左右，
看起来格外刺眼；
值班员拼命瞭望试图看清前方，
收入眼中的却只有无尽的沉沉暗夜，
厦门号如同闭着眼在风浪中狂奔，
让人心里没底。

入夜，
厦门号自环球航行以来第一次没有开航行灯，
舱灯也关掉，
整条船上只有仪表灯散发的昏暗的光
——即便如此，
心怀忐忑的船员们也总觉得仪表灯太亮了。
但若连这一点灯光也没有，
心里一定会更不踏实
——倘使对面也有一艘同样没开灯的船，
两船相遇岂不惨了？

011

海边的人就像天边的人，
命运把他们逼到了天涯海角，
接受是他们唯一的选择，
数百年的抗争中，
他们在此繁衍子孙，
续写传奇，
告慰海神。

在自然面前，
人是多么的渺小和不值一提；
在纯净的自然面前，
人世间的权欲、金钱、爱憎、贪婪显得多么芜杂和无聊，
它们会让人——
所谓万物之灵长、世间最高贵的生灵为自己感到着愧。
在这里，
你真的能感受到"上帝与你同在"！

赌博绝不仅仅是输赢的问题，
绝大部分冒险家都是由此获得一份自信和侥幸。
对极少数人而言，
一次侥幸的成功就是一次投名状。

在茫茫的大海上，
航海者强烈地感受到，
受人帮助，
对施予方来说，
可能都是寻常事件或者理所应当、义所应当，
但对受助者来说，
这不是举手之劳的区区小事，
而可能是生死相系的一线、绝望与希望的跨越。
他们强烈地体会到，
倘有能力去帮助别人，
那是怎样的一种荣耀和成就！

说白了，
"环球"就是为勇者准备的，
长度、难度、速度缺一不可，
船长挑这么一条路线，
是跟自己过不去，
但又一定要过去！

这样的天气让人很愿意窝在船舱里，
而且感觉懒洋洋的——航程已经过半，
大家都有了强烈的"回家"的感觉，
连做梦都会经常梦见亲人、朋友，
那种感觉真像是登顶后的下山路。

航海使我坚强了，
这世上还有什么比在惊涛中的无助更可怕；
环球也让我更脆弱了，
似乎看不得别人受苦、动物受虐和环境受到污染；
对生活更珍惜了，
因为在我的心中曾经与这个世界永别过。
厦门号即将靠码头了，
风雨狂涛 10 个月，
思来想去，
最终得到的就是对地球的爱、
对生活和家人以及朋友的爱。

"中国的最南端，是曾母暗沙。"
小李顿了顿，
说，
"这是小学语文课本里的一句话。
我那时一直觉得这个名字真美，
曾母暗沙，
听上去非常特别，
很美，
那时虽然是小学生，
但一下子就记住了。"

生存还是毁灭，
这是一个值得考虑的问题；
默然忍受命运暴虐的毒箭，
或是挺身反抗人世无涯的苦难，
通过斗争把它们清扫，
这两种行为，
哪一种更高贵？

环球航线

总航程：23000 多海里
时间：2011.11.03–2012.09.11

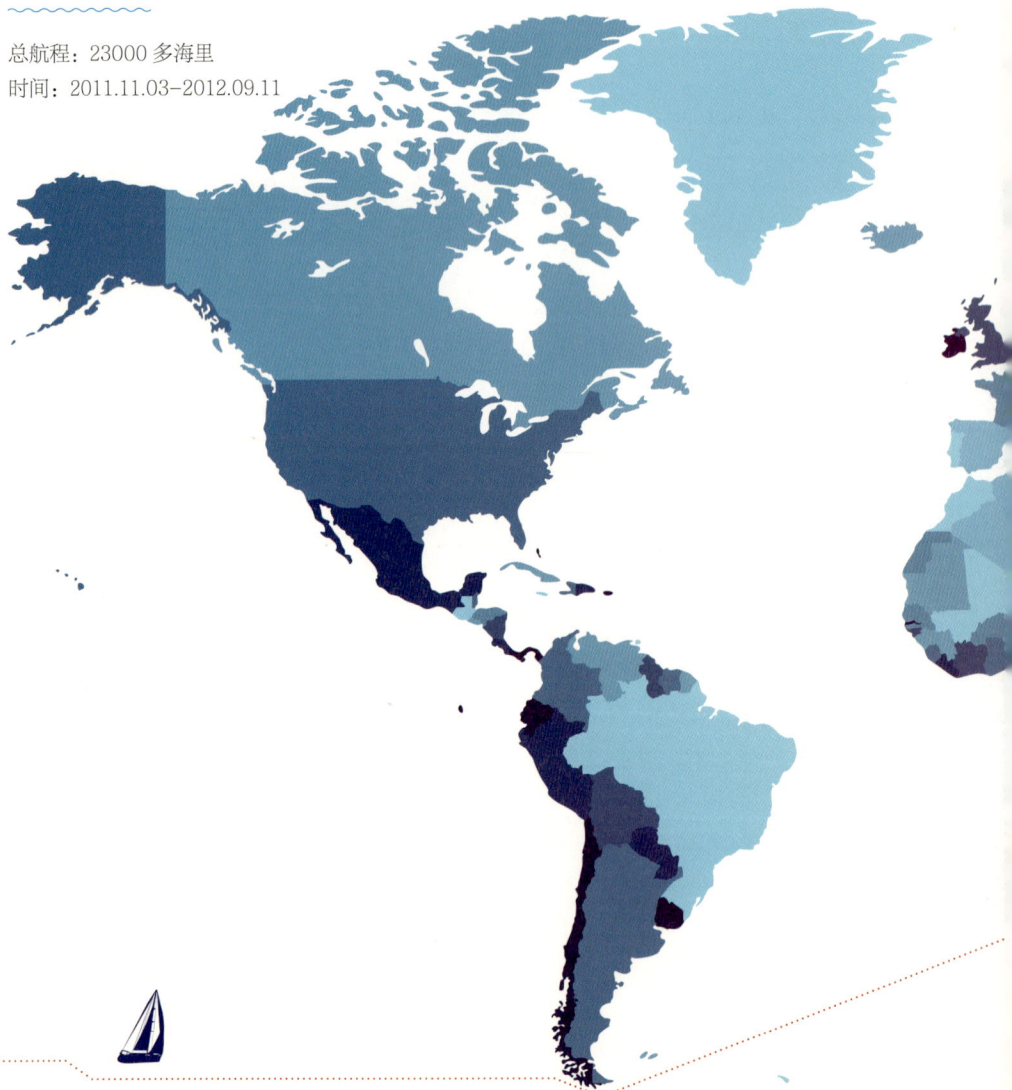

厦门 ── 菲律宾 ── 帕劳 ── 澳大利亚 ── 新西兰 ── 合恩角 ── 好望角

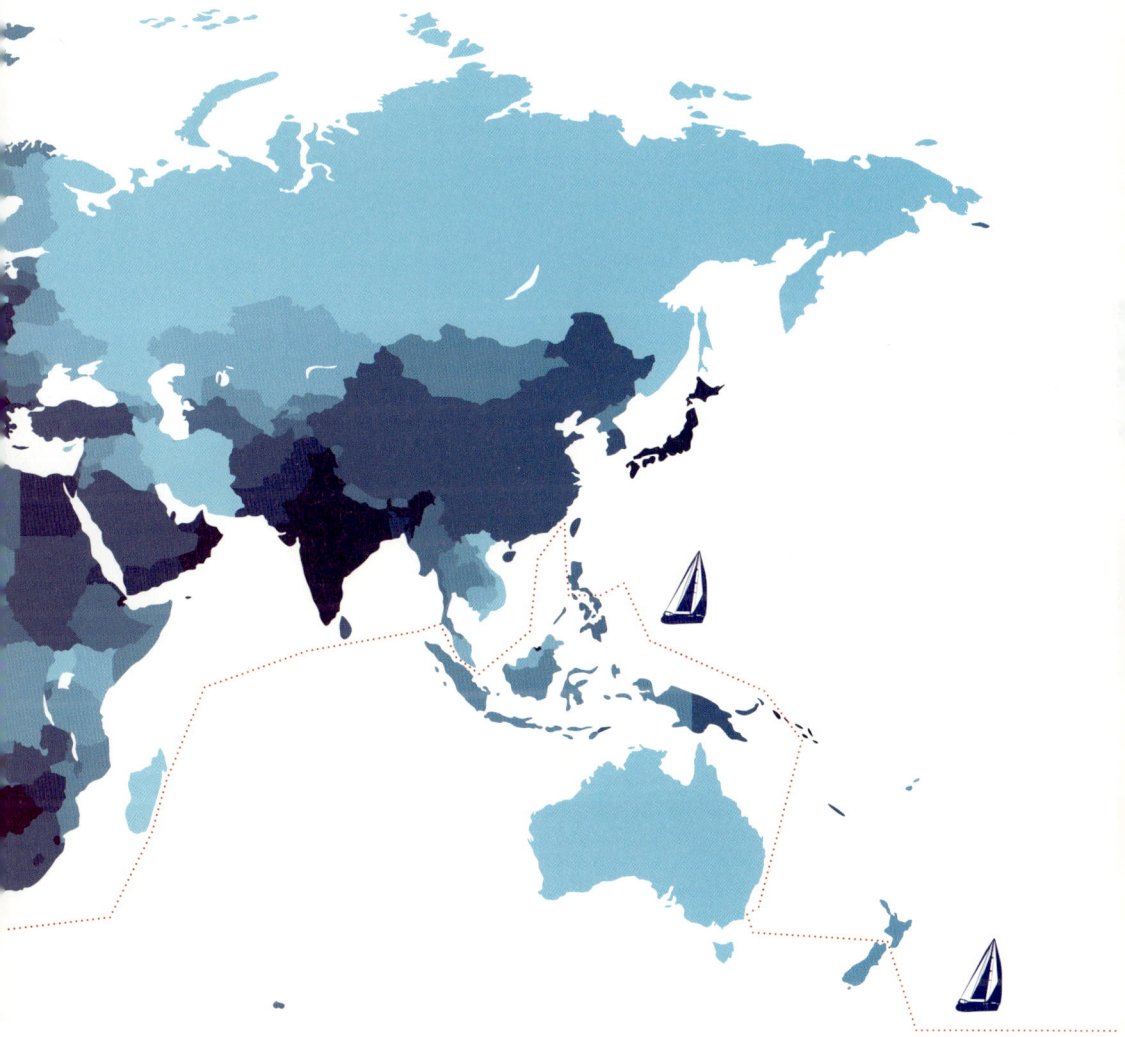

马达加斯加 —— 马尔代夫 —— 新加坡 —— 曾母暗沙 —— 香港 —— 厦门

序一　中国人，被迟滞的海洋精神

蓝色的海洋，从未像今天这样，让中国人显得急不可耐、焦躁不安。

在我们 5000 年的文明过往中，这个民族与天斗、与地斗、与人斗，却从来没有记录下与海斗的精神成果；或者更残酷地说，在这个民族的自觉意识和文化禀赋中，从来没有一次郑重其事地提及我们与海交手的心灵震撼和刻骨铭心。没有百折不挠的抗争，和面对神秘莫测海洋的精进，并最终征服的精神分享，自然也不会留存下令人记忆深刻乃至震撼心灵的海洋文明。我们甚至怀疑，这个被认为优秀的民族是否存在过真正意义上的海洋精神和基于这种精神之上的生命意识。

我们总愿意拿明朝宦官郑和早于哥伦布 90 年七下南洋来妄自尊大，也愿意拿已经被废弃了 300 年的泉州港来煊赫曾密如织网的海上丝绸之路的繁盛。

是的，一个残缺的宦官护持下的庞大舰队，高举起的是陆上中央帝国的追远抚威，掩藏的是私底下不可告人的诡谲乱象。一个以朝贡为目的的港口兴衰记录下的仅仅是 300 年海禁文化下无数宗族赶海萌芽被连根铲除，他们更可以陆上夜郎国的“辽阔”胸襟自豪地宣称：18000 公里长的海岸线，是这个伟大民族的另一道海上长城。

我们在一个世纪接一个世纪地重复书写陆地文明的永恒魅力，和它取之不尽、用之不竭的丰富宝藏时，欧罗巴人已经在用自己的身体丈量大海的未知神秘和不测深远。500 年前，葡萄牙人、西班牙人用 30 年时间完成了人类地理的大发现，而航行在南中国海的郑和船队依然不敢夜间航行，生怕行到天边会坠入万劫不复的深渊，此时他们还认为海洋是有边际的。30 年的海洋大发现，让意大利人盘踞了长达数百年的海上贸易中心地位摇摇欲坠，于是他们开始反思神权，崇尚人权，从而开启了文艺复兴的划时代篇章；英国的威灵顿勋爵在打败了西班牙无敌舰队之后，成就了海上霸业，开创了现代工业文明的新格局。在这些欧洲人野蛮残暴地向海洋横征暴敛、予取予夺时，华夏民族却在海的拱卫下采菊东篱下。

500 年过去了，当我们逐渐崛起，开始向海洋寻求新的生存方式和探求更丰富的宝藏时，西方人却已经开启了神话海洋、净化海洋和感恩海洋馈赠的绿色环保主义时期，中国这个伟大的民族，就这样在海洋面前被历史嘲弄着。

尽管这个民族也意识到海洋的无远弗届，怎奈用舢板和木筏赶海的中国人没有坚船利炮的庇护，只能丧失尊严像猪佬一样讨生计，在海中随波逐流。100 年来写下的是比海水更苦涩的对海的血泪控诉。

过分激愤悲怆的情感容易产出偏执的结论：一个长期标榜内陆文明为中心的帝国，从来没有在骨子里依恋过海、神往过海、征服过海。

600 年前的欧洲神学家托勒密望着满天的繁星，产生了一个大胆的猜测：我们居住的陆地是否远远小于海洋？为了证实这个怀疑，500 年来的海洋拓荒和文明演进中记录下的都是这些欧洲怀疑者的名字：达伽马、迪亚士、巴尔沃亚、哥伦布、麦哲伦……而笃信陆上神权天赋的民族 500 年来没有一个人被世界海洋历史真正记载过。

人与海的深度融合才能产生伟大的精神力量，而这种精神力量也同样能感召人，寻找、教育、鼓噪着同是地球人的中国人。当我们阅读和赏析海明威的《老人与海》、茨威格的《麦哲伦航海记》、凡尔纳的《海底两万里》《环游世界八十天》等像天书一样的海上奇幻景象时，我们看到的也仅仅是海洋的直观感受、变幻莫测以及我们的无奈，而他们却从中提炼出了人的灵性开悟。

绝大多数的我们，面对庞大而未知的海洋，就像海边嬉戏的一个男孩，向往着海、追逐着海、恐惧着海，我们每天都来踏浪，但也只是让海水湿到了脚面。直到有一天，那个爱海、追逐海、恐惧海，只让海水湿到脚面的北京男孩，把梦做到 58 岁时，再也按捺不住周身热血的躁动，在海边蛰伏 20 年后从沉默中爆发，释放自己的心魔，驾着一艘破帆船和几个志同道合的兄弟，义无反顾地驶向了波涛汹涌的太平洋，开始了自己的赌命一搏。

在这个北京男人身上，与时代脱轨的英雄情节、浪漫主义气质、苦行僧似的义无反顾，还有儿时成长环境中嵌入骨髓的伟大抱负和政治情操最强烈地攥住了我们的心。

一艘生死未卜的无动力帆船环球航行的侥幸归来，却让我们对伟大产生了怀疑和不屑，对成熟文化中少有的冒险则愈发推崇，而对生命意识在无边无际的海浪的抽打中野蛮生长则更加眷恋，更加清晰凸显，那就是：所有伟大的背后都有赌命的成分！或者说，赌命恰恰是人性，而伟大只是一个伴生物。

尽管这个叫魏军的北京人和他的"厦门号"无动力帆船的环球航行，比麦哲伦穿越咆哮的西风带整整晚了 500 年，却是中国人的第一次。由此，也让我们全面记录下了中国人第一份珍贵的人与海抗争的民族记忆，这份记忆也许恰是古老内陆民族个体生命意识被海洋唤醒，从而使中国人海洋精神形成燎原之势的星星之火。它就像毛泽东用诗一般的浪漫语言预言革命高潮的到来：

"它是站在海岸遥望海中已经看得见桅杆尖头了的一只航船，它是立于高山之巅远看东方已见光芒四射喷薄欲出的一轮朝日，它是躁动于母腹中的快要成熟了的一个婴儿！"

序二　冒险家的冲动

生活中总有一些旁逸斜出令人措手不及，按部就班的日子就像咀嚼过的食物，易于吞咽却少有滋味。上苍是眷顾我的，总有一份精彩在未知的地方等着我去领略，自然也只能迎面而上，满怀相拥。

2012 年 9 月中，已经入秋的北京依旧暑热难耐，在慵懒的午后，办公室里迎来了两位不速之客，一位是我的高尔夫球友杨培新，一位是他带来的香港恒中集团董事长石朋。我想杨培新一定是来约我去厦门打球的，心中窃喜；而壮硕健谈的石朋出身于军人世家，甫一见面未多寒暄就在我办公室的黑板上像一个职业军人似的操演了起来——在深深浅浅、纵横交错的几何图形下，他描绘了厦门五缘湾经济与文化休闲整合的宏大蓝图。说心里话，我向来对经济规划和"纸上谈兵"缺少足够的认知，他便提议我到厦门走一趟，实地考察项目的可行性，以给出"真知灼见"。我不客气地应下了这趟轻松的邀约，实际心中向往的还是去厦门温润的海边打几场球放松自己。

10 月中旬，我利用一个双休日登上了飞往厦门的航班，周六上午与球友相约在凯歌打了一场球，吃过午饭就来到了五缘湾。当地钟氏家族的新生代——钟兰涧带我们乘快艇在五缘湾外海游历了一圈，观赏了几只在水中自由嬉戏的白海豚，上岸后就散坐在紧邻海边的码头咖啡的阳伞下，静静地享受微风拂面、心旷神怡的自然馈赠。云在天上飘，浪在脚下拍，完全和着自然的节律感受岁月静好……

没过多久，这一切被石朋带来的两个陌生人打破了。

钢化玻璃的方桌四边静卧着四把白色的凉椅，对面落座的是厦门路桥集团的副总陈卫文。陈总指了指坐在我左手边的来人说："这就是带领'厦门号'帆船完成环球航海的船长魏军。"

仔细打量魏军，貌不惊人——像一个货柜船上极普通的蓝领工人，浆洗到看不出品质的发白的蓝色 T 恤衫紧紧地包裹着宽厚有力的上肢，黑红的脸膛布满岁月风蚀的褶痕，圆圆的脑袋上留着黑白相间的"板寸"，只有一双明亮温柔的眼睛与粗粝的表象形成了明显反差，让人不由得猜测他秉性中的矛盾。而当他一张嘴，那口纯正流利的北京话瞬间拉近了我们的距离。

一杯浓浓的拿铁咖啡，一盒台湾产的烤烟，我和魏军就这样攀谈了起来，起初还有往来，最后就只有我在静静地听，他在滔滔不绝地说……

从北京说到山海关，从青岛说到厦门，从厦门说到台湾海峡、巴士海峡，从巴布亚新几内亚说到澳大利亚、新西兰，从新西兰说到智利的合恩角、南非的好望角，一会儿是靠近赤道的信风带、无风带，一会儿是南太平洋的西风带、印度洋的杀人浪……所有触及的点都不是简单的地名和数字的堆砌，而是大量鲜活的细节。

太阳的余晖已经洒落到不远处的海面上，波光粼粼金黄的一片，出海的游艇和帆船也陆续驶回了泊位，空气里有了一丝凉爽，而我的周身却是热血涌动——平淡无奇的都市日子过腻了，一股久违的激越似乎被魏军的娓娓道来一丝一缕地唤醒。我知道：骨子里我也是渴望四海为家、浪迹天涯、追求无羁天性的一族。

此时此刻，讲述者和倾听者已经合而为一，那些惊涛骇浪里的搏命仿佛是我的亲历，我知道命中注定——我和魏军要有一次更加透彻的灵魂出窍。于是，我决定放弃这一年的休假，用 20 天的时间来完成这次环球航海的采写。我深知，要在 20 天里完成魏军和他的"厦门号"在海上长达 10 个月，行程 2.3 万海里的任务是困难重重的，于是带上了我的助手万芊和好友邹志萍，组成了一个联合采访小组，于 2012 年 11 月初再次踏上了前往厦门五缘湾的航班。

无疑，这是一次繁复、庞杂的脑力兼体力劳动。陆地和海洋是地球提供给人类的完全不同的两种生存体验和生活法则，对于我们这些长期生活在内陆的人来说，不提 500 年前的地理大发现，就是从小书本上的地理知识也都原封不动地还给了老师，那些帆船技术术语、洋流特征、气候特征、南北半球经纬度差异变化、驾驶帆船的基本要领都要全新体验、重新学习，甚至包括拐弯抹角的某小岛国、小礁盘也要做到心中有数——要对着地球仪一点点寻找、标注，以精确它们的位置，并检索当地的民族、文化禀性。

每天清晨起来，依据前一晚制订的采访提纲，我们分头在五缘湾水乡酒店、码头咖啡、颠簸的帆船上，甚至路边的大排档里进行连轴转式的采访。除了船长魏军，我们又陆续采访了此次环球的其他几位水手和后方支持人员——刘祖扬、王铁男、李晋城、徐毅、小连、陈健、钟兰涧等。入夜，我们还要讨论结构与细节的安排与取舍。在这些激荡的日子里，我们感情饱满，生活单一而纯粹，海量的图片和无休止的影像资料每每看得我们头晕眼花，但也不愿意放过任何一个细节……当我们拖着疲惫的身躯登上回北京的飞机时，心情却格外愉悦轻松，因为一种热情在激荡：在未来的几个月里，我们将要把东南一隅几位不为人知的水手的大胆和无畏推向世人，而这种胆量和经历是空前的。

在接下这个命题作文之前，我原本打算歇笔一段时间，让身心能够闲在数月，这不仅因为身体的不支，还因为支撑了我几十年的文化使命感已经像一个衣衫褴褛的行吟僧人，渐显颓象，而其守护的精神家园也日渐荒芜和败落。我不知该从何处开始整修这片废园？魏军和他的"厦门号"在这样的情势下却出乎意料地刺激了我，给我提供了在这个委顿时代重新振作的信念和力量。我于是释然了，决定重新拾起笔，又轻装上阵。我决定放弃使命、放弃意义、放弃主义，而向人与自然抗争中的本能回归，而其前提就是冒险后的超越。

如果生命中所向往的体验是你至今未曾尝试的，那你的人生注定是苍白和脆弱的；如果一个民族失去了冒险的冲动，那这个民族走向高贵的能力也将大打折扣。因为冒险精神是指向未来的——它的核心价值是在当下思考，并由勇气践行还看不到的未来，从而最终达到生命的豁然开朗！

每当此时，"野蛮其体魄，文明其精神"——青年毛泽东这句豪迈的自勉又回荡在我耳际。60年来，中国人几次大胆的冒险运动曾唤醒和强健了民族精神，让国人从中提取了信仰的力量，并用事实证明了一个勇敢的民族是不可被征服的！

1966年7月16日，大力提倡"乘风破浪会有时，直挂云帆济沧海"的毛泽东以73岁高龄第六次畅游长江，全程15公里，并留下了脍炙人口的豪迈诗篇——"万里长江横渡，极目楚天舒，不管风吹浪打，胜似闲庭信步"。他的豪气干云一时鼓舞多少国人，也因此铸就了年轻的共和国到风浪里锤炼勇气、胆识的时代精神风采。

在20世纪的人类探险活动之前，长江是世界三大长河中最后一条未被人类全程漂流的大河。1977年，美国探险家肯·沃伦成功漂流印度河上游河段，当时有记者问他："你的下一个目标在哪里？"他手指东方说："中国，长江。"1985年，他筹措90万美元获取长江首漂权，准备挑战人类首次无动力漂流长江。就在此时，一个来自四川的贫穷青年教师尧茂书站了出来："长江是中国的，首漂应该是中国人！"就在这一年，青年的尧茂书将自己壮丽的生命永远定格在长江虎跳峡的激流中。"为有牺牲多壮志，敢叫日月换新天"，当年的《四川日报》记者在《长江祭悲壮士》一文中有这样一句话形容尧茂书："他为理想千金一掷，终至献身，这是何等高贵的当代人品格。"

2000年，美国《国家地理杂志》评选全球25项最惊险、最精彩的探险活动，中国"沿长江划筏顺流而下"排名第二。

20世纪80年代——那是一个激情四射、渴望超越、冲破守旧的年代。1987年，一群正处在青春期的年轻人，又自发组织起了一支黄河漂流队，并成功漂流黄河。"这是人类漂流史上前无古人的一次壮举，也是中国人首次使用无动力工具完成的黄河全程漂流，漂流队一寸不落地漂完了黄河全程，填补了世界探险史上的空白。"然而，这也是一次以生命为代价的惨重的探险，有 7 名勇士为此壮烈牺牲。当年，黄河漂流队和中国女排被称为中华民族觉醒的两支"精神催化剂"。

2006 年春天，崔永元为纪念红军长征胜利 70 周年，策划了大型电视纪实活动"我的长征"。爬雪山、过草地，重走长征路，从福建长汀出发，到甘肃会宁结束，行程 6100 公里。

之所以罗列这几次探险活动，是因为在中华民族的文化里从来也不缺乏这种勇敢者的基因，也正是这种基因的作用鼓噪了我们民族几千年文化强盛的本能力量。

当下中国是一个经济强大的国家已是不争的事实，但民族的复兴更应该体现在价值观的输出和文化自觉中，特别是在我们接二连三遭遇前所未有的海洋权益之争时，这种自觉意识的淡漠和文化认同的差异无不呼唤着一个陆地民族的蓝色畅想。

当我们像拓荒者一样把魏军等人的壮举推荐给国人的时候，更多的嘲弄却指向了我们视野的软肋：当今发达的海洋国家，天天都有 60 岁以上的老夫妇驾船行驶在太平洋的万顷碧波中；不满 15 岁的少女，也许正独自驾驶无动力帆船航行在大西洋的非洲东岸……仅此一点，我们夜郎国般的心理所遭受的刺痛久久不能平息。但是了解这样的事实，并不影响我们对魏军和"厦门号"冒险精神的颂扬，因为只有正视差距才会促使我们更加精进地搏击惊涛骇浪。从这个意义上讲，从 2012 到 2013 年间，翟墨、魏军、郭川三人接连的环球航行高高竖起了当下中国民族自强的桅杆，虽然人数仍显得寥落，但毕竟让这个富足而寡淡、安逸而苟且的民族看到了天边一抹寥远的高贵。

为当下中国，记录下少之又少的冒险家冲动是我之幸、国所愿。

1- 海边的几粒顽石

正是几个不按常理出牌的家伙，
才有了打破常理的可能。
常理，
就如同隔夜茶，
味道好像是，
但已然丧失了人对茶的灵动与飘渺的追索过程。

刘祖扬站在黑梳山顶常年的积雪上，环视着这白茫茫的一片，心中油然而生决胜的感觉。上午的阳光特别好，专业滑雪道上嗖的一声，一个专业级的腾空姿势翻转于天地之间，伴随着远处几声喝彩，刘祖扬顺势滑落在他预计的位置！

已近黄昏的金色阳光洒在咖啡杯周围，淡雅而清新的美让刘祖扬很享受这独处的时光。他呷了一口杯中的 Espresso，这种浓苦伴着浓香的味道是他喜欢的，有时会觉得这小小的咖啡杯里浓缩的仿佛是人生，他的思绪也不由地被拉远了……

还在厦门大学读书时，他就不断尝试各种极限体验，1986 年曾从厦门跨海横渡到漳州，那时觉得这 5 海里就是"前线"，必须冲过去！长时间、长距离、日晒，这些不利条件包括对心理的考验，对他来说只是一个"熬心"过程，而在海中自由自在的感觉让他流连忘返；那次骑自行车从厦门到三亚，又是一次极限冲击，随之他似乎悟出了自己在平路上并不是最擅长的，爬坡的能力反而更强。

毕业后，他本有一个让同学羡慕的在银行工作的机会，可他一天也没去过，按自己的想法选了一家台资公司上班。不羁的性格终究无法让他寄人篱下，后来干脆辞职创业。然而，创业的忙和累也没挡住他的极限之路，他成为厦门第一个玩吉普车的人，发起了一个叫"野战排"的组织，经常组织车队环游中国，还有马拉松、徒步、攀岩……他是个闲不住的人。2006 年，他移民到加拿大，闲来无事，除了滑雪，他开始尝试玩帆船——在国内处于萌芽阶段，也就厦门、青岛、大连等少数几个临海城市有少数人在玩——但在加拿大，帆船是从青少年起就普及的一项运动。

8 月的厦门，比起加拿大，情绪和热度都高涨得多，行驶在环岛路上最能体味出它的海滨风光——白城立交桥、厦门大学、胡里山炮台、椰风寨、国际会展中心，包括"一国两制，统一中国"标语牌都是厦门独有的标识，它们与沿路另一侧的大海、沙滩、椰风树，构成一幅蓝天、碧海、阳光、沙滩、草地、绿树、鲜花相应入画的完美构图。在环岛路上远望，海岸线平缓而舒展，海景宜人，槟榔屿、小金门等岛屿一览无余，大金门也隐约可见。路过轮渡附近，清晰可见隔海相望的鼓浪屿。

这样一个原住民的生态栖息地如今已演变成了旅游圣地，据说只一个十一长假就能接纳 4000 多万游客。在刘祖扬看来，来厦门的人可以是不同国度、不同信仰、不同阶层、不同年龄，但有一样永远是相同的，就是放慢脚步。厦门的自然风景能让人洗去烦恼琐事，放慢行走，去感受生活的美。如果把厦门比作一个女人，她不倾国倾城，也不艳丽夺目，而是呈现一种有故事、有情怀的内敛之美。正是这份相由心生的美才值得人细细品、慢慢看。

所以在厦门时，即便白天公司再忙，刘祖扬也一直保持生活的慢心态，一天公事结束总喜欢去"峰吧"坐坐，听听老友的弹唱、喝喝酒、聊聊天，愉悦的心情便油然而生。

"听说了吗？有一群人要去环球。"

"都什么人啊？"

"听说是顽石俱乐部组织的，要用帆船环球去。"

"顽石俱乐部在哪儿？"刘祖扬插了一句。

"五缘湾那边。"

"五缘湾是哪里？"

"岛东部，新开发的一个港口，那里有很多游艇帆船俱乐部，附近有水乡酒店、黑天鹅湖，非常美"。

五缘湾的码头上，因为风速给力，一条条帆船都迎风扬帆陆续驶出泊位，几艘游艇也在准备出港。

一个清瘦高挑的小伙子在岸上帮着这个游艇离岸、那个帆船收锚。这儿有多少游艇，多少帆船，都是谁的？哪些是常驻的，哪些是临时停泊的？他都门儿清，因为他就是靠给这些游艇、帆船卖油讨生计的。

"小李，油加好了吗？"

"加好了，准备起航吧。"

"小李，出航了啊，晚上回来一起喝酒啊。"

"好嘞，等你回来一醉方休啊。"

帮着最后一个出航的游艇出港后，小李今天的忙碌算是告一段落。他有个习惯，闲下来坐在码头时，总爱看着进进出出的这些游艇、帆船，若有所思，有时还低头在本子上写着什么。透过脚下木栈桥暗红色木板的缝隙，可以看到五缘湾碧蓝的水，海水的冲击声在他听来仿佛是海的喘息，声音随海风一起洒落在身边，他很享受这份工作之余的惬意。但一个人的时候，他似乎多了些淡淡的愁容。

这个80后小伙子叫李晋城，晋的来源与山西无关，"晋"是村里的字辈。本来他只想自由自在地活着，可是这个"晋"一下子从家族中标榜出28个同辈兄弟，个个都争先恐后要出人头地、光宗耀祖，而他却没奔那赚大钱的事儿去，宁愿默默无闻地在这码头上卖油。他心里明白自己真正想要的是什么，但没人能理解他。就为这，他都好久没回老家了。这事总时不时地在心头纠结，甚至让他有些抑郁。

突然手机响了，他一看，是顽石俱乐部的哥们："喂，徐毅，啥事？"

"小李，我们要买油，你赶紧来顽石一趟，我们老大要见你。"

"好嘞！哈哈，这么够意思，马上到啊！"

小李揣起手机，一路小跑奔向离码头不足200米的顽石俱乐部。太好了，终于有机会见顽石的老大了！小李等这机会不是一天两天了。其实一直以来，他都是醉翁之意不在"油"，一心就想接触、认识这位传说中的顽石老大，也是厦门最有名的船长。

他每天默默地在码头卖油，默默地看着码头船来船往，虽然别人看到的是他在为游艇、帆船加油，但他心中隐约会觉得这些船体内流淌的血液是他注入的。他还渴望通过在码头卖油更便捷地认识传说中玩船最牛的老船长——魏军。冥冥之中，他觉得自己不属于这欲望的陆地，只有到了大海才会真正地无拘无束、纵横万里——人生总要有一次登高望远。若一个人视野开阔，心中怀有一个多元的世界，他的人生也会更加豁达。这份超越感在生活中未必时时显现，但一定要有，心里的超越和充实亦是只有自己才能懂的一种人生吧？

小李越想越高兴，徐毅这家伙还真够意思，刚和他说了自己的心事，就给帮忙了，看来前几天那瓶好酒没白喝。他边跑心里边琢磨：这徐毅，刚认识的时候从外表看特不靠谱，剃了一个小文艺青年的锅盖头，穿得也跟个没成气候的小明星似的，特个性、不爱搭理人，怎么看都是"非主流人群"。后来喝了酒、交了心，才发现徐毅其实也是一有梦想的主儿——父母让他在家里的企业工作，他就是不乐意，非要选择跟船和海有关的事，所以就算在顽石俱乐部赚得不多，他还是执意留在这儿。

"喂，低头跑捡不着老婆。"

"你每天在顽石就能捡得到啊？"小李抬头看着出来迎他的徐毅，笑道。

"快上楼吧，老板一会就到。"

顽石俱乐部坐落在五缘湾的北岸——西起是海事局，挨着有不少游艇、帆船俱乐部，错落有致地迤逦下来，中间零星点缀着几间优雅的咖啡屋、别致的小会馆。鸟瞰五缘湾，最先进入视线的是姿态各异、横跨于湾上的五座拱桥，它们的名字也很别致——日缘桥、月缘桥、天缘桥、地缘桥、人缘桥。其中日缘桥又叫"五缘湾大桥"，是最外沿、最醒目的一座，是船出港入海的界限。五缘湾大桥不仅是厦门岛的交通要道，也是进入五缘湾的必经之路。

　　每次路过五缘湾大桥时，烙铁都要将车速降到 30 迈，桥上视野开阔，不但能一览五缘湾全貌，而且能以最佳角度欣赏屹立于海湾中的一尊雕塑——一个正在起锚的水手。肌肉健壮的水手正用双手全力拉拽着锚的铁链，倾斜的姿态传递出苍劲有力，坚定的面庞冲着出海的方向，凝重而神往的眼神总能让烙铁感觉到一种兴奋与冲动。

　　烙铁是那种典型的有故事的人，离婚后孤身一人，如今儿子也大了，自己悠哉悠哉过着想要的生活。他觉得生活很美好，就算人生十有八九不如意，但只要多想一二、少想八九就是快乐的，只要前面还有路、还有目标，就得加一脚油门儿。

　　连全俊今天特意提前回家，先把一束百合美美地安置在花瓶里，一边端详一边琢磨：上次给妻子买花还是女儿出生前她过生日的时候，这一转眼孩子都 6 岁了，被琐事磨得也顾不上浪漫了。今天看到花她一定会高兴的，这样就好顺势提航海的事情。昨天晚上倒是稍微露了点儿口风，但她一句"危险"就给堵回来了，看来还得给她普及一下航海知识。

　　门响了，妻子带着女儿回来了。女儿一看到爸爸就飞扑过来——宝贝可腻自己了，小连觉得"女儿是父亲上辈子的情人"的说法也对也不对，是情人也是冤家。

　　"爸爸，米奇公主的裙裙买了吗？明天幼儿园表演我要穿得最漂亮。"女儿大声问道。

　　"买了买了，去你的房间看吧。"小连一脸的宠溺。

　　"爸爸，亲一个。"

　　小连赶紧把脸送上去。这是一天最享受的时刻，所有的辛劳顿时消散无踪。

　　他抱起女儿走向她的房间，回头看着正在门口换鞋的妻子，朝餐桌上的鲜花努努嘴："哎，给你买的啊。"

　　妻子不屑地瞥了他一眼："一定有什么事求我吧。"但还是忍不住笑着端起花瓶，从餐桌搬到电视柜上，摆弄着。

　　小连放下女儿来到妻子身后："老婆，好看吧？"

"你说吧，是不是要和我说航海的事？"老婆笑着"揭穿"了他。

"老婆，你太了解我了，这是多么难得的机会，你也知道我喜欢玩船，也在顽石玩过一段时间，有经验了。我知道你是担心环球会有危险，其实这项运动在国外相当普及，60岁的老头老太太都会驾船出航，真的没你想象的那么危险。"

"今天我也和同事聊起过，还百度了一下，这运动在国外是普及，可我和女儿还不是担心你嘛。再说，就是没有危险，你一下就走一年半载的，女儿想爸爸了怎么办啊？"

"我已经研究过各种航海路线，不同航线可能会遇到的风险，该怎么处理，包括不同海域的特点，适合航行的时间，等等，都琢磨几个月了，做了精密的推算。我不会打无准备的仗，你就相信你老公吧！"

"那公司的事情呢？"妻子口气明显软了很多。

"公司的事更不用担心了，现在经营上了轨道，有一定盈利，我都安排好了。"

"反正你铁了心不管我们了，那你就去吧。"

小连欣喜若狂，准备吃完饭就去趟顽石，把自己报名出航的名额赶紧确定下来。

陈健正坐在自己会所三楼的阳台上。他喜欢午后在这里小坐，用这套价值数万，颇具收藏价值的茶具泡上特供的普洱，欣赏着五缘湾的海景，琢磨着五缘湾的价值……这是他享受的生活方式，也是他留在厦门的主要原因。

遥望着五缘湾对面"顽石俱乐部"醒目的标牌，陈健突然觉得应该为这次环球航海做点什么？

陈健出生在晋江，家里世代渔民，父亲和叔叔每天出海去打渔，唯独他因为晕船不能出海，父亲说他天生不是这块料。在海边渔村长大却不能出海打渔是件很丢人的事，他能做的事就是每天在家门口的郑和庙眺望，有时饿了还偷吃贡品，边玩边盼着父亲的渔船能早些回来，给自己带点什么惊喜。和自己一样大的小孩都跟着父亲打渔去了，独处与挫败感让他觉得将来一定要出人头地，做出点什么事证明给大家看！

所以，他拼命念书，考上了大学，成了村子里罕见的大学生，但也从此离开了海。毕业后，他做过贸易、货运物流、罐头厂……七七八八的很多生意。也赚了些钱，就想做些有文化、有品位的事儿，而且最好能和海有关，这可能是小时候落下的情结吧。所以当得知顽石要组织人航海时，他就开始寻思：以自己的实力只是参与似乎不够，最好能做点更实质性的事。从各种渠道打听到的消息看，这次的经费暂时还没有着落呢，甚至还没买到合适的船。环球航海连船都没落实岂不是纸上谈兵？要不自己先来第一步——买条船？

陈健拿起手机拨通了秘书的电话："帮我查查哪里有能够环球航海的船，最好是做过比赛或者是有些故事的船，要尽快！"

2- 畲族人　钟宅湾　五缘湾

海边的人就像天边的人，
命运把他们逼到了天涯海角，
接受是他们唯一的选择，
数百年的抗争中，
他们在此繁衍子孙，
续写传奇，
告慰海神。

　　钟宅，厦门岛东海岸线上的一个小渔村，一个在面积和知名度上都不太起眼的畲族部落，但奇特的历史和优越的地理位置赋予它很多极具传奇色彩的故事。钟宅的故事甚至可以说是厦门的半壁历史，也有人说它的故事就是厦门的近代史。

　　"钟"姓的来历颇具机缘。钟宅村里的老人说，古时有一女子怀孕产下一子，孩子呱呱落地时正好从远处传来阵阵空灵而悠远的钟声，父母欣喜之下便以"钟"作为孩子的姓氏，他们希望自己的子子孙孙能像这钟声一样，世世代代、延绵长远。

　　至于钟宅村落的形成，更是美丽而传奇。钟宅祖祖辈辈流传着这样一个故事：早在600年前，一个神异之人名叫钟泮儒，有些文墨但不务正业，整天"瞎混"。在当时的钟家人观念里，泮儒的正途应该是寒窗苦读，考取功名，可泮儒却认为以自己的方式同样能做出一番惊天动地的事业来。但他的想法却为家人和族人所不容，泮儒一气之下便远走他乡，从龙海走到同安，又从同安云游到集美海边。当他面对浩瀚的大海，眺望对岸的海岛，无法言表的心酸霎时涌上心头，他冲着天地长长地"啊……"了一声，心中的百感交集都凝聚在这一声呼喊中，冲向了海天之间！

　　让他惊讶的是，长长的喊声余音未落，刹那间天空乌云密布、电闪雷鸣，两波巨大的、仿佛陡然间"立起来"的海浪从东西两面对撞过来——以现在的厦门大桥所处位置为中线,巨大的水幕尤如山体撞击,掀起的水和浪犹如山崩地裂般惊人。然而只是转瞬之间,相撞的水体突地从中线分开,大浪落下,又仿佛魔术般地收去了刚才那铺天盖地的水——泮儒面前呈现出一片通向厦门岛的滩涂。泮儒被这一幕深深震惊了,怔怔地望着眼前这不可思议的一切。直到一只海鸟飞在耳畔欢叫,他才回过神来,意识到这正是上天的安排,要为他在岛上找一个安身立命之处。他一步一步从集美走到了厦门岛上。他刚刚前脚上岸,后脚从滩涂上拔起时,海水又瞬间融为一体,刚才的一切仿若从未发生。

泮儒回首望着身后这片海,惊喜而兴奋,烦恼和怨气仿佛随着翻滚的浪花一并融入了大海。他定睛一看,自己的前方正是厦门有名的云顶岩,他快速爬上岩顶鸟瞰厦门岛全景,眼前的美景煞是醉人——突然,视线中浮现出一个巨大的莲花,在海面上时隐时现——再仔细一看,那是一个莲花座,不一会儿,莲花座被一个龙头顶起,他脚下的云顶岩也随之地动山摇。危急之中,他顺手抓住了一棵大树,等了好一会儿,一切才慢慢恢复了平静。惊魂未定中,泮儒仔细观察了厦门的地形,原来厦门岛是由一条沉睡的地龙背负着,刚才的天翻地覆,正是地龙翻了个身。

莲花座是神的象征,又被龙头顶起,泮儒坚信那里定是风水宝地!他急忙跑下山,直奔莲花座显现的地方,原来这里已经有一个小山村。村里人都姓王,是从同安移民到这里的,世世代代都是渔民,靠捕鱼过着自给自足的生活,从没想过要让孩子读书、考取功名。泮儒觉得既然是上天安排他来到这个小渔村,那冥冥之中一定赋予了他使命。他思前想后,决定留在此地做教书先生,为这里的孩子开蒙、授课。村里的人为了表示答谢,送给他一块地,泮儒便在这里成家立业。钟泮儒成家后,共生有五子,取名为钟维清、钟维明、钟维节、钟维月、钟维亮,人称"钟宅五房",今天的钟宅村就由这五房繁衍而来。

钟泮儒临死之前,钟氏一门已相当兴旺,唯一令他放心不下的就是那条沉睡的巨龙,因此他留下遗言,让五个儿子把自己葬在云顶岩上,这样他就可坐在龙背上驾驭控制这条把头伸向大海的巨龙,保子孙后代平安顺利。这一举动似乎颇为有效，多年以后，钟氏子嗣在这里繁衍生息，愈来愈兴旺，而村里的王姓却人丁稀少、日渐衰落，再后来，这里就成了钟氏子孙的世界了，并被命名为"钟宅村"。

祠堂祭祖是畲族最隆重的敬拜祖灵活动。据族谱中《祠记》一文记载：宗祠"祭期定以元宵、中秋二节，陈器具馈，行三献礼。此虽有异朱徽公四仲及立春、冬至之祭，然虑世远俗疏，酌人情、宜土俗而出之，洵仁人孝子之用心也"。畲族春秋两祭的习俗，一直延续至今。

每逢元宵、中秋之际，各支族畲民都会置办牲礼，到各自的祠堂祭祖。在钟宅的祖厝里，正中摆放着六位祖先的牌位，依次是钟泮儒、钟维清、钟维明、钟维节、钟维月、钟维亮。祖先牌位的右侧是土地公的牌位。敬土为先，是闽南的习俗。牌位前各有一张八仙桌，做供奉时摆放牲礼之用。主屋牌位两侧的墙上，有忠、孝、廉、节四个大字，各有两米多高。整个闽南地区，对于中秋节是很重视的，外出的人尽可能都要赶回来祭拜。

今年的中秋节，已经多年没顾上参加祭祖仪式的钟兰涧回到了钟宅。他走到祖先牌位前，祠堂主事钟伯为他点了香，他接香、行礼如仪……一切还是那么熟悉。行礼过后，钟兰涧便站在钟伯的旁边。

"兰涧，几年没见到你了，还在上海忙生意？"每次看到年轻有为的钟宅人回祖厝祭拜，钟伯就格外开心。

"钟伯，我已经从上海回厦门了，准备在五缘湾发展。"

"回来好啊，为家乡做贡献嘛，还能经常见见面。"

"是啊，钟伯，回来就是想为钟宅做点什么。"

"好啊，好。"老人没有多说什么，神情中似乎带着一丝踌躇，但多是欣慰。钟伯是钟宅德高望重的老人，钟宅所有的风俗与故事，他心里都一清二楚，钟兰涧小时候就常来听他讲钟宅先人的故事。每当钟宅有大事发生，或者村民有不好排解之事，大家都会自然地来找钟伯聊天，有时听听故事便能追溯到解决方式，这种方法神秘而入心。

　　告别钟伯后，钟兰涧突然很想在钟宅村里走一遭。他从小在这里长大，这里的一草一木、点点滴滴都深深地刻在他的脑子里。但现在的钟宅村，和记忆中相比，可谓面目全非。不知从哪一年的哪一天开始，儿时古厝间狭窄的小巷渐渐开始变宽，通往钟宅的小路被修建成宽阔的水泥路，水泥、钢筋、预制板代替砖瓦、木雕、彩绘，成了这座有几百年历史的古村落的"新时代"符号。千篇一律的现代化高楼开始莫名其妙地钻出钟宅的土地，夹杂在历代传承下来的各具风情的古厝（闽语：华丽大屋）之中，显得突兀而僵硬；但慢慢地，这些单调的符号日渐庞大，逐渐包围了古厝——老屋被一间间拆掉，残存的那些显得孤独而可怜。近些年，老屋几乎完全淹没在了现代建筑的丛林中。钟兰涧看在眼里，痛在心头，这其实正是他选择回到家乡发展的主要原因，他想为钟宅村和钟宅人做点什么。

　　钟宅在厦门名声很大，它的地形如同蒲扇般平摊在厦门岛东部的海湾旁，扇面的上沿是海堤，堤外就是一望无际的大海，从上沿处由北往南依次坐落着王公宫、钟氏祠堂、妈祖宫和澜海宫。从村中心的大榕树四散开去的是村里的小街小巷，如扇子的脊骨支撑着整个村落；由扇骨支撑起的扇面里，坐落着很多百年以上的古厝老屋——在钟宅村，保存基本完好的古厝老屋约有百余间，飞檐、马鞍脊、斗拱把它们装点得美丽而独具特色，屋内还配有大量的砖雕、石雕、木雕饰品，无一不透露出先人们对生活居所的重视。

　　凭着幼时的记忆，钟兰涧转身进了一条小巷，小巷向村子的深处延伸，路面坑坑洼洼，本就依稀的记忆愈加模糊。小巷与村里主街的繁华似乎隔绝，难得遇见一个人，只有路旁的小草会在偶有人经过时借风摇曳生姿。偶尔能看到一座开着院门的老屋，里面是宽大而凉爽的厅堂、高挑的梁柱，正中供奉着祖先的牌位——传统还在这里顽强地延续着，而主人基本都是这辈子都未曾离开钟宅的老人。他们衣着简朴，服装虽已看不出畲族的印迹，但滞后于当代 30 年的布衣款式仍能让人感受到历史的穿越。如今，也就是他们还守着老屋和钟宅人的生活方式。600年前，钟宅村的先祖带着畲族人的勤劳与勇敢来到了这片宁静的海湾，他们希望子孙后代能把那特有的民族气息深深地播种在他们开垦过的泥土中。600 年过去了，汉风已经把畲族的气息吹得支离破碎，但钟宅人不忘悼念他们的祖先，还记着祖先交代下来的祭奠神明的活动，还愿意守着先人留下的炭黑色的旧厝，口传身授地把自己民族的习俗和礼教一代一代地授予后人。

传统的闽南民居特点非常明显，这些还幸存的钟宅老屋自然也不例外。老屋古厝大量使用石料，而汉族民居多以木构为主，很少使用石料；但闽南民居大规模使用当地盛产的白色花岗岩作台基阶石、柱石门框，以及墙裙。闽南建筑的另一大特色即红砖红瓦，有别于汉族民居青砖灰瓦的传统，因为封建王朝对建筑墙面用色是有严格规定的，红色是皇室和高等寺庙专用的"高贵色系"，百姓不能僭越。从这一点可以推断出闽南的红砖大厝出现的年代肯定较晚，而且估计是舶来品，从南洋西方殖民者那里转运至此或学会烧制的。不可否认的是，蓝天碧海、绿树成荫之间，点缀着红砖红瓦的建筑群蔚为明艳，是一幅不错的图画。加上古厝那最具符号性的燕尾屋脊——在房头两端高昂翘起，轻灵盈动，仿佛一只振翅的海燕，直指大海！但是，像这样能保持完整风貌的房子已经不多了。路旁不时能看到一些年久失修的房子已然破败坍塌，处处凄然，只有屋顶上的野花野草在告诉路人，老屋里还有生命存在。

钟宅村里还有几座著名的"番仔楼"，虽非地道闽南古厝，却也处在同样的尴尬中。在村子里七折八转之后，一座红色的洋楼映入眼帘——历经100多载春秋的小楼虽然褪去了往昔的流光溢彩，但夹杂在破败的老屋和无文化可言的现代建筑群当中，依然有着鹤立鸡群的骄傲。所谓"番仔楼"，指的是老"番客"经商海外荣归故里后所建的大宅，大概有两种类型：一种是以传统的闽南大厝为本，并在其中融入了东南亚文化元素；一种是以东南亚洋楼为本，将中国传统文化元素灌注其间。清末民初，海禁开启，漂洋过海的群人中就有钟宅的子孙，他们或经商成功成为富商巨贾，或学业有成以知识报国，从钟宅村保存至今虽斑驳却仍能完美诠释中西合璧的"番仔楼"上，可以寻觅到他们成功的痕迹。今天来看，"番仔楼"仍然豪华适意，富有传奇色彩，并无声诉地说着几百年前那一批"下南洋"闯生活的先人的沧桑经历和打拼精神。虽已历经一个多世纪的风雨，依旧能看出昔日的光华，像是一位睿智温厚的长者，骄傲而淡定地看着钟宅这片热土上的人世沧桑、日新月异。

如果仅就五缘湾现在的模样，你绝对无法想象 10 年前它只是一片荒芜且地广人稀的偏僻港湾，一条细长的海堤将海湾切成了内外不同的景观——外滩晒盐，里滩种植和捡海蛎子。当时这里因旁依钟宅而被称为"钟宅湾"，其中生活的钟氏族人是闽南地区人数最为众多的少数民族——畲族的后裔。他们居住在"钟宅"，依山傍海，600 年来过着半渔半耕、勤劳而自足的日子。钟宅人有一手滩涂养殖的好功夫，所产的"七耳海蛎"远近闻名，厦门名吃"海蛎煎"最正宗的美味就在这里。

600 年来，钟宅人在这里繁衍生息，用艰辛、汗水、不懈的努力经营着自己的渔家生活，沿袭着传统文化和生活方式。钟宅湾，也就是现在的"五缘湾"，一直凝聚着海边人对海的深情和眷恋，也正是这无尽的乡愁让钟兰涧回到这里、观望这里、装扮这里……又是乡愁引发的共鸣把更多的人引到了这里。

走出钟宅村，钟兰涧准备驱车回五缘湾的顽石俱乐部，但思绪仍然穿越在600 年间。钟宅 600 年的传承，让钟氏畲族人一直保持着一份磅礴、些许棱角，粗犷咸湿海风吹袭下的畲族部落，为钟宅人张罗出 600 年的潮起潮落。

用现在人的眼光来看，钟兰涧已是一个颇为成功的商人，进可到更广阔的天地去"做大做强"，退可隐居山林安心做"富家翁"。但他自己却觉得，无论赚多少钱都不如做些对畲族、钟宅村及钟宅文化有益的事来得舒心，让他更有存在感。钟宅湾更名五缘湾时，执行部门和村民间起了纠纷，就是他居中调停的。他说服族人，尽管有感情因素和无奈，但时代的发展决定了城市要转型，村子也要转型，五缘湾会给钟宅带来更大的发展；同时，在他力保下，钟宅的妈祖庙和村里的古建都原封不动地保留了下来。

钟兰涧希望能在发展和保护之间找到一个平衡，不要因为时代转变而导致一个民族被淹没。他最大的愿望是畲族文化、宗教信仰、生活方式不要被连根铲除，希望子孙还能找到自己的根，知道自身和家族文化的由来，所以近些年他把大量的时间和精力都花在了畲族风俗习惯、传统文化的发掘和保护上。

时至今日，钟兰涧自己也分不清心中流淌的究竟是忧伤还是喜悦？时间的沙漏沉淀着无法逃离的过往，侵蚀了一切，也创造了一切。或许时代进步将塑造一个新的钟宅，可是那些看来不起眼的"老东西"在历史上也都曾光彩夺目啊！他深深害怕，当有一天故人远去，繁华落尽，我们开始想要追寻过往、找回自己的本原时，已遍寻不着曾经的痕迹！

作为钟宅后人的钟兰涧要继续张罗下去，也必须张罗下去！

在五缘湾北岸，紧挨着顽石俱乐部，钟兰涧开了一间咖啡馆，叫"码头咖啡"。他喜欢坐在这儿一边和朋友谈他和他族人的故事，一边欣赏日新月异的五缘湾。五缘湾的魅力不仅在于它的天然美色，还在于它能给人以无限遐想——从钟兰涧所坐的码头咖啡看过去，密如蛛网的帆船与游艇整齐有序地停在泊位里，安详而优雅地浮在碧蓝色的水面上，与远处随风飘回的几点白帆遥相呼应。疏密有致的白色三角点缀在海天湛蓝之间，加上偶尔跳出的几只白海豚，真是一幅帆动、跃动、心动的完美画面。

傍晚慵懒的阳光轻轻洒在这画卷上，人的思绪不受拘束地荡漾开去，甚至有约略的恍惚——如同置身于世界"帆船之都"新西兰的奥克兰，在桅杆林立中开始一天的生活；如同置身于以历史、文化、艺术和美食而著称的意大利港口城市那不勒斯；又如同穿越于法国最古老的城市马赛，似乎还能听到渔民们招呼着老主顾，叫卖当天的渔获！

3- 郑成功的博饼

赌博绝不仅仅是输赢的问题，
绝大部分冒险家都是由此获得一份自信和侥幸。
对极少数人而言，
一次侥幸的成功就是一次投名状。

　　自从环球的事传出后，顽石俱乐部和魏军的名字风一般地传播着——当然，大家更习惯于叫他"船长"而不是魏军。虽然目前魏军手里还没有一条适合去环球的船，但毫无疑问，他是厦门最有本事的船老大之一，有他在水上大家就有了主心骨，他当船长是众望所归，而叫他"船长"也是再合适再顺口不过的了。

　　不断有人"船长船长"地找来报名，刚开始有几十个，都兴致勃勃的，船长也都先应着，不多说什么。一个多月后，一些人就因为这样那样的原因意趣阑珊：有的说父母认为这是件生离死别的事儿，要走就断绝关系；有家有口的说老婆孩子的阻力更大了，一思前想后就下不了决心；还有人觉得这事也没个大赞助，不知道是不是靠谱，质疑中也就打着退堂鼓撤了。船长一般回复"可以理解""也正常"之类的话，还是不多说什么。

　　他心里清楚，这不是件允许思前想后的事，没有"赌徒"性格的人是不敢下这么大注的。这事没谁敢说包赚不赔，所以必须愿赌服输！他自己就是这样的个性。而且，经过这段时间的观察和了解，他心里逐步清晰了谁能去、谁该去。

　　这期间也有不少人献计献策，有的人要资助买船，有的要赞助费用，有的要帮忙联系全球各地机构，甚至潘市长都找过他几次详谈此事，种种势头让船长感觉箭已在弦上，他觉得必须出面张罗一次，和大家进一步聊聊这事儿。

说干就干，干脆就定在中秋节前夜，船长约了潘市长、陈健、钟兰涧、徐毅、烙铁、小李、小连，还有为这事一直默默支持的几个朋友，在锦食楼吃饭。

因为请了潘市长，船长定了一个VIP包间，并特意提前半小时到达，准备在市长来之前安排安排，别有什么不妥。刚出三楼电梯，他就听到小李、烙铁他们的喊声，他心里说：这帮孩子还挺积极，早到了。

"哈哈，这把我赢了啊！"这是烙铁的喊声。

"赢就赢吧，不就一把嘛，再来一次！"小连明显不服。

当啷，几个骰子被重重甩进碗里，发出清脆的声音。

骰子还在碗里翻转着，小李见船长进门了，喊道："船长来了！"

大家立刻起身相迎："船长好！""船长好！""船长你来了！"

船长笑着摆了摆手："你们接着玩，我等潘市长，一会儿我也来。"

随船长一同前来的深圳好友问道："你们这儿还能公开赌博呢？"

船长笑道："这你不懂了吧，我从北京刚来厦门时也纳闷。这叫'博饼'，是闽南地区中秋节时用于娱乐的一种传统游戏，不是赌博。规则是用六粒骰子的投掷结果组合来决定参与者的胜负，传统的奖品为大小不同的月饼，所以叫'博饼'，作为奖品的饼也有个专门的名字叫'会饼'。"

"这还有历史渊源呢？"

"厦门、漳州、泉州、金门一带中秋节有'夺状元饼'的习俗，在我国台湾中部和东部地区的一些城乡也有类似风俗，比如厦门对岸的金门县每年庆祝中秋社区联欢晚会上，都有'博状元饼'大赛。"

"都博成大赛了？"

"这大赛可是自古就有的。300多年前郑成功据厦抗清时，士兵多来自福建、广东等地，中秋节都是格外怀乡思亲，郑的部将洪旭为了宽释士兵愁绪，激励鼓舞士气，以驱逐荷兰东印度公司殖民者，克取台湾，与当年驻扎在今厦门洪本部

33－44号的后部衙堂属员经过一番推敲，巧妙设计出中秋会饼，让全体将士在凉爽的中秋夜晚欢快一博。"

"这倒是挺欢乐的，赢了有什么奖？"

"月饼按照科举制度的头衔，设有'状元'1个、'对堂'（榜眼）2个、'三红'（探花）4个、'四进'（进士）8个、'二举'（举人）16个、'一秀'（秀才）32个。全会共有大小63块饼，含有七九六十三之数，是个吉利数字。因为九九八十一是天子之数，八九七十二是亲王数，而郑成功封过延平郡王，所以用郡王六十三之数。"

"那都是什么人愿意玩博饼啊？"

"在这里几乎是全民'博饼'，可以说人人博、处处博，我们单位的小孩们这一阵见着我就搏一把。我在家里楼下小卖部买东西，小卖部老板还要拉着我博一把，哈哈。就是这里的风俗，为了博得明年一个好运气、好彩头。"

"真是闽粤一家，都喜欢博彩，这怎么个玩法？"

"简单，来来来，小李，拿一套过来。"

小李拿着一个饭店盛汤的白色大瓷碗，又拿了6个骰子走了过来："来，船长，博你一把，明年是龙年，龙年大水，看看彩头。"

船长抄起6个骰子，双手抱拳举过头顶使劲摇晃着，动作很像祈祷，神情认真而专注，就在他将骰子掷入碗里的瞬间，屋里的人全都围了上来，包房里顿时鸦雀无声。6个骰子在碗里翻腾跳跃发出的声音显得格外清脆，所有人的眼神都聚焦在白瓷碗里——骰子逐渐一个接一个地停下，一个四，两个四，三个、四个、五个……

"全红！天哪，全红啊！"全场人都沸腾了。

"这可是难得一见的全红啊！"钟兰涧玩了这么多年博饼，还第一次亲眼见到全红。

"这要比赛，可是状元啊！"小连喊道。

"船长，您要行大运了。"烙铁也跟着起哄。

"哈哈，趁着大运出海去吧。"小李也趁机忽悠着船长。

"船长，赶紧定个时间环球吧。"烙铁心里也是迫不及待。

"哈哈哈，好兆头啊。"船长按捺不住，开怀大笑。

"谁要行大运啊？"

"市长来了！"船长一听是潘市长的声音，赶紧走向门口迎接。

潘市长随后笑着走了进来，除了秘书，身后并无随从，显然潘市长将此次聚会看成是朋友聚会而非官方应酬。这也是船长能和市长聊得来、聊得深的主要原因，自从两人相识，潘市长就趁每周日下午唯一的休息时间与船长一起驾帆船出趟海。船长了解到，潘市长是地道的厦门人，从小就与海有不解之缘，而且也是个航海迷，一直想在厦门推动帆船运动，试图让帆船成为厦门的一张名片，所以他对船长去环球的想法一直是持鼓励态度的。

船长先张罗着就座、上菜，又带着大家集体敬了潘市长，接着又一阵觥筹交错的敬酒。看大家兴致都足，潘市长问道："船长，环球的事情筹备得怎么样了？"

"选拔的水手今天基本都在这儿了，另外陈健要捐助我们一条船。"

"好，有了船这事就靠谱了，资金筹备如何？"

"这事一直是以自愿为宗旨的，所以也没拉商业赞助，目前还没什么款项。我想找些喜欢玩船的朋友帮忙凑凑。"

"这样，我想办法给你们筹措30万，抛砖引玉，怎么样？"

"市长，太好了！有政府支持是最振奋人心的，也让人心里有底。"

"我的建议，只要人和船都具备了，资金问题慢慢想办法，哪怕你们先出去，我再给你想办法。"

船长很认真地思索着潘市长的话，想想刚才博得的状元彩，虽未立刻答应，但很明显内心的情绪被点燃了。

潘市长转向大家问道："你们都准备好了吗？"

"都准备20年了，市长，等不及了。"烙铁有点起哄。

"市长，我准备了佳能5DTWO，准备把所到之处最美的海上日出日落全拍回来。"小连跟着说。

"出航所需物资的赞助也谈了一部分，备用设备、食物都有一些，其他的还在继续洽谈，估计要再准备一段时间才能齐备。"钟兰涧利用自身的资源，之前已经做了很多联络，所以也盼着这一天。

大家正你一言我一句地向市长汇报着，沉默的船长突然站了起来，全场顿时安静下来，都把目光投向他。

船长让徐毅、小李去外面拿来一幅像画一样的长卷，约2米高，他俩将长卷竖在市长对面墙的中间位置，沿墙面向两侧缓缓打开，几乎铺满了整面墙——原来是一幅世界地图！世界地图大家并不陌生，但此情此景，当它呈现在众人面前时，刚才被点燃的情绪突然凝住了，所有人呆呆地注视着这幅地图，仿佛心中的大海此刻都已荡漾在这地图上。大家都情不自禁地慢慢站了起来，凝视着地图上用红色标出的那条漂亮的线。这条线以厦门为起点，曲折中横贯了整张世界地图，很明显这是航海路线。

船长打破了寂静："潘市长，这是送您的中秋节礼物。各位弟兄，我决定了，咱们11月3日起航。"大家都因这突如其来的决断而语塞，盲目而激动地只剩用鼓掌表示赞同了。

潘市长激动中显然也有些许意外，沉郁了多年的豪迈不吐不快，他端起酒杯一饮而尽，大声喊到："中国人的新航海时代是该来由我们撰写了。好，我收下这份大礼，把它挂在办公室的墙上，出航后我会每天关注你们的位置。来，为了你们的环球成功，大家再干一杯！"

一阵乒乓，众人的杯子碰到一起……

无论在何种赌局上，总会有人说些潇洒的玩笑话，偶尔也会有人把这些玩笑话当真，如若再把它付诸实施，则会有更多的人视之为笑话。但事实也告诉我们，将笑话当真到底的人，往往能创造奇迹。这让人想起了费雷亚斯·福格，一位伦敦有名的贵族，由于英国国家银行的一次失窃，福格和改良俱乐部的会友以两万英镑为赌注，打赌可以在 80 天里环游地球。

平时生活中都对时间计算精确到秒的福格[1]先生，在赌桌上镇定地边出牌边清晰地陈述了 80 天行程的计算方法：

从伦敦到苏伊士，铁路和游船	7 天
从苏伊士到孟买，邮船	13 天
从孟买到加尔各答，铁路	3 天
从加尔各答到香港（中国），邮船	13 天
从横滨到圣—弗朗西斯，邮船	22 天
从圣—弗朗西斯到纽约，铁路	7 天
从纽约到伦敦，邮船和铁路	9 天

总天数 80 天，并且已包括遇到意外会造成的时间拖延。

1872 年的伦敦人虽然已经领略了科技带来的便利，但是 80 天环游世界还是让他们难以置信。福格就是赌局中认真的人："真正的英国人打赌时从不开玩笑。"于是，打完该局牌，淡定的福格在一小时后便登上了环游世界的第一辆火车。

船长同样是在"赌局"中大获信心，趁着激动定了出发的日子，然而不同的是，福格对整个行程有精密的计划，而船长这儿，一切还都是未知数……

[1] 儒尔·凡尔纳作品《八十天环游地球》中的主人公费雷亚斯·福格。

4- 风韵犹存的老帆船

以前有句话叫"樱桃好吃，树难栽"。

对于魏军而言，

启航的日子定了，

如何出航确实是个大麻烦事儿，

一个焦虑的气团也由此在五缘湾的上空游走。

从这一刻开始，所有玩船的人都在关注顽石俱乐部——但更多的注意力投注到环球的光辉憧憬之中，而对筹划路线、人员配置、中转续航这些细节缺乏耐心，尤其是对准备给养，包括吃喝拉撒，这些看似毫无技术含量却又必不可少的琐事缺乏重视，当然也没有经验可借鉴。

船长心里很清楚，其实中秋饭局上宣布的出发日期，不但是给外界一个信号，更是给自己一个倒逼的时限。

一直以来，船长认为自己是怀揣着"准专业心态"筹划着环球航海的远行，可等一个人静下来细琢磨，事情还远不是想象的那么简单：首先头等大事买船还悬而未决。虽然看好的那条船 6 月份曾来过厦门比赛，算是有一面之缘，但据说船是 80 年代末 90 年代初出厂的，是条不折不扣的旧船。真要用来环球，那可得仔细考察是否适合远航，是否需要修理，换设备；其次，航海的费用支出也不是个小数目，除了船以外，其他基本运行费用粗估也要一百多万元，更何况难以预料的意外支出。而目前除了潘市长帮忙筹措的 30 万元和船长多年好友张罗的几十万元外，缺口如何尽快补上？另外，环球既然得到了政府支持，那就不是几个人出去玩一趟这么简单，这船该叫什么名字呢？有了大的航线，但还要有更具体的包括各项技术参数的航行计划和应急方案，这些专业又细致的工作由谁来完成？出发前的基本物资筹措得怎么样了，等等等等。事到临头，船长不得不承认，这一拍脑袋就说要走其实没那么简单，还有无数的大小事情没有着落。

越想心里越紧，船长随手拿起床头那本《麦哲伦航海记》，翻到麦哲伦启航前准备的一段：

出航的这五艘船只，换掉了被腐蚀的木料。麦哲伦亲自一块块地检查木板，看一下有没有腐烂和虫蛀，并检查了船上所有的绳子。

帆是新亚麻布的，护桅索是新的，所有的物件都各归其位。

最重要的是对食物的最后检查。在这次目的地和延续时间都不明确的旅程中，多带要比少带好，虽然船上只有很少的空间，可是把它装满依然是有必要的。

船员在海上的食物是饼干，海上只能以饼干维持生命，麦哲伦买了两千一百三十八公担饼干，他预计能吃两年。一袋袋面粉、蚕豆、小扁豆、大米和其他豆类及谷类食品。五十七公担腌猪肉，二百桶凤尾鱼，九百八十四桶干酪，二百五十串大蒜，一百串洋葱，以及各种美味，例如五千四百零二磅蜂蜜，一千八百磅马拉加白葡萄酒，带壳杏仁，充足的糖、醋和芥末。最后一刻又把七头牛赶上船，尽管它们活不久，可是船员依然在一定时间里能够享受到它们新鲜的奶和后来的鲜牛肉。为了使部下愉快，麦哲伦特意买来六百七十桶赫雷斯出产的美酒，好让每个人在每天用晚餐的时候能喝到一杯。

可是，风暴会扯破风帆，刮断绳索；海水会腐蚀木料，铁会生锈；太阳会使油漆脱落，所以，一定要准备两份或者多份必需品：锚、钢索、木料、铁、沿锤的、备用的桅杆和风帆。

令人心悸的意外也在思考范围内：药剂师的药箱、手术刀和利器，惩罚不遵守纪律的铐镣。为娱乐准备了五面大鼓和二十面小手鼓，也许还有几把小提琴、几支长笛和风笛。

　　这是 500 年前麦哲伦环球航行启航前的阵势，看到这里，船长未免心里发凉，即便是 500 年后的科技进步已经使很多工作以电子设备替代，但船上的必需品和意外应对的准备也是个不小的工程。船长决定，明天必须召集大家来顽石开个会，把各项事宜分配一下，还要不要坚持在预定时间出发？

　　第二天一早，顽石俱乐部二楼船长办公室里聚齐了人，大家都提前到了。办公室有三张办公桌，门对面单独靠墙放的班台是船长的，上面堆满了书，还散落着一些说不上是摆件还是帆船零件的东西，还有几个插得满满当当的笔筒，仅有的一艘帆船模型格外醒目，造型精美，干净闪亮，显然经常有人照拂擦拭。

　　办公室另一侧相对摆放着钟兰涧和财务小白的办公桌。"准水手们"有的坐在船长的班椅上，有的卧在沙发上，还有的是第一次来船长办公室，正端详着墙上挂的航海图片。大家互相调侃着，在轻松散漫的气氛中等着会议的开始。

　　船长从门外进来，没有什么正式的招呼，就坐到了沙发上，而大家也习惯了这种不客套的交往方式。办公室安静了下来，众人象征性地往船长身边凑了凑，算是开始了航海前的第一次策划会议。严格说，这也根本算不上策划会，因为就是船长在分工，没有商量，他把活儿派给谁就是谁：钟兰涧干嘛，徐毅干嘛，小李、小连……船长表情严肃、语气坚定，目标也很明确：出发前必须完成！不问理由，只看结果。

　　船长心里明白：到目前为止，大家还谈不上客观地预估这次航行。由他确定的这条航线是很具挑战性的——几乎与麦哲伦 500 年前环球的线路重合。这是一条比赛和探险用的航线，对人和船都提出了极大的考验，不知多少勇士曾在此航线葬身海底，即便是在各项技术都已经很有保障的今天，这条线路也是所有环球航线中公认最为凶险的。所以，航行会有很多不可预知的情况，惯例、经验和想象也许能防备一万，但防不了万一。对此，大家的心理准备是否充足？在陆上憧憬大海的人是否能够在海上放下幻想、迎难而上、随机应变？很难说。再有，所有的防患于未然都是需要资金支持的，现在筹到的款项捉襟见肘，能应付基础装备就不错了，谈何万无一失？但是，事已至此，没有时间做过多讨论，只有实实在在尽全力去准备。

虽说全局大家还不甚了然，但光看分配给自己的那一块活就知道时间紧迫，散会后便都分头忙活去了。

徐毅在顽石几年，有专业实践经验，被委以重任，制作具体的航程计划。他要根据船长绘出的航线，在小比例航海图上进行细分，画出计划航线。其中涉及很多问题：在起航点、目的地或航程中是否有潮汐变化？哪条航线对潮汐的利用最好，并且可用助航设备？是否有任何需要成直角穿过的船运路线和交通隔离方案？由于海上远距离辨认光线的难度，这会影响到起航或到达时间，那么当地的日出日落时间如何查询？进度检测由何种技术保证？想想这些，再算算时间，徐毅的头一下就大了。但他了解船长，知道这是他信任自己。为了船长的重托，也为自己的梦想，所以这事再难办他也必须要办好。好在徐毅曾在DELL、HP就职，经受过职场魔鬼训练，有一套科学、系统的工作流程。他先做了个分类表，把能想到的事宜巨细靡遗地先罗列上，接着大量收集备用资料——宁多勿少，把能收集到的资料都备好了，哪怕边走边分析也比落下了强，到船上再想找可就麻烦了。

做完分类，徐毅权衡轻重缓急，当务之急是制订详细计划：计算出通过防潮闸的最佳时机，重要位置的水深，日光和月光的可利用性等；用预估航程时间计算出预估到达时间及到达沿线各重要位置的时间。按理说，这些确定后可能需要重新制订起航时间来配合整体计划，但看船长的意思，出发时间是不可能改变了。所以如果不能按时到达重要位置，可能需要沿线停泊，于是，还要根据潮汐与潮汐流，查一下每个起航点与目的地的高潮、低潮时间及高度，辨识限制深度和需要防潮闸的快速潮汐，辨识所有对航行有用的光线、陆地标志和航海标志。到时估计需要充分利用这些辅助手段，因为这对于略微偏离的航线会十分有益。

徐毅是越做心里越没底。海洋气象对帆船航海至关重要，这是一个系统工程，包括海雾、海冰、海浪、风暴潮、海上龙卷风、热带风暴、暴风警报、信风、洋

走过了海角天涯，也看过了许多名城，在海上的颠沛流离让人想往陆地的稳定，但上岸后的生活又拴不住那颗不安分的心。于是，出发、回来、再出发……这就是浪子的生活。

归去来兮

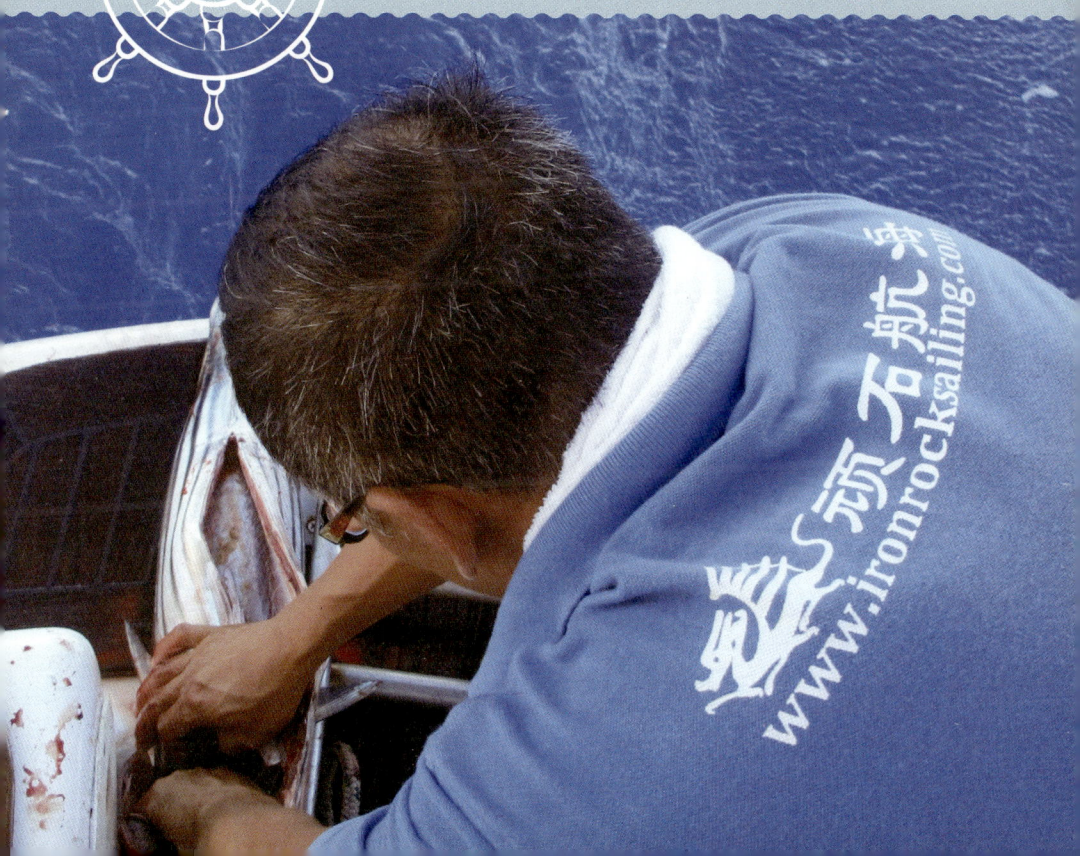

小李（李晋城）-（左一）

80 后，这次出海船员中年龄最小的一位。虽然外形高大，也许是年龄和阅历的原因，他的内心并没有外表那么强大——在西风带 50 多天无靠岸的狂风恶浪中，他一度怀疑、退缩，甚至到了崩溃的边缘，是伙伴们的帮助让他重新站了起来，又恢复了乐观开朗的本性。他在船上拍了很多"自恋"的照片，的确看得出是个心无城府的大男孩，脸上的快乐会感染所有人。

徐毅-（左二）

顽石俱乐部船艇部经理，在船上担任值班船长、领航员、通关、通讯及翻译。毕业于厦门大学化学系，加入顽石前在 DELL、HP 都工作过，抛弃 500 强企业选择一种漂泊的生活，这决定让他显得特立独行。作为受女孩子青睐的"酷哥"，在长达 10 个月的微博互动中与现在的太太结下了缘分。上岸后，两人便举办了婚礼，被称为此行最浪漫的收获。

小连（连全俊）-（左三）

闽北蒲城人，业余爱好者，在船上担任水手。因孩子太小，在新西兰站提前离船回厦门。离开时给船长发了一条短信："船长，感谢你的宽容！我本该和兄弟们坚持到底的！您知道我有多么渴望越过合恩角！请再次原谅我的懦弱！等孩子大了，我一定会再走一遍我们一起走过的路，一定会亲自穿过合恩角！感谢这些年的照顾，是您把我的血液染成蓝色的！最好的祝福给兄弟们！我在厦门等你们平安回家……"同行的兄弟们评价："登上这条船是勇敢的，但能够选择下船更需要勇气。"

魏军 -（右一）
这次环球的灵魂人物，无论在海上还是陆上都被大家称为"船长"。在接近60岁的年龄去环球，在别人看来是疯狂，但放在船长身上却合情合理。他是为航海而生的。虽然是土生土长的北京人，却一直向往水上生活——漂泊的海，摇晃的船，他却如履平地，如鱼得水……

烙铁（王铁男）-（右二）
听这个名字就很酷了，外形也很酷，清瘦精干，透着多年户外生涯的风霜和历练。烙铁是厦门号的机械师，哪儿出了故障都得管。厦门号能走完全程，他功不可没。从一个成功的工厂主到专业户外运动者，烙铁的转变缘于02年一次车祸。虽然自嘲为"无业游民"，但烙铁丰富的经历为很多人心向往之。环球之后，他又要开着"跨子"到南非去……

刘祖扬 -（前排）
厦门竞业体育用品公司总经理，已经移民加拿大的他思维相当西化，对事业、生活乃至环球都有着与其他船员不一样的认识；但作为一名成功的商人，双子座的他情商很高，是船上的"开心果"，在狭小压抑的船舱里，经常是他把沉闷的气氛挑动开来。

的力量

爱 你!

流、海流图、大洋环流、季风、太平洋台风、海洋环流、大气环流、海洋气候温
带气旋的机理分析及其预报方法，还有海洋水文气象预报、天气分析、天气预报、
大气温度、湿度……但这甚至还不是最头疼的。最头疼的是这些东西真和人头疼
的症状一样，少不了反复，你会接二连三地遇上……

　　这么短时间一个人哪儿弄得过来啊？徐毅心里有点着急，一急智商就归零了，
他掏出一支烟点上，想压压烦躁的情绪，果然舒缓了许多，大脑里又开始运转了：
对了，小连一直在研究海洋天气，这块儿应该和他一起研究。想到这儿，徐毅一
把抓起了电话。

　　钟兰涧接到任务后也是马不停蹄，他的任务是确保一船人的吃、喝、住。这
事看上去似乎有点婆婆妈妈，但"老江湖"钟兰涧却不敢小看：别说历史上很多
次远航因为补给不足，船员被饿死大半，就是现在，如果遇到特殊情况食物不足，
照样可能船毁人亡。人是铁，饭是钢，不管科技进步到什么时代，吃饭总是人的
第一需要。兰涧联系自己曾经工作过的罐头厂，说服他们答应赞助足够的各种口
味的罐头：蘑菇的、肉酱的、牛肉的、午餐肉、橄榄菜……又采购了船上专用的
锅碗瓢盆，还有面粉、豆类、干菜等易于储存的食物。生鲜食物先列出单子，临
走时再补充，还有一类水手不可或缺的重要物资钟兰涧也没忘记，就是酒和烟。
光酒就好几种：除了金门高粱、北京二锅头这些给力的高度酒外，还储备了大量
红酒、啤酒……

　　做完这些后，钟兰涧去见了一个人——顽石的股东，也是委派自己来顽石的
老板朱伟民先生。朱先生最近身体不太好住了院，他早就想去看他了；而且顽石
主推环球航行这件事，他也需要跟他汇报一下进度。其实还有一个重要原因，就
是此次航行的费用还有缺口，船长虽然没跟自己开口，但怎么着也要帮他出把力，
而朱先生对此一贯是大力支持的——只是他在病中，合适跟他说吗？

　　到了医院，钟兰涧见朱先生明显比以前消瘦了不少，但精神状态还不错。朱
伟民见了钟兰涧很开心："来来来，兰涧，快坐，航海筹备得怎么样了？"

来之前钟兰涧便得知朱先生患的是癌症，本有些惴惴不安，但看到他的状态，钟兰涧倒是松了口气，也许没有想象的那么糟。

怕朱先生太劳神，钟兰涧捡要紧的说，最后说："难为您病中还惦记航海的事，目前物资食物都准备差不多了，光罐头都够大家一路吃的了，其他的也都基本到位了。"钟兰涧顿了顿，没提钱的事，有点说不出口。

朱先生看出了钟兰涧的犹豫，他投资顽石时就清楚它的经营情况不如人意，要实现环球航行这么大的计划肯定更不轻松，他以商人的精明直截了当地问："资金筹备有困难？"

钟兰涧点点头："是。"

"这样，我个人出15万。"

"朱先生……"

朱先生抬了一下手："我这也是为顽石着想，毕竟这件事成功了对顽石很有利。"

"那我出10万，加上政府出的30万，还有船长朋友们凑的，离目标就更近了。"

"那就好。只是……如果你和船长都走了，公司这些赛事、合作怎么办？"

"我都做了详细安排，今年赛事不再需要公司自己掏钱，我谈了赞助，预计比赛完还略有盈余，规模也不会亚于往届，这您放心。"

"毕竟公司里没有个主事的人，还是不稳妥，你是否可以考虑不走全程？"

钟兰涧顿了一下，他明白朱先生的意思，一直以来，顽石帆船赛事的组织、策划、协调都是以他为主，船长或他最好有一个留守。但航海的欲望战胜了理智，钟兰涧回了一句模棱两可的话："要是出去时间过长，需要我回来，我会随时考虑回来的。"

朱先生点了一下头，没再说话，显然还是有些不放心，但他也知道钟兰涧要去的决心，父母、妻儿的阻拦都没有让他动摇，此时说什么也拦不住了。想了想，他抬头笑道："放心去吧，我身体还撑得住，你会做饭，多给船员做点好吃的，有力气才能航海。"

两人又聊了点家常，钟兰涧怕朱先生太累便起身告辞了。走出病房，他心情无不沉重，他在朱先生的脸色中看到了母亲当年癌症病重时的征兆，心里好像被揪了一下——当然，这是没有依据的，全凭第六感，但愿他吉人天相，慢慢好起来……

刚才差一点就想说"要不我就不去航海了吧"，但话到嘴边又没勇气说出口。自己是不是有些不近人情？毕竟朱先生病重住院，自己作为被委托人打理顽石，抛下这一大摊去航海，说得过去吗……钟兰涧理了理混乱的情绪，心想还是先不想那么多了，首先要保证这船人的物资到位。

钟兰涧出了医院，接着又去采购船上休息用的防护网、储物箱等必备物品。他给烙铁打了个电话，询问船上维修设备中有没有需要自己顺便采购的。

烙铁开着心爱的越野车正行驶在五缘湾旁的路上，吹着口哨，哼着小曲。今天，烙铁刻意捯饬了一下，穿的是阳光版的休闲套装，感觉像是要去度假一样。其他人都忙得透不过气来，只有他不急，他早打算好了，事情得一件一件来。就烙铁这身打扮，加上这配套的精神状态，谁也猜不到他将要去办的是一件大部分人都会很有挫败感的事儿。

这时，钟兰涧的电话打过来了，烙铁升调式的语气："hello，钟总，您有何指示？"

"烙铁，干嘛呢，听着这么高兴。"

"哈哈，我开车呢，准备去把我那不死不活的厂子卖了。"

"嚯……你这口气一点不像卖厂，倒像是去收购。"

"咳，有什么啊，卖了踏实航海去，你有事吗？"

"我是问一下你那边准备维修设备、工具什么的，这块任务也不轻，需要帮忙吗？"

"我这边还好，我想尽量找些赞助，没有赞助再出钱买吧，到时候我再和你商量。"

"那好，随时沟通。"钟兰涧本来有些不放心，看来烙铁有数。

烙铁早在 2006 年就开始等环球航海的机会，现在终于有靠谱的人要去了！他心说作为玩船的人，这种机会太过瘾了，绝对不能放过。环球航海出去时间长，少说也要一年半载的，自己这厂子不死不活也挺头疼的，索性卖掉清净。

五缘湾不远处就是他的工厂，主要做非标准化设备。烙铁本身是机械专业的高材生，专业扎实，工作几年后积累了大量实践经验，便雄心勃勃地开了自己的工厂。头几年他是个彻头彻尾的"工作狂"，只知道围着工厂转，没日没夜地干活，业务蒸蒸日上，产品迅速创出了口碑，他成了厦门同行业内"有一号"的人物。

改变发生在2002年，有次开车去浙江出差，同行带了两个伙伴，意外在高速路上翻车，令人胆寒的是后面还跟了一个大货车，幸好货车司机避得快，好歹人没事，但车是完全报废了。那之后烙铁好像变了一个人，对厂子不上心了，开始一门心思琢磨玩户外——登山、骑行、徒步、越野、攀岩，什么都想试试，甚至还去学了户外指导员的证书回来。

家人开始以为他是三分钟热度，玩玩就收心了，但看他这架势是不准备回来了，2005年干脆把工厂盘给了兄弟，他也在那一年开始跟着船长学帆船。为了生计，他又开了一个小工厂，但却一直不死不活的。这当然怨不得别人，哪个做工厂的人不是天天驻厂？原料、工艺、流程、工人、财务、质检等这些链条，哪一环盯不紧就会出问题。但烙铁是只要有出去玩的机会，厂子就放一边，所以卖的时候他也没什么遗憾不遗憾的。

烙铁张罗工人搬运设备，和买家有一搭无一搭地交谈着，买家大概也没见过这种卖主，商人那点偷奸耍滑的劲儿丝毫没有，问多少钱转让，就一个回答："你看着给吧，只要别太过都无所谓。"

"王总，着急卖厂的人不是破产就是家中急事，你这神态不像啊？"

烙铁哈哈一笑："没见过破产还这么高兴的吧。"

"确实没见过，跟过大年似的。"

"说对了，比过年还高兴呢，我要出趟远门，所以便宜你了。"

"到底干什么，值得你这么不管不顾的？"

"和几个哥们开帆船环球去。"

"为什么啊？值得这么倾家荡产的？"

"为……为了大家都没体验过吧，去挑战一下。"说这话时，烙铁还挺严肃认真的。

"我不懂航海，但老能碰上你们这种人，都是奇人！不过这情操还是让人佩服，一般人真做不出来！好，就为你这全力以赴的劲儿，这样吧，刚才砍掉的 5000 不砍了，我再给你添 5000，算哥们儿支持你了！"买主也被激起了豪情。

"够意思啊！"烙铁也兴奋了，他拍拍买主的肩膀："你是做船只机械的，能不能再给我准备些帆船上的备用设备、工具之类的，算是你的友情赞助了，我在太平洋、大西洋上给你的品牌做个广告，你想，都能在渺无人烟的海洋上投广告，那得多有实力啊。"

"你小子，还当你傻呢，其实够精的！好吧，看在航海的面上，能帮的都帮，不过你说的不靠谱的广告就免了吧，我也不傻。"

烙铁自己也没想到，吊儿郎当地说了一通就碰上一个愿为"情操"出力的主儿，不急不慢的厂子也卖了个好价钱，航海的设备工具还有人给赞助了，好像连运气都高升了。烙铁心里更是只剩了航海，他把厂子里剩的原材料直接当废品处理了，留了些没处理掉的主机、车床、铣床放在朋友工厂里，心想：先彻彻底底地去航一次海！至于回来怎么办？再说吧。

船长自己的精力主要放在两件事上：船和钱。他要保证船能驶出去，也要保证船一直驶下去，还能驶回来。所以他一方面联系船主最后敲定合约，一方面还要保障最起码的经费尽快到位。今天钟兰涧说他和朱先生共凑了 25 万，他心里有些小感慨：这帮朋友还真是够意思，兰涧和朱先生私人出钱赞助不说，还明说是给环球而不是投给顽石俱乐部，他明白他俩是不想给自己压力；另外几位老友也做了力所能及的支持，虽都是生意人，但给钱的时候均未提一句赞助或者回报之类的话，都是来给航海鼓劲儿的。

船长坐在办公室里正想着，咚、咚、咚，轻轻地敲门声让他回过神来。

"请问魏船长在吗？"船长看到一个瘦瘦的，有些单薄的陌生男人站在门口，怯怯地看着自己问道。

船长从座位上站起来："我就是，请问您是？"

"我……有病，从鼓浪屿来的。"船长一时有点蒙，没听明白。还没等他再开口，那人赶紧解释："魏船长，您别误会，在帆船网上我的网名叫'有病'，我看到你们要航海的消息，所以跑来了。"

船长请"有病"坐下，陪着坐了一会，没说几句话，"有病"要告辞，船长惦记着费用和船的事，也顾不上弄清他的来意，只当是粉丝的行为，也没挽留，起身将他送下了楼。

走到门口，"有病"突然停住，回头盯着船长。要不是船长和他聊过几句，看到这一举动真是非当他有病不可。

"魏船长，我了解帆船运动，现在赞助不好找。""有病"说话好像总是没头没脑的。

"啊……是……"船长还是没弄清他想说什么。

突然，"有病"从自己的双肩包里拿出一个厚厚的牛皮纸文件袋，塞给了船长。

"这是？"船长有些不解。

"我赞助你们15万。"说完他就跑下了台阶，"魏船长，祝你们成功。"

"有病"一溜烟跑了，船长还没反应过来，低头看了一眼手里的文件袋，沉沉的，方方正正的一摞一摞的人民币码在里面。

"你总得告诉我你是谁吧？"船长仰头喊道。

那人跑远了，也大声喊道："网上有我的信息，我叫'有病'，我会一直关注你们的。"

船长觉得突然，甚至有些戏剧性，但心底里也并没多诧异，这迷上航海的人确实都"有病"，包括自己和周边的人，哪个不是另类？"有病"的行为古怪但也不难理解，拒绝这样的人反而是一种伤害，倒不如接受了，人情慢慢再还。

船长转身上楼回到办公室，在桌上乱七八糟的东西里扒拉到计算器，算一下目前的资金情况：兰涧加朱先生出了25万，政府筹措30万，老友张罗了30万上下，再加上"有病"的15万，差不多90多万了，离预估的总数还差一些，但也差不太多，这样就敢先走出去了，后面还有时间想办法。

船长自言自语地喊了一句："行，能走了！"

资金的事儿算是松了一口气，接下来就剩另一件大事：看船。经过几轮筛选，基本已定下了目标，但为求慎重，船长特意又约了陈健，还带上了小李，准备最后再去考察一下这条可能会与自己终生结缘的船。

说起这条船，还真有些故事，船主是香港人，姓樊，大家都称他樊先生。在帆船界有个共识，船必须有些特殊意义才会被关注，升值快，并成为名船——比如参加重要比赛获得好名次，或是出席过具有纪念意义的活动，或者跑过特殊的航线等。船长他们要去看的这条船是樊先生在香港回归时买的，他一直对大陆很有感情，这条船在1997年香港回归、2008年北京奥运会时跑了内地不少航线，很有纪念意义，也曾多次来厦门参加比赛。之前船长多次牵线陈健与樊先生会面，陈健很欣赏这艘有故事的船，樊先生得知他们是要去环球航行后，也是更加刮目相看。但之前几次都是在不确定出航日期的前提下泛泛而谈的，所以一些关键点一直没涉及；这次不同了，出航的日子已经确定，不出意外的话这次就要敲定了。

"船长，你确定这艘船适合远航吗？"陈健问道。

"说实话，这我认识也不充分，因为拿不准，就托人在香港打听，香港玩船的人都说这条船是可以跑远洋的。"

"要是适合的话，剩下的问题就是价格了。这条船樊先生当年是花了近500万买的，就算折旧几年，但加上这艘船的意义，还真不好估价了。"

"樊先生一直没提最终价格，看来也是在权衡，他本意是很想低价出售，算是对咱们的支持。"

"这是樊先生的情怀，所以我也是一直不好意思提具体数，毕竟这条船还是有一定市场价值的。"

"那咱们看樊先生的意思吧。"

"也好。按理说这艘船出厂已经十几年了，短程比赛创佳绩也不太可能，而且日常保养维修花费应该也不低，这可能也是樊先生想出手的一个原因吧。"

小李听着两人的谈话，脸上始终保持那种要跟着家长去相亲般的神情，想象着要见的姑娘，羞涩却又迫不及待，两位家长聊到和船有关的点滴都会引起他极大的兴趣。见他们谈话告一段落，小李马上插话问道："这船叫什么名字？"

"好像是叫'情怀号'。"船长微笑地看着小李一脸期待的表情。

"'情怀号'，听着挺有情调的，那咱们要用这船的话还叫这名字吗？"小李追问。

这话问到关键点了，这也是船长之前一直考虑的问题，他看了一眼对面的陈健，说："咱们叫什么合适呢？"

"我之前想过叫'顽石号'，或者船是你买，以你公司的名字命名……"

"我公司不太合适，顽石有些意义，但我感觉还是要再响亮些。"

"或者我们直接叫'厦门号'。"船长之前想过，但因为有顾虑他一直没在人前提。

"嘿，这个大气！"小李不假思索地喊了出来。

"厦门号，很不错！以城市命名好记也易传播，只是需要向政府打报告吧？"陈健也很赞同。

船长见两人赞同，也有些小兴奋："这样，小李你回去就拟一个报告，尽快向相关部门上报。"

"没问题，回去马上执行。"小李一直沉浸在兴奋中，只要是和航海有关的事，不论大小都高调去做。

正聊着，已接近帆船停泊的码头，小李第一个蹿下车，然后是船长和陈健。樊先生的助理已在码头等待，先安排他们仔细看船，再去见樊先生。

也许是应了看船人的心情，湛蓝的天空没有一丝杂色，海风的力度让沿岸行走的人要用点力才能倾身逆行。这种天气特别适合出海，时近中午，大部分的泊位都已空出，露出了海水，远处海面上起起伏伏地飘着几面白帆。留在泊位上的船此时会有一种另类的寂寞，在海水的涌动下随波摇晃，有着一种按捺不住的不甘心。

大家朝船远远地望去，海天相接的蓝色渐变之间，漂浮着一条纯白色的帆船，刚好看到船45度角斜侧面，高高的桅杆在落下帆布后呈现出特殊的骨感美，高傲地耸立着……

小李显然已经被彻底迷住了："这简直就是一位风韵犹存的少妇。"闻听此言，众人忍不住笑了出来。

船长问道："这艘船的具体尺寸是多少？"

"长51英尺，宽十五六米左右，桅杆23米，有前帆和主帆。"

"那最大荷载是多少？"

樊先生助理显然也是有备而来，回答道："甲板上有62平米的活动空间，舱内有8平米，航海的话，最舒适的状态应该是4到6人，当然也可以增加，可以根据远航的距离适当增加1到2人，只是所有人都在船舱内时会略微有些拥挤。"

边走边聊，不知不觉他们已从船的侧面转到了正面，眼光却始终没有离开过船，不光是驾驭的欲望，还有此时此刻欣赏此船的确是一种享受。轻盈的白在诱人的蓝色上起伏摇曳着，随风起舞的绳索时而敲打在桅杆上，如同被拨弄的琴弦，发出悦耳的声音。如果不是还有一份理性支撑，船长真想直接把这"风韵犹存的少妇"直接开回五缘湾。

小李一个箭步跳上了船，这儿看看，那儿摸摸。樊先生的助理带着陈健一边聊一边也登上了船。原本有些寂寞的船仿佛突然被激活了，船身欢快地摇摆着，似乎有种迫不及待被驾驭出航的情愿。船长没有登船，他又走了几步，在垂直船头的角度停了下来，目光扫视着周围的海域——左侧是圆弧形的金色沙滩，镶着被涨潮的涌浪激起的白色水沫，右侧是一片深色的礁石清晰地显现在天际，斜对面林立着高楼大厦，船桅杆正对着出港口，连接着更广阔的大海——船长的思绪已经飘向了那片海，而这艘帆船也已经在他的脑海里试航了……船长想起了什么，拿起电话拨通了钟兰涧。

"兰涧，你想办法联系一下保险公司，看能不能给所有船员买保险？"

"这个我之前已经问过了，您定的航线完全是沿地球自然地貌航行，风险性太大，保险公司不愿意担保。"

"一家都不愿意吗？"

"是。"钟兰涧很不想从嘴里挤出这个字。

船长的声音有些低沉："那多备些求救信号弹。"

"好，你那边船看得怎么样了？"

"与咱们以前玩的船比，这个算是大帆船了，能容纳 6 到 8 人，内部构造我一会登船再细看看。"

"好，看看储物空间，我好根据这个备物资。"

"没问题，等看完回去再细说吧。"

此时小李已经蹿到船头，使劲挥舞胳膊召唤船长上船。船长登上船，先顺着甲板环顾了一周，这船七八成新的样子，外观看上去要比实际船龄"年轻"，也许就是小李说的"风韵犹存"吧。看构造，驾驶舱及设备设施都还算完好，主帆和前帆安好，只是船体表面常用处有些磨损。船舱功能区也比较完整，有洗漱间，有做饭的设施，还配有橱柜，船舱两侧是船员床铺，床下有储物抽屉，空间比较紧凑。总之，一切看上去都还比较完整。

看完船后，几人一同见了樊先生。樊先生并不太在意船的价格，而是和船长他们聊了很多航海的事，相当尽兴，而买船也就顺理成章了，樊先生出了一个惊人的低价——几乎是半卖半送。他希望能助船长一臂之力，圆满完成这次环球！

起航的日子越来越近，环球航海已经进入了倒计时。

船名报批的过程出奇地顺利，这条船有了响亮的新名字——厦门号！

紧接着，"厦门号"被送去汉盛船厂做外观抛光、喷漆，同是爱海之人的船厂老板慷慨地免收了场地费和人工费，只收了物料成本；但因时间紧张，内部所有设施只做检查不再更新了。

小李在准备医务箱，虽然他不懂医务，但只要分到名下的活儿，他都精心准备着。

徐毅曾几次建议船长修改航线，均被毫不留情地否决了，他只好硬着头皮继续准备想象中可能用得着的资料。

烙铁正在接收厂子买主赞助的维修设备和工具，对方是个行家，出了不少好主意。

小连一边准备气象资料，一边还在继续和老婆磨合着出航后可能的突发事件。

钟兰涧在完成航海物资准备后，还在布置顽石俱乐部接下来要主办的帆船赛事……

一切忙碌而按部就班地进行着。

一个人的到来打破了计划，这个人叫刘祖扬。他突然跑到顽石，非要参加这次环球航行。众人被他弄得措手不及——此时所有船员都经过了体检，也都签订了生死协议，万事俱备，只待出航。此时突然多出一个人来，而且和大家都不熟，他是否有航海经验？什么脾气秉性？能否与其他船员合得来？这些软性条件在船长看来都非常重要，而在短期内又测试不出来的。船长没答应。

可这刘祖扬真不是省油的灯，软磨硬泡，锲而不舍，他几乎每天都过来，没话找话，有活儿干活儿。大家很快发现他一是特别善于沟通，是个"自来熟"，二是眼里特有活儿，而且对航海也不是一无所知，帮忙都很在点儿上。一了解，原来他也是个户外运动高手，玩过帆船，而且外语很好，善于与人沟通。大家琢磨着，要环球绕着世界跑一圈，还真用得上他的特长。没过两天，船长也被大家说服了，同意他作为最后一名队员入选。

眼看着就要到起航的日子了，所有人还是忙成一团，总觉得有做不完的事情。就连潘市长都亲自去了趟南普陀。在厦门本地人看来，无论有心事还是求什么，南普陀是最灵验的圣地，身为厦门人的潘市长也按照风俗为船员们祈愿一番。

2011年11月2日，终于到了出航的前一天，厦门号的队服分发到了每个队员手中，跟大家做了出门前的最后一番叮嘱后，船长也回到家中收拾自己的行装。他将手中的队服展放在床上——T恤毫无意外是深蓝色的，大海的颜色，左侧胸口绣着鲜艳的五星红旗和醒目的"厦门号"三个字，袖口处则是顽石俱乐部的标识，一个加了个翅膀的汉朝龙形纹样，又像是一条行驶中的帆船。船长很满意这件队服，明天再配上蓝色的帽子和白色的短裤，大家齐刷刷穿上，再齐刷刷地往厦门号上一站，那该有多么意气风发！

他收拾着行李，其实不过几件换洗衣物和必需的洗漱物品，一个随身的背包就放下了，看上去像出一两天短差的样子，完全想象不到这是要出门近一年的配备。可这就是船长，四海为家，视一切身外之物为累赘。

收拾完，船长坐在沙发上，点了支烟，环顾着屋里——这房子是租来的，要不要退掉？虽然洗衣机等家电是自己买的，但这一走就是小一年，光租金也够回来再买一套了。别看船长平时看上去不拘小节、大大咧咧，但毕竟是"50后"，经历过艰苦朴素的年代，还是很会精打细算的，所以一直盘算着是不是要把房子退了。但转念一想，虽是租来的房子，可好歹也是自己在厦门的"家"，还没出门呢就连窝都不要了是不是有点不吉利？想到这一点，船长决定还是留着这个房子，要给自己留个好念想，有房子就是有个家，给远航的自己留一个等待回归的家。

为了养足精神，船长准备洗漱完毕早些休息。原本每天睡觉前一定要看一会儿书，今天拿起书却有些读不进去，索性关了台灯睡吧。月光透过窗帘，屋子里依稀有些光亮，窗帘缝里透出的一束月光正好打在船长脸上。而船长越想睡越睡不着，辗转反侧，脑海里一幕幕闪现出厦门之前的经历，几十年的时光突然浓缩了回映在眼前，如同放电影般清晰可见。

回忆让船长有些兴奋，更睡不着了，他索性从床上爬起来拉开窗帘，看着月光下的这座城——飞檐高耸的妈祖庙、夹杂着南洋风格的闽南建筑的轮廓，月光下虽看不清精雕细琢的细节，但整体轮廓更显出了几分大气。船长很喜欢这种闽南独有的建筑，因为它们传递给外来的船长是一种包容感。这种包容感与自己的家乡北京有共同之处，这也让他不由地想起了北京的建筑。船长从小在北京长大，别说达官显贵的府邸传递着大气庄重的威仪，即便是民宅胡同都有着严整的美感，在这种气氛中成长起来的北京孩子总比其他城市的孩子有着更浓郁的政治情怀，总有着"建功立业"的雄心壮志，当年的自己也不例外，也正是这种非要闯一闯的性格让他走上了航海之路。

回顾 20 年的航海人生，往事历历在目。第一次张罗航海还是 1997 年香港回归前，当时政治觉悟极高，觉得自己受党教育多年，想借香港回归做个有特殊纪念意义的帆船比赛，从大连开船到香港，同时借帆船比赛回顾一遍近代史：康熙三十八年（1699）英国东印度公司正是驾船来到中国，还成立往返中英两国的海运企业，之后巨大的贸易逆差刺激英国找到扭转利器——向中国倾销鸦片，然后就是鸦片战争，然后就是战败、割让、赔款……每个中国人都不会忘记的屈辱历史。年轻的魏军很有爱国意识，他想当年英国人是开着船来的，这次我们也开着船回去，路线也设计好了：从大连出发，经上海吴淞口、福建马尾、广东虎门，正好 7 月 1 日到香港。现在回想起来，当时一半是民族情绪，一半也是年轻气盛想出人头地，除了场面风光"扬我国威"外，还琢磨着搞这么个大策划得赚多少钱啊？所以也殚精竭虑，先找了住邻居的劳动部吕部长。吕部长对这个计划很支持，还帮着找到了国家体委。遗憾的是领导考虑到安全问题，最终没批下来 7 月 1 日到香港，而是 7 月 1 日起航。虽然有些偏差，但基本如愿以偿，自己的理想与爱国情结有了第一次对接。

这是船长第一次组织大赛，当时船上除了他自己和一个老外不是专业的，其他都是运动员。珠海到厦门那段航程，运动员们都晕船吐了，可他自己浑然不觉，而且一上船就特别有感觉，不但不晕船还异常活跃，白天看云晚上看星星，即使替人值班坚持 12 个小时也没问题，甚至还觉得有点"不过瘾"。要不是在甲板上时间过长腿晒爆了皮，他还舍不得下去呢。船上的运动员都说他天生是航海的料。

1997 年之后，船长在航海上找到了兴奋点，决定大干一番。他先从自己公司出了 200 万买了 6 条帆船存在珠海——当时觉得中国的游艇业还未形成，有了这6 条船就能组织帆船运动俱乐部；紧接着又做了一个航海策划，也是前人未曾实现

的——台湾海峡的直航，还跟国家体委签了协议，一直到 1998 年 5 月份事情已经
准备得很完备了，但临近起航时却因为台湾方面没批只得作罢。

但船长这人死心眼，发誓一定要做成海峡两岸有关帆船的大赛。于是又跟国
家海洋局联系——由于那年是世界海洋年，海洋局有个"海疆万里行"的活动，
船长便跟着策划了"海峡杯"帆船赛，把原先的活动并到这个活动里——其实船
长还是惦记着做台湾海峡的直航。后来他干脆就直接落户厦门，每天都可以面对
台湾海峡。而每当此时，他体内的肾上腺素就会增多，血液就升温，总想来一次
直航，用自己的绵薄之力为祖国的和平大业做一点点贡献。就在寻寻觅觅中，他
遇到了顽石俱乐部。顽石最早是综合性的户外运动俱乐部，但因为主营的运动项
目没什么刺激，吸引会员乏力，面临着业务转型的局面。船长带着自己买的六条
船承接了顽石俱乐部，在五缘湾开始了厦门帆船运动的启蒙教育。

玩帆船俱乐部和玩帆船一样，最怕遇到风暴。船长就没想到自己时运如此不济，
1999 年的一场台风就把 6 条船给吹没了。其中三条被吹得无影无踪，另外三条勉
强找到——一条被浪推上了岸；还有一条被推到铁路边上，当时想用挖土机把船
给钩回来，但附近老乡说船把他的房子撞坏了，不赔偿损失就不让钩船；另外一
条被推到村民的渔场里，渔民说把他的堤坝撞坏了，也不让弄走。几经周折甚至
闹到了警察局，最后还是以顽石赔偿为代价，才将船弄回五缘湾。屋漏偏遭连夜雨，
不久后又一场台风袭来，又吹跑一条船，可怜的顽石就只剩下了两条船。

但是，多大的磨难都拦不住船长坚持做下去的决心。2005 年，顽石真正转型
成为帆船俱乐部，并举行了"第一届顽石俱乐部杯帆船比赛"。也就是在那时，
顽石的标识改成了现在的像帆船的龙纹，之前是个蜥蜴的纹样。毕竟国内的帆船
运动还在萌芽阶段，顽石惨淡经营，有一段时间甚至就靠驾船带游客去海岛游玩
来维持生计。

困窘绝不是船长认输的条件，他天生就是带着荣誉感做事的人，这必然导致
两个结果：要么绽放，要么枯萎。

船长继续折腾着做大赛，一次在集美组织了一场帆船赛事，叫"滕王阁挑战杯"

帆船赛，当时顺嘴说了一句要去环球，结果同伴就跟媒体说了。要不说不能在媒体面前随便说话，没想到媒体就给放大了，报纸给弄了个大标题："帆船环球已经不再是外国人的专利"。这事儿就在船长自己还没想明白的时候便成了众人皆知的事儿，想到这儿船长都忍不住笑了。再转眼间，天亮便可以启航环球了。

天有些要蒙蒙亮的意思了，船长赶紧收起兴奋的思绪，认认真真睡完可能是陆地上的最后一觉。

5- 一段前途未卜的航程

深蓝是诱人的，
也是神秘莫测的。
我们人类永远无法用陆地的法则去丈量大海，
只有用身体丈量过大海的人才能说出海的感觉。

2011年11月3日清晨5点，厦门号升起的船帆已经高高飘扬在五缘湾的外海。由于担心再晚，涨潮后水面升高，船出不了五缘湾大桥的桥拱，所以厦门号启航的时间定在了大清早。（配图：厦门号在五缘湾周围远近不同图片）

"大风起哟，扬起了帆，放飞的心哟，尽情绽放，海上的家就在这里，梦想与你扬帆起航……"一首铿锵有力的《远航》送厦门号起航了，余音在五缘湾上空回荡。据说这首歌原本要请汪峰来唱，结果阴差阳错请来了郭峰。其实，对船长而言，谁唱都一样。

厦门号在欢送声中渐渐远去，送别的人们看着白帆逐渐在视线中隐退……岸上所有的人都不会想到，驶出五缘湾的厦门号将会是汪洋大海中一条前途未卜的船，真正的情况可能比想象的更糟。

船走了，而它的故事才刚刚开始。一条船、一点帆，一点一点变小，直到消失在海平面上。我们知道，或许我们并不知道，这条环球航行的船的命运，犹如大海的波诡云谲……

有一大票玩船的朋友驾帆船送出厦门号很远，船长几经催促，他们才终于散去。随着所有送行的帆船渐行渐远，船长心里沉了一下，他好像突然明白：自己终于是真正意义上的环球航海的"船长"了。

下午 15 点 59 分，厦门号驶过五缘湾不远处的五通灯塔，船长下意识地看了一下手表，让小李记下这个时间。船长发出了启航后的第一次命令：烙铁第一班领航，每四小时一换班。徐毅、小李控制主帆，刘祖扬巡视甲板，小连开始精密观测气象和洋流情况，钟兰涧和陈健在船舱里整理着，一切都还算井然有序。海浪的颠簸和对一切未知难题的思索，让每个人以最快的方式将状态从陆地调整到海上。

负责第一班领航的烙铁脸上有些不对劲，甲板上的船长留意到了，他走到舵旁与烙铁低声交谈着，原来是 GPS 出了问题。

"问题大吗？"船长低声询问着烙铁，不想影响到其他人。

"GPS 基本上不工作了。"

"怎么会这样？"船长有些意外。

"这是昨天新装上的，时间太紧没来得及调试，这不，还真是有问题。"烙铁有点着急。GPS 作为定位、导航系统，可以说是远洋航行中最重要的仪器，航行时领航员需根据 GPS 显示的经纬度在海图上确定船舶的卫星船位。没有了 GPS 的船几乎等于飞翔中没有了方向感的鸟。烙铁看着船长："要不要停靠香山码头？"

香山码头就在五缘湾目视范围之内，船刚出港就因为故障停靠也太煞风景了。送行帆船和游艇还依稀可以看见，海事局的工作人员也还在海巡船上列队向厦门号致敬。

船长显然不想把这糟心的事传递出去："继续调试，想办法到菲律宾再修。"烙铁眉头紧了紧，还是竭力把心思投入到解决 GPS 的问题上。

船长凝视着厦门号前进的方向，脸上的怡然瞬间被果决替换，对于他来说，义无反顾地前进不只是为了所有人的面子，更是一次心理的较量。那是一种割断脐带后的野蛮生长，他说：世界只记得那些征服了它的人！

烙铁在机械方面的经验让他很快找到了解决办法，GPS 能用了，只是有些偏移，但依靠人力可以控制，熬到菲律宾应该没什么问题。

天渐渐黑了，厦门号迎来了第一个海上之夜。半轮月亮升在夜空，如同海平面上升起的一面银色的帆，与孤独的厦门号为伴，它把清辉投到蓝墨色的海面上，映出一道长长的颤动的光柱。

厦门号上一片欢声笑语。小李调侃道："小连，我看你出发时热泪都有些盈眶了，舍不得老婆吧。"

"瞎说，那是舍不得我女儿。"小连说着掏出钱夹，借着微弱的光线美美地看着女儿的照片。

"既然那么舍不得，干嘛还航海？"小李有点犯坏。

"这你就不懂了，老婆孩子要有，理想也要实现，等你有了就明白了。"小连显出一副过来人的得意。

"你怎么知道人家没有，是吧小李？"烙铁边喝着啤酒边逗小李。

"我有什么？"小李有点害羞，要不是天黑，准能看到他脸上初尝爱情的潮红。

"哎呦，还不承认，女朋友临行时送的什么定情信物啊？"烙铁显然证据确凿。

"这你都看到了，还不是女朋友呢，八字没一撇呢。"

"我也看到了，长得还挺漂亮的。"一旁的祖扬也忍不住调戏他。

"有你什么事，你老婆孩子都来送行你还瞎看，小心我告诉嫂子。"

"看看，小李急了啊，看来是真事。"

哈哈哈哈，甲板上一阵阵笑声，船长和陈建被笑声引到甲板上，陈建问："聊什么呢这么高兴？"

"陈总，你放下那么多生意来航海，为什么啊？"烙铁一直觉得能来航海的人都是不靠谱的人，这中规中矩的生意人去航海真有些意外。

"我啊，从小就晕船，这么多年了，就想试试是不是还晕船。"的确，这是陈建从小的一个心结，也算是他上船的原因之一。

"那你呢，还有大家为什么？"陈建反问道。

"其实我就想离开岸，为什么我不知道，就是跟着感觉走。"小李认真地说。

"我说过了，要拍下所有最美的日出日落。"小连一直惦记着这事。

"体验不一样本身就是一种享受。"祖扬总是一副满不在乎的轻松状。

"你小子说的是航海还是女人啊？"烙铁追问。

"哈哈，就你能听懂，说明你有这心，看你就不是那老实的。"祖扬笑道。

"我就是为了航海，玩得过瘾，是吧，徐毅？"烙铁转移着话题。

徐毅喊道："你是不是我不知道，我和小李之前就商议过，无论遇到什么困难，无论是谁放弃，我们两个都要跟着船长走。"说完他看了一眼船长。他们对船长有一种家长式的信任感，这也让船长将他们当孩子般看待。"船长，那您为什么呢？"

"之前很多人问过我，我也没想明白，倒是今天在船上我想明白了，这和我从小的经历有关。"

"什么经历，讲讲吧船长，我们都想听。"钟兰涧和船长相处时间不短了，但也并不了解船长的过往。

"好，今天高兴，给你们讲讲我的经历。"船长顺手接过祖扬递给他的啤酒，坐在大家为他腾出的座位上，边喝边追忆："很小的时候，父亲就总带我去北海划船，那是我最早接触水。后来'文革'开始了，毛主席畅游长江，部队大院里组织学生去游泳，每个星期五会有军用大卡车带着我们到北京城外的'三海子'——现在叫麋鹿苑。那时我就觉得自己天生喜水，游泳对我来说一点都不费劲。从此我和弟弟只要放假就天天泡在水里。那时候就特别向往海，听别人说起在海边抓海蛎子都会羡慕不已。但直到1976年我当兵复员也没见过大海，也就是在山海关瞄了一眼。"

"啊，北京的孩子这么可怜啊，连海都见不到。"小李插了一句。

"别打岔，听船长说，后来呢？"徐毅在顽石有几年了，也没听船长说过这些。

船长笑了笑："转业后我就到了北京市食品研究所，做食品机械，当了车工；后来到机床厂学习，学机床修理；再后来我妈说到航天部来吧，就像现在的公务员，大人觉得这样就有了保证。航天部对学历要求特别高，我就在航天部上技校一年半，红旗业余大学一年半，学的都是机械制造。学成后我到航天部12研究室当计划调度，后来升为调度组长，那时天天加班，倒是积累了很多经验。"

"看不出，以前你还是中央部委的呢，要是干到这会儿，说不定是个不小的官呢。"陈建也无法将眼前这个地道的船长和一个部委的领导重合起来。

"什么人什么命，我这性格注定了不会在那里。那里都是知识分子，有学历才有话语权。有次开会我跟一个总工程师有了争议，是因为当时火箭燃烧包的共底粘在了模具上，好多专家反复讨论也没什么结果，最后专家们得出结论非要从外面撬开。我一听就急了，说：'不能从外面撬，这样很有可能造成损害，其实用液体灌入胀开就行了。'我们总工一听就盛气凌人地说：'这没你说话的份儿。'当时搞得我很生气，也因为年轻气盛，说不干就不干了！"

"那您后悔过吗？"小李追问道。

"之后自己想想，当时其实就已分出了阶层，我完全不属于那个群体。所以不如去做自己喜欢的事，要不然我今天怎么会坐在这条船上和你们聊天呢。"

"船长，原来您年轻时也这么不靠谱，我了然了。"烙铁喜欢起哄。

"那您又是怎么和船结缘的呢？"祖扬饶有兴趣地问道。

"现在说起来叫创业。当时我就是在农村找了个房子，把电视上看到的冲浪板拷贝下来放大，揣摩着做了一个，然后带到北戴河去玩，没有什么精确的设计，所以人坐不上去，上去就翻，但大家都说很好玩。之后就想干脆弄个公司吧，主要做水上运动器材，没想到还真有人买，赚了钱，慢慢就发展到了做船。之后赚了点钱买了船，又辗转来到厦门，后来的事你们也都知道了，来厦门也有20年了，生活中就只有海和船，反而觉得格外简单踏实。"

"船长，您这段跟我放弃银行工作到处闯荡很像啊，看来咱们都不是能中规中矩过日子的人。"祖扬找到了认同感。

"要不怎么能上一条船呢。"钟兰涧笑道。

"来，为大家的不靠谱，为一条船，干一个！"船长的故事让每个人对前面的路更充满了期待。

风鼓动着海浪扑上甲板，月亮早已升上了中天，将前方的航程照得通亮。航速 8 节，航向 173 度，厦门号正欢快地驶向第一个目标：菲律宾的马尼拉。

晨曦给大海铺上一层朱红色的纱，温柔的风轻拂海面，此时的海就像一位刚刚醒来的母亲，散发着温馨的气息，海水泛着涟漪、涌着碎波，如同她迷人的笑脸……

小连惦记着第一个日出，天未亮就来到了甲板上，坐着小眯了一会儿就被围着船飞的海鸥叫声唤醒。柔和的海浪声如同大海哼唱的一支晨曲，而海鸥就是她的孩子，和着这曲子扇动着翅膀，眼前的画面让小连如痴如醉，他举起相机，拼命地拍着，想记录下眼前这所有的美。美景比闹钟更醒神，大家纷纷涌上甲板上欣赏第一个日出。

简单的早餐后，众人便按照各自的分工对船的导航及部件进行检查。厦门号劈波斩浪飞驰在湛蓝色的大海上，方位北纬 23° 12′，东经 118° 22′，此时已经与汕头平行了。早上 8 点，风速 15 节，风向 0°，浪高 2 米，天晴，航速 7 节。

船长站在船头，感受了一下风向和力度，回身让祖扬和徐毅去船舱内拿出球帆。厦门号上共有 3 个帆，最前面的叫前帆，中间的叫主帆，还有一个叫球帆（半球状，通常为彩色）。主帆是最常用的，前帆起辅助作用，这两个都是三角形帆。当出现尾风（俗称顺风）时，球帆会升起来代替前帆，因为球帆较软且受力面积大，可以更好地利用风力。

厦门号巨大的球帆有 100 平方米，升起后，尾风把球帆吹得鼓起，祖扬和徐毅通过左右拉索把下部牵回拴牢，帆面就鼓成球形。厦门号航速达到 10 节，船长站在船头感受着速度，心想这才算进入环球航行的状态。

下午 18 时，船驶入台湾海峡，这里的浪虽小，但一排排小波浪越来越急，越来越高，犹如千万匹战马齐头奔驰，浩浩荡荡，轰鸣声在耳边回响。这是因为台湾海峡的南向浪与巴士海峡的西向浪交汇，使海浪成为三角形的乱浪，船横竖左右地摇摆，让人很不舒服。船长替下了值班的烙铁，也让其他人都回到舱内。

　　舱内略显拥挤，烙铁倒了一杯水，船始终在摇摆，他双脚分开支撑着，一只手抓住床边的把手，试图顺着左右晃动的劲儿将水"顺"到嘴里，突然一个前后摇摆，水一下倒了一脸，烙铁呛得咳嗽起来。

　　大家都笑了起来，烙铁自嘲道："过瘾，这才是海上的感觉。"他看了一眼蔫坐在床上的陈建，关切地问道："陈总，怎么样？还好吧？"

　　陈建没有表情，努力抬了一下眼皮，看了一眼烙铁，无奈地说："还好，比小时候晕船的感觉要轻多了。"

　　倒是钟兰涧，自小海边长大，对这些司空见惯，他伴随着摇摆颇有节奏地做着晚饭。他想着上船后大家还没有好好地吃过一顿，再加上今天浪急也没什么食欲，琢磨着到晚上风平浪静后让大家吃一顿丰盛的晚餐。果然，船过台湾海峡便风平浪静了。到了晚餐时间，钟兰涧招呼大家上桌，牛肉茶树菇汤、圆白菜和一份红烧肉，这在海上的级别等同于满汉全席。这帮人一天没怎么吃东西，看到这一桌子美食，如饿狼扑食，将盘碗一扫而空。吃完了纷纷盛赞钟兰涧的手艺，钟兰涧笑道："幸亏给船长留出来了，否则这架势船长就没饭吃了。"

　　正说着，钟兰涧的手机响了，大家都有些纳闷，在海上手机一直没信号，都是靠卫星按时段与陆地联络，可能是因为这段离陆地不远，竟然收到了信号。钟兰涧接起电话，低声"嗯……啊……嗯"了几声就悄悄挂掉了。他看看大家还在兴头上，便一人悄没声地出了船舱，准备替下值班的船长回舱吃饭。

　　船长看了看他，觉得好像不大对劲，问道："怎么了，你不晕船啊？"

　　"船长，朱先生不太好……"

　　"上次不是说精神状态很好吗？"

　　"是啊，朱先生家人刚才打来电话，说是肺癌已经转移到大脑，大脑中已有十几个瘤子，近期会手术……"钟兰涧突然有种压得喘不动气的感觉，说不下去了，想起朱先生在医院为了成全自己航海所说的话，他无比愧疚："我真不该来航海，让朱先生忧心了。"

　　"别急，咱们到了菲律宾和家里详细沟通一下，弄清情况咱们再商量吧。"

"也好，只能这样了。"

第三天，太阳照常按时跳出海平线，海面上没有任何渔船和商船，只有天空、大海和厦门号。此时风向已经从北风转为偏东风，方位20° 13′，118° 36′，帆船一切正常，距离马尼拉还有约 300 海里。

接近中午，金色的阳光洒在大海上，海面显现出它本真的色彩，如同一张无边无际厚厚的紫蓝色绒毯，微微地涌动着，仿佛在与蔚蓝的天空争奇斗艳。这片清澈、幽深、恬静的海洋，此时虽没有惊涛骇浪的壮阔雄浑，脱缰烈马般的奔腾气势，却仍是那的雄奇、瑰丽。海水蓝得是那么彻底，使人觉得翡翠的颜色太浅，蓝宝石的颜色又太深，船员们从未见过这么美丽的蓝。这蓝来得沁人心脾，纵然名师高手也难以描摹。

"太美了……仿佛有无数蓝色的光带，扯天扯地交相辉映，水天融作一体，真分不出哪个是天，哪个是地，乾坤朗朗，水天一色，我好像进了蓝宝石的世界。"徐毅被迷住了。

"远离人烟的海是最干净的，这比厦门周边的海干净多了，这清爽的蓝色天地，着实可爱。"小连一手拿着水瓶子，一边将烟灰弹进去，生怕一不小心烟灰被吹到水里，破坏了它的纯净。

"我都晕了，如同醉饮了蓝色的酒，满眼都是清光蓝影了。"烙铁故作喝多了似的摇晃。

小李的感觉总是有些与众不同："我感觉到她的脉搏在剧烈地跳动着，她蓝得那么充沛，那么年轻，那么富有活力，好像一个朝气蓬勃的少女。"

"小李啊小李，你刚看到厦门号时说像个风韵犹存的少妇，这会又少女——一会儿少妇一会儿少女的，这也太明显了吧？"陈建此时不晕船了，打趣道。

"是啊小李，昨天还没说完呢，你那位少妇还是少女送的定情信物呢？别老揣着，拿出来用。这甲板上风大，正好用你那防风 Zippo 点只烟。"烙铁揭秘。

"我自己还没舍得用呢，第一次一定要用得很有纪念意义。"小李狡辩着。

　　"我看现在就很有意义，咱们在出发前没有一家保险公司愿意投保，有媒体把咱这次航行称为'环球裸航'。你现在就给裸航的所有人点一支烟，这打火机一下就升值了。"陈建随时都能找到价值点。

　　"有道理"，小李从胸口口袋里小心地掏出一个铜色的打火机，在身上蹭了蹭，"那先给船长点一支。"船长笑着拿出烟，等着。小李打了一下，没火，再打一下，还没火，很没面子："怎么回事？"

　　"小李，这打火机需要加注航空汽油，你不会不知道吧？"徐毅一针见血，他知道小李一次还没舍得用呢。小李顿时羞涩地蹿回船舱灌油去了，身后一阵笑声。

　　"这简直是妖艳的蓝。"船长也被这蓝色感动了，"这是一个没有污染的世界，咱们一定要小心再小心，处理好所有的垃圾，不能因为咱们的到来给这片海带来一丝脏东西。"

　　"放心吧船长，刚才和祖扬都商量好了，饮食垃圾上岸处理，就连硬塑料类我们也会分割储存好，上岸做相应的处理。"烙铁经常出来玩，很有经验。

　　"船长，咱们回去后在帆船赛上也提出环保倡议吧，国内的海域都看不到这么醉人的蓝了。"徐毅经常有些不错的提议。

　　"好建议，这一届就办！"钟兰涧极其赞同，心想到了菲律宾就准备回厦门，可以马上执行。

　　船长拍了拍钟兰涧的肩膀："决定了？"钟兰涧点了一下头。

　　"也好！"男人不需太多话语。船长嘴里没说，但对兰涧的决定很佩服，作为一个爱海的水手，放弃是一种勇气。这样也好，他也希望兰涧回去主持顽石工作，让朱先生少操些心，能早日康复。

　　船员们在厦门号上度过了几个日夜，他们经历了第一次海上之夜，第一次海上日出，第一次风浪，第一次听船长讲过去的故事，目睹了第一片深蓝……厦门号顺风满帆驶向菲律宾，水手们继续经历着让他们充满新奇的第一次……

　　新的一天是星期天，厦门岸上来电说下午3点大家可以与家属联线。这对漂泊了几天的船员是一个极好的消息。茫茫海上无法使用手机，船上装备的海事卫星电话虽然可以随时与陆地联系，但电话费比较贵，每分钟要大约 20 元人民币，所以大家都期待着固定的而且有时限的通话时间。

下午 3 点，一船人除了值班的都围在卫星电话旁，等待着。电话准时接通，如大家所料，传来的第一个声音是潘市长的，他首先询问了航行状态和大家的精神状态，之后意味深长地送大家八个字："勇往直前，平安归来！"

接着是小连和家人说话，刚上小学的女儿稚气地说："我要在世界地图上找爸爸。"小连感动得差点说不出话来，大家都夸这孩子真聪明。

祖扬和老婆、徐毅和家人、陈建和父母也都通了话，虽然都是些几乎相同的慰问，但对于漂泊者来说，这是莫大的精神慰藉。第一次电话联线后，大家的心情也格外好，好心情带动着厦门号继续前行。

突然，前方天际出现了一团乌云，这意味着一场暴雨即将到来。经验告诉大家，这样的暴雨时常裹着大风，船长指示提前将主帆降下，防止到时紧张。乌云离厦门号越来越近——顷刻间，轰轰隆隆，万雷惊涧，潮声也似千声鸣谷，气势壮观极了！阵阵海浪亲吻着水手们的脚，"让暴风雨来得更猛烈些吧！"船上一片乱喊、乱笑声。

由于准备充分，船没受任何影响继续前行。大家兴奋地在雨中洗澡，因为船上的淡水有限，三天没有洗澡了，今天正好痛快地洗洗。

这是一幅非亲身经历难以描摹的海上奇观，茫茫无边的大海上波涛汹涌，一浪高似一浪地猛扑向厦门号，在甲板上激起一簇簇雪白的浪花，厦门号没有半点畏惧，迎着簇拥而来的浪花，似一只怒吼狂叫的蛟龙破浪前行。海浪声、欢笑声、雷鸣声交织在一起，构成一曲雄浑的交响乐。

又一天的清晨，看到菲律宾北部的山脉了，青灰色的山顶上缭绕着白色的云，厦门号已经顺利通过了两个海峡。风向已经转为偏南，厦门号是顶风前进，航速不快，昨天看天气预报菲律宾以西海上风速只有 5 节，不知道为什么今天却有 20 节。

昨天的大雨大浪让所有的衣物都湿了，本指望着今天是个晴天好晾晒衣服，偏偏天不遂人愿。海浪一直往甲板上打，船头在海浪上高高跃起，所有人的衣服湿上加湿，贴在身上很不舒服。更糟糕的是船非常倾斜，一侧的床铺没法睡人，大家睡眠都不太好，饭也没办法做，而且舱内很热，大家都盼着这样的局面能快点过去。

15 点开始，船随着海面的平缓也渐渐平稳下来，烙铁迫不及待地把鱼钩甩进海中，几分钟就看到鱼竿抖动，再看鱼漂处有一团水花，大家兴奋地喊着："有鱼了！"

烙铁喊："小李，快快，抓住它！"几个人涌上来，手忙脚乱地把一条近 10 斤的大鱼弄上了船。

小李捧着大鱼喊着："小连，快快，给我拍一张，我要发微博！"

没人认识这是什么鱼，管他呢，反正是钓上的第一条鱼！这让满船人充满了欣喜与兴奋，之前摇晃的糟糕感早已烟消云散了。

"小心！"鱼太大，小李一个人没拿住，差点跑了。

钟兰涧拿出一瓶烈性白酒："来，给它灌点。"

"给鱼喝白酒？"小李纳闷。

"那当然，你当酒只是给人喝的，这大鱼一灌烈酒就老实了。"

晚上，钟兰涧忍着闷热与摇摆为大家做了一顿非常好吃的鱼面，真是难得的美味！

11 月 8 日清晨，已是厦门号起航的第 6 天，原本预计当天清晨到马尼拉，但因为遇到顶风，要延误到下午 3 点。天气非常好，远远看去，菲律宾的海岸线若隐若现，清爽漂亮——雪白的云朵、蓝蓝的海面和葱绿的群山。

空气湿度不大，身上很干爽，大家把存了几天的湿衣服、湿鞋子全部拿到甲板上晒，甲板上一片狼藉，铺满了湿漉漉的各种颜色的衣服。稍露出点空隙，便会穿插坐着一两个光膀子的人，确实有了以船为家的渔民的意思了。

在接近马尼拉湾的时候，船长让大家收拾好所有杂物，厦门号恢复了抖擞的状态，准备开始他们第一次停靠呼叫和第一次靠岸。

VHF 通信，徐毅将其调至全世界通用的 16 频道，这样便可以直接对讲呼叫。徐毅用英文喊道："马尼拉海事局，我是厦门号，我是厦门号，请求靠岸，请求靠岸！"

过了约十几秒钟，顺利收到回复："欢迎厦门号，请靠岸。"

在厦门出发前徐毅已经做好了通关的各种准备和相关资料，因此海关例行检查相当顺利。

最先迎接厦门号的是马尼拉游艇会。游艇会在马尼拉湾的最里面，由欧洲人管理，他们用欧洲式的热情欢迎厦门号所有成员。船长将顽石航海俱乐部的会旗与马尼拉游艇会的会旗进行了交换。

5 天没有吃顿正常饭的 8 个人，此时就想着一会儿的招待宴会是什么美味，结果是一顿简餐，看来和国内的来头不太一样。不过虽是简餐，但这是启航后第一顿安稳的饭，大家吃得很开心。菲律宾海上警察局的官员与船员合影，赞赏他们的帆船环球，这件事以往都是欧美人才能做到的，今天中国人竟然也能做了。虽说称赞有些小歧视，但还是让船员们感到骄傲，毕竟是在称赞中国人的进步。

晚上是菲律宾华侨专门为厦门号设置的欢迎会，由于陈建早已通过泉州商会和菲律宾的华侨联过，所以欢迎仪式规格相当高，中国驻菲律宾大使馆参赞兼总领事沈自成先生和菲律宾华商联总会的庄前进先生及新华社和各华商同盟共 70 多人出席了欢迎会。

说实话，船长也觉得有些累了，他也不是很擅长这些俗套仪式之类的事儿，但他也知道这是陈建之前联系沟通很久才定下来的，而且是当地华侨的欢迎会，于情于理都应该集体亮一下相。同时，别看就走了这几天，船上不少仪器出现了小故障，为保证行程还要尽快确定修复难度和时间。

晚上，全体船员还是按时出席了欢迎会。本想着在岸边条件有限，估计也就是和中午差不多的小仪式，大伙儿说笑着很轻松地来到了欢迎会现场。结果还没等走进正门，一阵雷鸣般的掌声就响起来了，除了在船上遇到雷雨声达到过这么大分贝，他们还真是头回听到这么震耳欲聋的掌声，一下子让几个人有些拘谨了。

走进欢迎大厅，只见主席台上挂着一个巨大的横幅——"热烈欢迎厦门号勇士首站菲律宾"，还是繁体字，让人有些穿越感——这些菲律宾华侨大多是当年下南洋过来的，还沿用着繁体字呢。

主席台上端坐着一排头面人物，个个正装，一脸严肃认真的表情，台下圆桌围坐的几十人也都是衬衣长裤，非常正式。这氛围一下把船员给震住了。

"嚯，这架势和政府作报告似的。"徐毅小声嘀咕。

"搞这么正式，还真没想到。小李，你这会儿觉得像什么女人？"烙铁也小声调侃。

"别闹了，嘘！"小李看船长一脸认真，没搭话茬。

船长也有些意外，没想到菲律宾华侨如此重视他们的到来，下午陈建还给他看了菲律宾媒体对厦门号大篇幅的报道，从他们即将到达就开始跟踪报道，再加上晚上这一幕，心里还是有些感动的。

欢迎仪式很隆重，方方面面的人物都分别致辞，表达欢迎、致谢之意。基本可归结为两点：首先，厦门号的到来是中国人的骄傲，更是远在海外的侨胞们的骄傲；其次，他们为祖国越来越强大而感到无比的自豪，感谢厦门号给他们带来了祖国强大的讯息。但别说这帮年轻人不爱听，就连船长对这种半官方的形式也有些排斥，希望早点结束，他还惦记着船上要修的仪器呢。船长不断和老华侨、小华侨们握手、合影，说着客套话，终于气氛稍淡下来，祖扬、小李相互使了个眼色，慢慢挪到门口，一转身消失在门外的月光下。

这时，有位老先生颤巍巍地走到船长面前，看上去年近八旬，船长赶紧上前扶住他。老先生紧紧捂住船长的手，船长感觉到那双手甚至比水手还要粗糙——看他如今穿得相当讲究，想必当年是历经沧桑。老人眼里涌出些许泪花，嘴唇嚅动着想说什么，却始终没有一句完整的话。这时一群人围过来人要和船长合影，船长只好和老人道别。围上来的新老华侨一个接一个地走过来和船长握手、问好，指尖传递着不言而喻的亲近。刚才的别扭退去了，船长心里的触动越来越多。

想想厦门号一路漂泊而来，船上有50后、60后、70后、80后，也有着不同的个性，但对比岸上的人来说，这船人已经被"人以群分"了，对他们而言，本是源于"玩"的心态才踏上了同一条船，纵然船长要比其他人更认真地玩，倾其所有搭了钱、搭了力甚至有可能会搭了命，但最初也无非是想在"玩"中体会人生，体会某种精神。

船长心里明白，虽然"玩"这个词已经不属于自己58岁的年龄了，但它属于航海人这个群体。船长确实在这个群体里，所以说"玩"是可以属于他的词汇。但是，眼前这些老华侨为什么？他们为什么对"玩"的事如此动容、动情，甚至看上去认真得有些滑稽？船长没弄明白，但是潜意识里觉得这一定有某种深意，在他的心里，一种凝重的情怀正透过不羁的躯体向外窥探。

晚宴之后，船长终于松了口气，回到房间稍作休息，叫上陈建和钟兰涧一起到港口坐坐。夜晚的港口清静而美丽，三个人不免想起了五缘湾——钟兰涧和陈建已经订好了回程机票。

"船长，靠岸后我检查了食物，好多都坏了，起航前装得过多了。以后的行程还是要根据每段航程时间长短、温度冷热、湿度高低等情况进行储备，太浪费或者不够都不合适。"钟兰涧还是放心不下。

"是啊，我也是受麦哲伦的影响，一看他们当时面粉就带了十几万斤，咱们走的时候太着急，光担心不够吃了，现在看来还是要精打细算，毕竟经费也不宽裕。不过，你决定回去还是有点为难你了。"船长有些过意不去。

"船长，我想过了，一方面朱先生病重，另一方面咱们也需要有个人在家支应，你看这第一段航程才几天设备就出现了问题，后面的事还不好说，剩余的资金也需要有人张罗，所以我应该回去。"

"对，船长，这一路上需要联络到达地点的华侨，我回去也会安排好。我还会联络船厂，保证这一路的技术支持。"陈建一直负责环球的宣传报道，由于晕船的缘故，他也要回厦门了，还可以做些后勤工作。

"也好，那这样，我让徐毅定期和小白联络，保持通气。"船长也意识到当时一拍脑袋要走，现在问题接踵而来，是需要有个得力的人在家坐镇。

陈建和钟兰涧的下船，意味着原定 8 个人的环球航海现在只能由 6 个人来完成了。需要重新调整船上的工作秩序了，原来四小时一次的换班只能缩短为三小时了。

还没到睡觉的点，船长叫上烙铁，一起详查设备坏损的具体情况：导航需要检修；自动舵角度传感器也坏了，如果没有自动舵，手动太费劲了。其他的倒是小问题，这两样必须在菲律宾修好。船长还特别交代烙铁出发前一定要确保救生筏、救生衣没问题，还有就是雷达应答器要保证正常，特别是要确保海上救生应急示位标没问题，这是为了以防万一。船如果出现危机往水里一扔它会自动弹起来，每条船只有一个编码，海事组织会通知最近的船来营救。

船长惦记的几件事基本安排完了，心里也踏实了许多，回到房间很快睡着了。这一觉睡得很好。

接下来的几天，船长按照计划和大家一起为下一段行程做准备。这天下午，忙完了正准备回酒店休息，远远看到门口有个老人在张望着等待什么。他走近了一看，不就是那位在欢迎会上久握自己双手的八旬老人嘛，他这几天每天都会到厦门号上坐坐，但又不说什么话。船长只当他喜欢航海，加上忙着准备启程事宜，见了也只是打个招呼问个好。这会儿老人看见船长就高兴地摆手示意。船长赶紧迎上去："老先生您好，是找我吗？"

"是，我是找你的。"

"有事吗？"

"其实也没什么事，就是想找你聊聊。"

"那……咱们咖啡厅坐坐吧。"船长虽不知道老人想说什么，但记得他第一次握住自己手时的力度，有种无法拒绝的亲情感。

欢迎会上船长便得知，眼前这位老人是当年下南洋来到菲律宾的，目前他在菲律宾华侨商会也是有头有脸的人物。当年下南洋的人们也是从中国的大陆起航，一路颠沛流离向海洋要他们的生活。时过境迁，但他们的灵魂深处仍深系故土，哪怕是一丝的牵扯。

在船长记忆里，中国有三次人口大迁徙，后人将其归结为闯关东、走西口，还有就是下南洋。船长在北方长大，和大部分北方人一样熟悉的是闯关东和走西口，而对规模最为壮观、生存环境最为恶劣、也对当今华人经济圈影响最大的"下南洋"却较为陌生，即便有些了解也是到厦门后听说的。"南洋"的地理概念从明朝时就有了，主要是指包括当今东盟十国在内的广大区域；而广义的"南洋"还包括现在的印度、澳大利亚、新西兰以及附近的太平洋诸岛。19世纪末20世纪初，中国社会处在极端贫弱的时期，沿海的广东、福建等地居民不堪忍受国内的生活重负，铤而走险出海"下南洋"谋生，最终在当地定居下来。据权威资料统计，从19世纪中叶到新中国成立之初近100年时间里，大约有1500万中国人到东南亚国家寻找出路。

如今，故事中的人物端坐在对面，这让船长产生了兴趣。老人叫曾一年，对于南洋谋生这段经历，他是历历在目。

老人说，当年到南洋谋生"打洋工"看似风光，实则异常艰辛。对流入地而言，华工一直是南洋开发的生力军。他们一船人刚到菲律宾时，大部分从事手工业——烤面包师、裁缝、鞋匠、金匠、雕刻师、锁匠、泥瓦匠、织工，几乎无所不包，从事农业、园艺和渔业的华人也很多。通过做工小有积蓄后，曾一年转向了对外贸易——收购当地橡胶等土特产对外出售，渐渐形成了商业网络，由此也渐渐有了他今天在菲律宾的地位。

聊天中，船长了解到老人是离厦门不远的石狮永宁人。船长去过永宁，由于顽石俱乐部要在永宁海岸线上做一个停靠港湾，所以印象很深。尤其是参观永宁古巷时，那些残旧的古厝、精美的洋楼，古巷中甚至还遗留着20世纪上半叶的生活方式，这些都给船长留下了深刻印象，那里也流传着很多类似曾一年的故事。

船长和这位老人聊起永宁的事，说起一次参观一座红砖白石的古厝时，导游绘声绘色地叙述着这座房子的主人，那也是一个下南洋的传奇故事。老人一听和永宁有关，很有兴趣地问："什么故事？"

　　船长追忆着导游的描述：传说这家的祖辈是一名进士，下南洋多年，衣锦还乡途中被劫持了，家里人闻讯猜测定是海盗干的，想必回不来了。可没想到，进士和海盗头子竟成了生死之交。进士待了一段时间后，思乡心切要回永宁，海盗为其送行，为表情谊，他指着一艘路过的船说："哥们，我劫下这条船，无论是什么，就送给你作为回乡的赠礼。"结果劫下船一看，竟然只有十几缸咸鱼。海盗头子一看：这没办法了，只有十几缸咸鱼，算你运气不好。既然是友情馈赠就不好推辞，进士也就收下带回永宁家中。亲朋好友听说进士死里逃生，纷纷前来道贺，他的女儿、女婿也回来看望。作为老爷子，进士自然也大方一把，对女儿说："后院有很多咸鱼，你们拿回去一缸吧。"女儿、女婿本指望能从下南洋的老爷子这讨些好处，没想到就是一缸咸鱼，皱了皱眉头也就拿走了。回去后给邻居们分咸鱼时，他们发现缸底下竟然是白花花的银子。这一下女儿、女婿可乐坏了，两人估摸着老爷子还不知道缸底有白银的事，赶紧趁机回去多要几缸。果然，老爷子想这咸鱼对海边的人算什么啊，拿就拿吧。正当他们准备搬走的时候，家中一头猪把缸给拱破了，露出了白花花的银子。老爷子一看，原来如此，你们这是来骗我的钱啊。于是将女儿、女婿骂出了家门，并规定：家里不准杀猪，猪成了上宾。

　　老人听后哈哈大笑："这太离谱了。不过有一点是对的，海上还是经常会遇到海盗，别说当年很多人在这儿没赚到钱，即便赚到钱也有可能被海盗劫持带不回家的。"船长的故事让老人不再拘谨。

　　"您在家乡还有亲人吗？"船长试着打开话题。

　　"当年来这边是全家一起，亲人都在这边了，倒是有位故人……"

　　"故人？"这吊起了船长的胃口，看来有段埋藏已久的故事。

　　曾一年慢慢讲述，他的眼神带着船长一起穿过时间隧道，回到了当年永宁海边的小镇。那时他才十几岁，一直暗恋着一个女孩，女孩生长在一个温馨和谐且富有文化氛围的家庭里，聪慧过人。当他鼓起勇气表白时，幸运从天而降，没想到女孩也一直在等待着他的表白，这种怦然心动的情感让两人沉浸在初恋的甜蜜之中。

可没过多久，一个突如其来的消息让曾一年如热锅上的蚂蚁般焦灼不安——父亲要带着全家一起去菲律宾谋生，过几天有船到就出发。这个决策对十几岁的他们来说，完全无力回天。两人只能约定：曾一年过几年一定要回来，姑娘会为爱情等着他……

可是，初至菲律宾，情况并没有想象的那么好，曾家接二连三遭遇噩梦：父亲到菲后不久就一病不起客死他乡，投奔的亲戚也破产了，一切需要从头开始。为补贴家用，母亲去一户英国官员家当女佣，5岁的妹妹也做起了童工，曾一年作为全家唯一的男人自然有义务担起家庭重任——他随着同乡的前辈一起开发垦场，种植橡胶园。

说不好是幸或不幸，橡胶园主的女儿看上了曾一年，一直对他特殊照拂，曾一年心中反复纠结：答应吧，对不起心爱的姑娘；但如果不答应，全家将立即陷入困顿。母亲年迈力衰很难支持沉重的劳作，作为孝子的他实在不忍看下去了……种种无奈之下，曾一年选择了与橡胶园主的女儿成亲。摆脱了生存压力的他，凭着自身的勤劳智慧，不仅固守了本业，还开拓了另一番事业，可心底却一直存藏着一份记忆犹新的牵挂。

他曾不断让回国的乡亲给初恋女孩捎去音讯，最早还有人带回音说他下南洋后女孩一直在等待，还拒绝了所有的提亲，外表温婉的女人往往有着一颗坚定的心；也有人传她曾来菲律宾找过他，但是看到他已成家，便默默转身离去了；之后又听说家乡解放、社会变革，女孩由于家里成分过高，被迫嫁给了一个贫农，生活很贫苦；再后来，还听说她丈夫由于出海打渔遇到海盗还是海啸再没回来……之后的讯息就越来越微弱。直至今天，他仍无法想象当年活泼甜美的女孩在海边凿牡蛎维持生计的样子，不知道是造化弄人还是人为的错过，他设法做出的一切补偿和帮助无论如何辗转也没有一丝到达她那里。这么多年过去了，他无法不自责，如果不是当年的割舍，就不会造成这本不该属于她的生活方式。

"您没有回去找过她吗？"船长问。

"找过，她家的古厝都已经坍塌了，我还找人修复了。"

"修复了？有人住着？"

"没有找到任何她的亲人，我只是希望有一天她或者她的后人找回来，还有个家在。"

"也许会是一个遥遥无期的等待。"船长显然动情了。

"有等待的机会对我来说就是希望。"

这么多年，曾一年已是南洋尽人皆知的人物，但从他脸上的肌理不难捕捉到无尽的愁丝，缠束着这颗不再轻灵的心，这份歉疚一层一层把他的心裹成了茧，他仿佛一直在寻求一个灵魂的出口，希望能了却那世间唯一的牵挂。

"那您找我……是为了……？"船长感受到眼前这位老人的某种寄托。

"帮我。"

"帮您，找人？我能帮你做什么？"

"其实，你已经帮到我了。"

船长有些不解，难道是这几小时的倾诉？他大惑不解："我帮到您了？"

"是的，当年我们这些下南洋的人，走向大海是为了生计，一切的勇敢来源于那个年代不得不求生的欲望，有的人得到了，有的人失落了。其实，走到今天我才明白，无论成与败，我们有一点是一样的：梦碎了。而今天的你们不一样，你们代表着中国人再一次起航出海，不再是为了生计，不再是梦碎，而是寻梦。"

"说实话，之前我还从未这么想过。"船长彻底被感染了，他没想到自己的举动竟然蕴藏着如此耐人寻味的意义。

"如果我还年轻，我一定会求你带上我一起去的。如今，我走不动了，但想让你们带上我的一个期许。"

老人从衣服内兜里拿出一个布包，船长看到布包上布满岁月的污垢，却也饱含着浓浓的深情。曾一年看这个布包的眼神是那样的动情与不舍，他轻轻地一层层剥开，里面跳出一枚鲜红色的中国结——而且是同心结，与如今街上常见的同心结是一种造型，唯一不同的是这至少是半个世纪之前的织线编制而成的，想必是那位姑娘送的定情之物。老人用拇指和食指轻轻捏起这枚同心结，颤抖着举到船长面前："你带上我的心愿，去航海，然后带它回永宁吧。"

船长双手捧过这枚同心结，一直在点头："好的，老人家，我一定帮您实现心愿。"

"好，这是我个人的心愿，我还有一个心愿。"

"哦，还有一位故人？"船长也开起了玩笑。

"呵呵，这位故人厉害了，既是我的故人也是你的故人，是大家的故人。"

船长明白老人的意思，民族情怀一直是这些华侨们身上最可贵的，问道："您说，还有什么心愿？"

"无论遇到什么困难，一定航下去！"

"为什么这么说呢？"船长觉得，这本来就是自己的任务啊，想来路过菲律宾的航船也不计其数，他很想知道老人为什么对他们这条船如此在意。

"我们还在中国的时候，不觉得海洋之外的世界有多大，如今走出来了再回头看，中国太需要海洋文明了。历史上人类'地理大发现'后很多国家向更宽广的海洋推进，而中国却在海禁，当时是为了统治的需要，把中国人紧紧锁在贫瘠的土地上，却把丰富的海洋丢在一边。"曾一年顿了顿继续说，"可那已经成为过去了，我看到你们这些驶向海洋，寻找海洋文明的新一代，我为祖国的强大而感到骄傲，可能你们不能体会，现在年轻的华侨也感触不深，但中国发展到今天要求中国人应该有与之相匹配的海洋文明和海洋文化。"

船长只是认真听着，什么也没说，但内心的确被点燃了，他从没想过一个厦门号会被"架"到民族的高度，一船水手联通了海内外赤子的爱国情怀，一次正常的起航会被视为民族振兴的召唤，连这次环球航海也被上升为整个民族一次向海洋的求索。

面对老人，船长还有另一层感动。国内现代生活中的很多人已经复杂得令人难以置信，而这些离开了祖国的人想要的却如此简单，他们坚守着一个深深根植于心、跨越所有文明和文化的信念，他们未曾在辗转中丢掉这份探知神秘世界的热切的心。

"我一定会完成的！"船长用了最简单的回复，但传递出不容置疑的决心。

老人很开心，开心地笑了。

送走老人回到房间，船长的心情一直无法平静，心想这次可真是"玩"大了。老人的一番感慨始终萦绕在耳旁："当我看到魏船长您和厦门号所有人时，仿佛看到了当年离开家乡的我们，我们都是在向海找寻我们想要的，但你们的起航注定不会梦碎，而是一种征服，是中国陆地文明的延续，中国的海洋文明不再是求生，而是基因的升华。"

此时此地，船长不得不重新思考此次航海的意义，老人的故事在诉说着一段历史，拂去厚厚的尘埃，那一页页都写满了血与泪，那是一段充满屈辱与反抗，以及人生奋斗的艰难旅程。先民留下了无数可歌可泣的故事与传说，也留下了中华民族吃苦耐劳、为生存而浴血拼搏的奋斗精神。船长怎么也没想到，这种寄托着中国人甚至几代海外中国人的精神和期许，竟然落在自己身上，而他由衷地感觉义不容辞！无论遇到什么困难，哪怕是搭上性命，也要航下去……

6- 妖艳的蓝

在自然面前，

人是多么的渺小和不值一提；

在纯净的自然面前，

人世间的权欲、金钱、爱憎、贪婪显得多么芜杂和无聊，

它们会让人——

所谓万物之灵长、世间最高贵的生灵为自己感到羞愧。

在这里，

你真的能感受到"上帝与你同在"！

　　11 月 13 日上午 10 点，厦门号又要启程了，船员暗暗松一口气：终于要走了。几天来，烦琐冗长的仪式、没完没了的饭局、似曾相识的套话，甚至连每次入席座位排序的讲究都和国内如出一辙，这种熟悉的"应酬"早已让他们疲惫不堪："这叫环球吗？感觉根本没出国！真没劲！"大伙儿都盼着这一切早点结束，早点回到海上。

　　船长却为隆重的送行仪式激动不已。

　　早晨的码头清朗而明快，海风轻轻地吹拂着人们的面庞，海岸上站满了人——中国驻菲律宾大使馆沈参赞、陈领事，还有菲律宾中国工商联合会庄会长带着一大群朋友都来了，也少不了中国式的锣鼓喧天、彩旗飘飘，人们一边等待厦门号船员的到来，一边在人群中寻找自己的旧相识，彼此热络地寒暄着。

　　船长带领船员们一出现，人群便响起热烈的掌声。船长快步走上前一一握手，对大家的祝福和寄语表示感谢。

　　船员们却落后几步，懒懒地提不起兴趣来的样子。小李嘟囔着："吵死了。"烙铁低声道："锣鼓喧天、鞭炮齐鸣、红旗招展、人山人海……"祖扬哈哈笑起来，船长听见这不合时宜的大笑，不满地回头看了一眼，祖扬只稍稍压低了笑声，却

依然满不在乎地咧着嘴。烙铁闭了嘴，把手插在兜里东张西望，一副事不关己的样子。徐毅还是酷酷的，对这一切似乎置身事外，既没流露出任何反感，也没有表现出任何热情，只是合乎礼节地跟在船长身后，机械地伸手、松开、再伸手……

小连推推小李："也上去握个手，给船长一点面子啦。"小李虽然不大乐意，但看在小连一直是"老哥"的份儿上，便跟着他往前走了两步，周围的手和寒暄顿时涌过来："勇士们好运！""你们是我们的骄傲！""回到祖国要带去我们的问候啊！""希望你们一路顺风！"……

数不清的吉祥话从众人嘴里吐出来，小连殷勤地帮船长回应着。小李却暗想：什么祖国人民的，我们就是出来玩一趟。不过一路顺风倒是挺好，但风也别太大了，西风带可是吓人着呢……

就这么胡思乱想着，一行人来到了送行的队尾。船长好像发现了什么，突然加快了步伐，还远远伸出了双手。人群中有点小小的骚动，大伙儿都瞪大了眼睛张望。是曾一年老先生。船长早就在人群中发现了那个静静的身影——身材清瘦的他迎风而立，站在码头的最前端，被岁月雕刻过的面容清癯如一尊铜像。他望着从人群中走来的厦门号船员，静静地等待着。

看到朝自己疾走而来的船长，老先生也有些许的激动，他前倾身子伸出手——船长抢上去一把握住，还没等曾老先生开口就抢先说道："您放心，我们一定会走完全程！"

曾老先生不知道是激动得说不出话还是觉得没有必要再说了，他"嗯、嗯"地点头，一边不停地摇晃着船长的双手。从那双粗糙的大手上，船长再度感受到了岁月的沧桑，还有和年龄不相称的重重的力度。

船长示意船员挨个过来握手。徐毅握过手便一步跳上了船，小连却笑吟吟地等在一边。

曾老先生看见了小李，不禁赞道："这小伙子长得真壮实！"

"这是你们的福建老乡呢！在南方人里可真是又高又壮了！"船长介绍道。小李有点不好意思，稍显腼腆地站在了小连身边。

船长又指着晃过来的烙铁说："这是我们的机械师，这一路的机器维修都靠他了！"曾老先生赞许地看着他，烙铁却浑若无事，匆匆握过手便一头扎到了船帆下。

让船长最担心的祖扬此时却收起了嬉皮笑脸，以无可挑剔的姿态——或者说非常"商务"地握了手，还娴熟地说了几句客套话。随后他转身上了船，一闪身又消失在了船舱里。

送行的人都涌到船边，争先恐后地喊出自己的祝福，船长一时招架不住，无法一一答谢便统一回礼道："谢谢大家！我们一定会平安归来！谢谢各位父老乡亲！"小连也在旁陪着不停地鞠躬、行礼。

好一阵忙乱之后，船长总算登上了甲板，小连和小李也各就各位。烙铁和徐毅早就张好了帆，一看人已到齐，徐毅把好舵位，烙铁调整好角度，船缓缓驶离岸边……

离岸已经挺远了，一群人还在码头上不停地挥手，似乎还能看见曾老先生站在最前面。船长也一直朝岸上挥手，直到所有人终于完全消失在视线中……

"菲律宾华侨真热情！"小连感叹道，"这里的饮食还有生活习惯跟国内也没什么差别，几乎感觉不到出国了！"

"是啊，这几天吃得挺舒服。"船长回忆着这几天的大餐，没办法，天生一个中国的胃，走到哪儿都还是惦记家里那一口儿。

"那还有什么意思？都要走遍全世界了，还光吃中国菜！"祖扬跟小李说。

小李不知道该赞同谁，作为一个爱新鲜的80后，他也觉得应该多尝各地美食；但作为一个自幼讲究饮食的福建人，他又本能地觉得中餐或者说福建菜更合自己的胃口。

"我觉得吃什么都不重要，就是出来走走！"烙铁一贯不拘小节，对吃穿都没什么讲究。他是那种拎着包就可以上路，一骑侉子走天涯的"侠客"。

徐毅还是矜持地不发表意见，心无旁骛地掌着舵。船长环顾一周，指挥烙铁换弦，小李和祖扬便从船舷滑到船尾坐下。看人都聚在一起，船长便趁机把曾老先生的故事给大家讲了一遍，最后感叹道："这些老华侨对祖国的情感很深啊。他们当年下南洋是讨生活，逼不得已，我们现在出来环球是祖国强大的标志，他们看在眼里不知有多高兴呢。"说着，船长掏出那枚同心结，"这个信物我一定要帮他带回去！所以我们无论如何，一定要成功返航！"

"这东西满大街都是。"祖扬漫不经心来了一句。

"你说什么？"船长有些愠怒，他受不了祖扬这种玩世不恭的态度。觉得国家、民族大义唱高调也就罢了，怎么把别人珍视多年的情感也不当回事？

"我是说，能不能成功返航，我们说了不算，恐怕还得看大海的意思。它要想生吞了我们也没办法。"祖扬还是一副轻描淡写的口气，生死在他口中也算不得什么。

最让船长生气并无奈的就是这个：在祖扬眼里，多大的事都算不得一回事。但让你无话可说的是，他是真不在乎，可并不针对某个人，他连自己的生命也看得一样。

"那在你看来，就没有什么是重要的了？"本以为和自己年龄最接近的祖扬会成为有力的支持者，没想到反倒是个"刺头儿"，船长觉得有必要跟他理论一下，否则刚上船就把人心搞乱了。

"有啊，玩。人生最重要的就是体验，这个过程很重要；至于结果，我觉得没必要太关心，关心也没用。比如我们环球，一多半都得老天说了算。"

"好吧，开始我也是这么想的，我们是玩船的人，就是出来玩。玩船的人一辈子没有一次环球等于白玩，我就是为了自己。"船长说的是心里话，"但到了菲律宾，我的想法变了，因为这些华侨不这么看。他们觉得我们代表祖国，我们的胜利就是他们的胜利，是华人的胜利，所以现在我也更理解潘市长说的话了，勇往直前，平安归来。这是所有关注我们的人的共同心愿，我们应该不负众望！"也许觉得自己有点过于激动，船长顿了顿说："说白了，出发时，我们是带着厦门市政府的嘱托出来的，现在还有菲律宾华侨的托付，也许沿途还会有很多华人朋友的期待，你觉得这些都不重要吗？"

　　"我觉得太累。"祖扬以一种慵懒的口气散漫地答道。看得出，他对这样的争论没有兴趣，或者说在他看来，这样的争论本身就毫无意义，但碍于船长的面子，总得给予回应。

　　"好吧，就按你说的，航海一半看天，那不是还有一半靠人吗？虽说咱们上船前签了生死协议，但谁上了这条船也不是奔着不成来的，既然上了这条船，咱就得同舟共济，一起往好了奔！"说到这里，船长不由想到，这靠人的一半里还有一多半是靠的他本人——他的技术、他的经验、他的责任心，他不觉得有担子行吗？他要是光想着玩能把这一船人安全带回去吗？这根本就不是玩的事！

　　一看船长有点动气了，小连赶紧和稀泥："就算是玩，我们这也是有技术含量的玩，那肯定都得听船长的，我们谁也玩不过您啊！"

　　但船长似乎觉得这个说法太牵强，或者和他要说的意思南辕北辙，干脆一吐为快："我知道，你们觉得那些大操大办的仪式啰嗦、麻烦、无聊，但我打个比方，这就像你们的妈妈对你们——你假期回家，妈妈不停地做好吃的，不停地问寒问暖，也许当时你会觉得有点腻有点烦，但离开之后，却发现那是最温暖、最贴心、让你最惦记的爱！华侨们也一样，他们可能找不到更好的方式来表达对祖国和来自祖国亲人的感情，就不停地举办宴会，不停地让我们吃，可能很俗气，甚至有点夸张，但他们的感情并不夸张！"

　　听到这个比方，所有的船员一下安静了下来，大家似乎都想起了自己的妈妈，都多多少少理解了一点船长的心思，或者说，他之所以那么看重华侨们的原因。

　　看大家都不说话了，船长撂下一句："我知道，有时候你们觉得我年龄大了跟你们有代沟！所以平常我也并不多约束大家，但我要告诉你们，有些事情就是年龄和阅历换来的！"说完，船长转过身，面朝大海，一言不发。

　　大家抬头看看他的背影，第一次意识到"船长"两字的分量。大伙儿自打认识船长，他就没什么架子，一直以专业的"船老大"形象出现，当然也是大家公认的"大哥"，没什么上下级之分。哪怕是这次环球，上船后也没给大家正经开过什么会，今天显见着是触动老大的敏感之处了，才会一气儿说这么多话，大伙儿从开始的不以为然变得多少都走了点儿心，尤其是那个关于妈妈的比喻，让每个人都想起了自己的家和亲人。

　　眼前是苍茫无际的大海。的确逃离了岸上的喧嚣，迎来的是入骨的寂静。在接下来的航程里，厦门号即将进入地球上最广阔的大洋——太平洋。航线计划穿越菲律宾群岛，从圣伯纳帝诺海峡进入太平洋，直到下一个停靠点——帕劳群岛，整个航程预计 1000 海里，估计需 8 天左右的时间。

　　据说这一海域非常美丽，但气象和海流条件也比较复杂——帆船将经过菲律宾东部的气旋发生区，天气炎热，并且随时可能进入雷雨区，要预防雷电；另外菲律宾群岛的海流速度快，有时可达 4 至 8 节，如果遇上顶流，厦门号的动力不足以通过，甚至还有可能被反推到岛屿上，那就可能会出现船毁人亡的事故；此外，菲律宾群岛还有很多捕鱼的小船，这些船条件非常简陋，没有航行灯，有相互碰撞的危险，这都给厦门号的航行增加了不确定性。

　　如果说菲律宾之前的航行还让人觉得熟悉和轻松的话，厦门号此时才开始真正品尝"环球"的滋味，它意味着陌生、未知、前途未卜，也许是奇幻惊喜，也许是凶险莫测，总之，你永远不知道前面会发生什么……但无疑，这正是环球最有魅力的地方。

　　在一片汪洋之上，每个人的心情也与此相应：既期待，又忐忑……

　　初出马尼拉的天气给了大家很好的鼓励，傍晚的夕阳红彤彤一片，把远处的大海也映红了，是别样的"海天一色"，非常美丽；入夜后，灿烂的群星接着落日照亮厦门号的航路，也照到了船员的心；10 点，月亮升起来了，星月辉映下的大海波光粼粼，景色和心情一样美好。

　　除了值班的人，大家都伴着美丽的夜景香甜入梦了。但船长心里却有点打鼓，民谚说夕阳美丽预兆着坏天气，接下来也许会有麻烦，但他不想破坏大家的心情，只是悄悄做好了心理准备。

　　果然，第二天一早就看到一团团的乌云在天上飞，很多远处的云团下还挂着雨幕。船长指挥厦门号不时改变航向，一边在岛屿间穿行，一边避开雷雨区，实在避不开就直接洗澡，好在这里气温偏高，雨水并不凉，洗起来蛮舒服的，还节约了船上的淡水。这可真是老天给的福利，不用小心翼翼地计算淡水用量了，大家争先恐后冲进雨幕洗起了"天浴"。

　　每个人都肆无忌惮地冲刷了自己之后，老天爷依然慷慨地降下了更多的"洗澡水"，大家已经没有了早先的兴奋，开始为这连绵不绝的雨水发愁。暴雨一直持续到夜间，整晚都没有停，天黑得伸手不见五指，只能靠 GPS 和雷达配合导航穿行在岛屿中间——菲律宾的岛屿很多是无人岛，上面没有一丝亮光——你知道岛就在身边，但什么也看不见，有种"摸黑进屋"的感觉，生怕撞上什么，只能借助仪器和所谓的第六感航行，一旦仪器失灵，那可能就开到岛上去了。每个值班的人都绷紧了弦，调动起所有的感官，不敢有丝毫闪失。

　　天再度放亮后，大家稍稍松了一口气，厦门号距圣伯纳帝诺海峡约 30 海里，估计 8 点多就能抵达。但之前在马尼拉游艇会一个外国朋友曾提醒船长，厦门号这段航线出口设计有点问题，那里的海流非常急，海图标注流速大概 4 到 8 节，比厦门号用机器开全速航行都快，而且航路指南中记载海峡中除了大浪外还有漩涡，直径可达 25 米，比船体都长，非常危险。船长和徐毅、祖扬研究了很久，找到一个备选方案，就是走海峡下面 60 海里处的一条狭窄水道，但航路指南表明水道上空有一条高度约 20 米的电缆，厦门号的桅杆高 23 米，也许会无法通过。如果这个口不能通过，厦门号就要一直在菲律宾群岛穿梭直到最南部，可能就无法去帕劳了。权衡利弊之后，船长决定先到预定出口看看，如果可行就尝试通过，实在不行再进入下一个出口。

　　圣伯纳帝诺海峡已经进入视野，它是此行的第一道"分水岭"——这边是印度洋，那边就是太平洋。远远望去，海峡上空黑蒙蒙的，感觉不太乐观。航行指南上提醒东北季风时不建议通过，现在风向 90 度，风速 15 节，浪高不到 1 米，气象条件并不理想，但也只能冒险一试了。船长和舵手小李紧张地注视着前方，烙铁对船进行了一番检查，然后每个人各就各位，做好了应对突发状况的准备。

转向 60° 进入海峡！开始是海流在推动厦门号，航速 7 节；突然间流向一转，变为反向，船速陡降到 3 节！此时船的左舷是暗礁，右舷是翻滚的海水，小李拼尽全力想要扶稳舵轮，但无论如何也不能保持住 60° 航向。海面称不上大风大浪，却更为可怖——黑色的海水仿佛开了锅的滚水，从下向上不断喷涌，到海面后形成巨大的高速旋转的水波，把船横向推到一边，明明船首是 60°，实际航向却是30 度或倒退。这无疑就是外国朋友之前提醒的漩涡了！

此时此刻，开弓没有回头箭，厦门号只能冒险一试！烙铁把发动机提到 2000转／分钟，机器发出声嘶力竭的轰鸣，可很快就淹没在大海的咆哮声中，船几乎纹丝不动；天空也是黑云压顶，大雨点啪啪落下，打在身上生疼，能见度急剧降到不足 100 米。就这样僵持了 20 分钟，GPS 显示的情况不妙：船没有按照航线推进，反而一直在后退，并向小岛移动，再继续下去就可能被推到岛上。怎么办？大家焦灼的目光透过雨幕聚焦到船长脸上。船长抹了一把脸上的水，稍作沉吟，当机立断："掉头返回！"

在漩涡中调头就像在烂泥滩中走路，每走一步都有巨大的吸力让你无法动弹，厦门号喘着粗气和海流对抗，艰难地调转船身；而解脱便显得猝不及防，船头刚刚扭转到 180°，就像从烂泥滩里拔出了最后一步，一下挣脱了所有束缚，变得无比轻盈，船速瞬间从 3 节升到 12 节，犹如离弦之箭向前面的四个小岛飞驶而去！船长赶紧下令改变航向，避免被水流带入歧路回不到航线上。

经此一劫，船长决定稳重从事。徐毅从网上查到了圣伯纳帝诺海峡的潮汐时刻，发现凌晨 1 点左右是个时间节点，厦门号决定到附近海岛等候潮汐。

厦门号停靠的海岛上密布芭蕉树，岸边的村落不大，都是茅草屋。刚锚好船，便有当地的渔民划着小三体船过来，船员们因此有幸买到了最好的土鸡、野生的芭蕉、新鲜的海鱼，还跟渔民连说带比划地验证了一番圣伯纳帝诺海峡的潮汐时间。这些纯天然的美味安抚了大家空虚的胃，也让过度紧张的神经渐渐松弛下来。

趁这个空闲，船长给大家讲了麦哲伦环球航行的一个轶事。在独立环球航行之前，麦哲伦曾跟随西班牙船队沿通往东方的传统通道——印度洋到马来西亚和菲律宾群岛一带——差不多就是厦门号现在所处的位置，并在这里收获了一位忠心的奴隶恩里克。而麦哲伦向西而行，与传统的航道背道而驰，他不知道自己到了哪里，更不能确定最终能不能到达东方？他只能横下一条心走下去，直到有一天他的奴隶恩里克发现，刚刚停靠的小岛上的土著说话他能听懂！这说明他们又来到了马来群岛，回到了恩里克的故乡！这证明地球是圆的，向西航行一样可以到达东方！濒临绝望的麦哲伦和船员们像打了强心针，他们终于到达了东方，传说中生产香料和黄金的地方！但乐极生悲，急于收获财富的船员们和当地土著发生了冲突，麦哲伦在冲突中被杀死，他的大副带领船队回到了西班牙，获得了巨大的声望和财富，而他本人却长眠在了异国的土地上……

"世事难料，"祖扬说，"所以要及时行乐啊。"

"他们那时候还拿不准地球是不是圆的，我们现在多先进啊，什么都有，不会有事的。"小李天真地说。

"他们也算那时候的无敌舰队了，船上没少装给养，还是饿死几百人。"徐毅为这次出航没少做功课。

"那时候技术还是不行，跟我们现在没法比。"小李觉得技术差距是决定性的。

"但人不一定有多少进步。"徐毅冷冷地抛出一句，不再争论。

小李没听懂："人怎么没有进步了？这些技术不都是人造出来的吗？"

小连明白徐毅说的其实是人性，但单纯的小李恐怕无法理解，只能简单解释道："徐毅的意思是，人际关系还是那样，技术是飞速发展了，但人本身没多大变化。说白了，有人的地方就有江湖。"

"江湖？什么江湖？我们都是好兄弟啊。"小李还是很懵懂。他大概能想象船长说的麦哲伦率领的几百人的船队，那当然不好管理，但我们现在才6个人，还都是好兄弟，会有什么问题呢？

没容他想明白，厦门号要开始行动了。15日下午3点，船员们花完了最后一比索，便按着菲律宾渔民说的时间似懂非懂地出发了。圣伯纳帝诺海峡比上午平静了许多，不过船长很清楚，所谓"暗流涌动"此时可不是什么形容词，而是现在平静海面下的真实状况。厦门号谨慎地向海峡进口驶去，徐毅和烙铁两人掌舵以防万一。

航速 6 节，顺流 2 节，厦门号很快逼近了有漩涡的地方，海面上又出现了向上涌起的水流，但明显没有上午那么急了，看来渔民的经验还是靠谱的；大家悬着的心刚放下一半，忽然听到徐毅大喊："顶流 2 节！"

不会又像上午一样吧？船长心里一紧，看来真的不好过。还没来得及想出应对方案，又听徐毅喊道："船速 3 节，还在向前走！"

万幸！没有出现早晨横着走的现象。但没有人敢放松警惕，大家都紧张地注视着船周围的海面，生怕上午的情况重演。

忽然船头的小连大喊一声，但风很快把他的声音吹散了。船长还以为发生了什么险情，赶紧追问："什么事？"没想到传来小连愉快的声音："我感受到太平洋海风的温暖啦！"

大家抬头望去，一望无际的太平洋呈现在眼前。

这就是地球上最广阔的水域了。也许只有当你面对它时，才知道什么是真正的"大"，"一望无际"、"无边无际"、"极目远眺"、"茫无涯际"等形容词都变得苍白无力。在自然的伟力面前，一切言语都相形失色，都不足以描绘人们心中的感动。厦门号就行驶在这片"伟大的自然"上，目力所及之处都是一色一样的海水，行走一天一夜，甚至几天几夜，周围的景色都没有多少变化，时空仿佛就此凝固……

不约而同地，每个人心中都充盈着对自然的敬畏和感动，没有理由，也不需要理由。船长说："与其说是人们发现了大海，不如说是大海让我们重新发现了自己。"

面对这片无比开阔的水域，大家的心也变得无比开阔。这里的一切似乎都是恒定的，一样的水，一样的风，一样的色彩和一样的心情。15 节的东风从早上吹到晚上，一天之内几乎没有变化，在这里航行，目的地并不决定眼前的航行方向，而是跟着风走……

眼前的这一切，让不信神也不信邪的船员们心中第一次升起了朦胧的"神性"——也许冥冥之中真的有神在指引我们呢。虽然以前也会去佛寺拜拜，或者去教堂参加婚礼，但那大多是一种随大溜或应景的行为，并没有真正的敬畏和发自内心的虔诚。但此时不一样，不需教化，更无须解释，每个人都被自然的伟力所征服。在自然面前，人是多么渺小和不值一提；在纯净的自然面前，人世间的权欲、金钱、爱憎、贪婪显得多么芜杂和无聊，它们会让人——所谓万物之灵长、世间最高贵的生灵，为自己感到羞愧。在这里，你真的能感受到"上帝与你同在"！

大家都心有灵犀地静默着，静静地体会这难得的享受。海面上只有厦门号在孤独地前行，真正是"汪洋中的一条船"，但并不让人感到孤单无助，反而感受到出尘脱俗的美好，可以没有任何牵绊地感受自然之美。一条跃出水面的飞鱼、陪伴帆船飞翔的海鸟，都令人无比愉悦。厦门号自由地乘着风的翅膀，信马由缰地飞翔在太平洋上……

晚上，夜空也展现着惊人的美：月亮很亮，白色的云团渐渐隐成黑色的阴影，中间偶尔露出一个空儿，就像白雪覆盖的湖面上凿开的冰窟窿里的水一样深邃，几颗晶亮的星星不眨眼地看着大伙儿；一会儿云层散去，繁星满天，天狼星发出五颜六色的诡异的光，星星低到让人们误以为是海上的行船……因此有了很多关于星的故事，有儿时的、有科学的、有神话的甚至玄学的……

小连说，回去后一定要带女儿坐船看星星，因为城市里根本就看不到真正的星空，而在大海上，你完全不需要对孩子进行任何说教。其实不要说孩子，便是成年人也会被这样的星空征服。

徐毅的手机里有一款软件可以查找星座，大家便对照着找自己的星座，生于"光棍节"的船长是天蝎座，一个富有魅力和神秘感的星座，而天蝎的行动力也是无可置疑的，这和船长的"带头大哥"身份显然很吻合；徐毅和烙铁是射手座的，这是个"闲不住"的星座，烙铁那无休止的折腾劲儿已经印证了这一点，徐毅虽然看起来少年老成，但从世界500强跳槽到顽石也充分证明了他的"不走寻常路"；

祖扬是双子座，双子最适合的职业之一就是公关，一直是船上的"开心果"的祖扬显然符合这一点，能够很好地融洽人与人之间的关系，多大的事也是说过就算了，从不把负能量留在心里；小连和小李都是处女座的，温和、细腻的性格让他们显得稍许内向，可一旦成为朋友，就会发现他们的内心极其丰富！稍年长的小连平素彬彬有礼，轻微的洁癖让他显得略微矜持一点，而船上年龄最小的小李则单纯而认真，他的阳光开朗让每个人都愿意爱护这个小弟弟。

大家一边看天上的星星，一边对照徐毅的软件判断、分析，时而响起"好准"或"根本不准"的争论，但最后，大家都放下了所谓的"命运"而久久地望着天际，每个人都被那无穷无尽看似无序实则严守法则的星空迷住了……

海面意想不到的静，但并不是没有声音，而是仿若"蝉噪林愈静，鸟鸣山更幽"幽深微妙，大家时而讲话、时而唱歌、时而沉默，想必都在想着自己的故事……

驶出菲律宾群岛已经4天，一直晴好的天气略有变化，天边开始聚集起黑色的云团，不知怎么，船长脑子里突然冒出高尔基的《海燕》："在苍茫的大海上，狂风卷集着乌云，在乌云和大海之间，海燕像黑色的闪电，在高傲地飞翔……"

恰在此时，只听得小李他们惊喜地喊道："燕子！燕子！"原来真的有两只燕子，正围着船打转，似乎在寻找落脚的地方。这时已经开始落起了小雨，夜色也悄悄地围拢过来，海浪依然有节奏地拍打着船舷，风却有点凉了。

大家仔细端详着，这并不是诗歌中的海燕，而应该是迁徙的燕子，看得出，它们已经飞了很远，有些疲惫。可是这里离南方最近的陆地也还有几百海里，它们怎么坚持下去呢？大家心领神会地降低了音量，希望它们落下来歇歇脚。可燕子绕了几圈之后，还是迎着风雨向南方飞去了。大家有点失落，等候它们的是什么呢？死亡还是回到冬天的老家？这很像是一对年轻的情侣，他们在茫茫的大海上相依为命。

船长说鸟比人更坚贞，夫妻遇到困难可能劳燕分飞，但人家这叫"劳燕奋飞"。远航的生活是孤独、单调以致寂寥的，没有坚定的目标和顽强的意志很难支撑下去，就如同这燕子，正是有这种精神，候鸟才能繁衍，生命才能延续。

告别燕子没多久，厦门号发现自己似乎进入了真正的"太平洋"，几天之内从北纬12°到8°，240海里宽的海域内风向和风力几乎没有变化，周围似乎静止了。大家猛然意识到，厦门号已经进入了著名的信风带。

由于大气环流和地球的自转倾角，在北半球靠近赤道的低纬度地区形成了信风带，它以稳定著称，所以被称为"信"风。北太平洋的信风带常年吹东北风，虽然也会随季节和气候变化有局部变化，但变动不大，故而成就了人类历史上的地理大发现和大航海时代最受青睐的航线。商业帆船队从东到西沿着信风带通达世界，似乎永无尽头，信风带也因此被称为贸易风带。厦门号目前就行驶在这最有"信用"的风带上。但令人遗憾的是，这恰恰给厦门号的航行带来了阻力，持续的东风使厦门号顶风顶浪，目的角度是106°，但在东风的情况下最小的行驶方向是140°，走得很辛苦，无法直接行驶到帕劳。好在紫蓝色的海水和清澈湛蓝的天空赏心悦目，大家还是很开心。

信风带海域还有个有意思的现象，就是每天都能遇到一团团的强对流云团。云团底部是黑压压的雨柱，好像是天上装满水的布袋漏了，所以一进入云团区就是暴风骤雨，海面也由紫蓝色转为黑灰色，白色的浪花被密集的雨滴打碎碾平，雨点又大又快，打在身上很痛，船也被吹得东倒西歪，耳边充斥着风的啸叫。但这种云团很小，不到十分钟就过去了，转眼又是碧海蓝天，行驶在这片海域，很有点"一半是海水一半是火焰"的味道。后来厦门号学乖了，发现云团就及时躲避，晚上打开雷达探察，在雨柱中穿梭前行。

船行到北纬8°，前方海面出现了一道壮观的"云墙"，看起来无边无际，这大概是信风带与无风带的分隔区，就是说过了这道云墙，厦门号就要进入赤道地区了。回望走过的信风带，它就像一条河，一条空气的长河，在这穿行了多少个世纪的风声中，似乎能穿越时空看到当年开拓者的征帆，想象得到远航的帆船桅杆露出海平面的场景。

11 月 23 日凌晨 5 点，在离开马尼拉 10 天之后，厦门号终于到达了这段航程的目的地——帕劳。帆船先来到了北边礁盘的入口处，但助航标志不清楚，几次驶入礁盘区，不得已又退了回来。最后，厦门号决定采取最原始的方法，由小李爬上桅杆瞭望，根据海水的颜色判别深浅，指引航向，终于找到了进入海湾的正确路径；可是因为帕劳海关人员说的英语口音太过浓重，徐毅怎么也搞不清他的要求。几经周转，最后还是靠通行世界的肢体语言解决了问题——一个穿制服的工作人员冲厦门号拼命招手，才终于为船找到泊位。

帕劳的检验检疫非常仔细，进了船舱这里那里都要看，最后把厦门号携带的肉制品、生姜、大蒜都带走了。令人哭笑不得的是，他们把这都算作"垃圾"，并要求交 200 美金的垃圾处理费。入乡随俗，厦门号也只好照办。

办完入境手续后，当地官员说厦门号是中国到帕劳的第一艘船，开始他们还以为是台湾船，因为根本没想到会有中国大陆的帆船到访。看来我们给外界的印象还是偏保守啊！所以有这个机会，厦门号也要好好看看中国之外的世界，计划在这里停留 4 天，了解热带岛屿的海洋状况及当地的风土人情，然后出发前往南太平洋。

对于中国人而言，环球航行可能被看作"探险"或"壮举"，可在很多国家，这是一件稀松平常的事情。在航行中，厦门号遇到了以各式各样的航线和方式周游地球的旅行者们，彼此间有着一种同属于航海人的默契，很容易就能够成为朋友。

厦门号进入帕劳港湾锚泊时，一艘挂法国国旗的帆船主动致意，船上是一对老夫妇，上岸后在游艇会再见时大家便很自然地一起喝啤酒，交谈后知道老先生曾是一艘商船的船长，也到过中国。当他们知道厦门号是在环球时，非常赞叹地跷起了大拇指，他很了解航线，愿意把自己的经验提供给厦门号，还热情地约定晚上到他船上看资料。

老先生的船跟厦门号大为不同，很整洁，富有生活气息，不仅空间大而且布局合理，各种功能区应有尽有，墙壁上还细心地挂着孩子们的照片，有家的感觉。可以看出来，这对他们而言并不是什么抛家舍业的壮举，就是一种生活方式。反过来想想，中国也未必缺乏有能力购置这样一艘帆船的家庭，但老两口开艘帆船环游世界，中国人思想上可能还是放不开。我们与世界的差距，很多时候并不在GDP，而是思维和行为方式。

老先生的资料很多，而他的专业也令人敬佩，他非常详尽地分析了南太平洋航线上的气象、停泊点和航行规则，用我们的成语形容就是"如数家珍"。晚上9点多，厦门号一行人和老船长夫妇告辞，因为他们第二天7点就要起航去菲律宾，这段1000海里航程的辛苦是自不待言。

在漆黑的海湾里，老先生带上头灯，熟练地开着充气艇送船员们上岸。过去彼此从未相识，以后也不知是否还能见面，但航海人凭借大海连结的情谊将随着海浪一波一波传下去。码头上，众人挥着手，直到灯光消失在黑夜里。

第二天登岸后，厦门号选择了一家叫DW的小酒店，很像厦门的家庭旅社，周围非常静景致也非常美。老板姓黄，是台湾人，很热情，他为华人能开帆船环游世界而感到自豪，见人就介绍厦门号，还向船员推荐了很多好去处。

帕劳真是个美丽的地方，天蓝、海蓝，蓝到透彻入骨、蓝到爽，这种蓝直到环球结束后还深深地印在船员们的脑海中。

虽然船员都和海打了多年交道，但在帕劳，仿佛才第一次发现了大海的美色和魅力。海水出奇的蓝，似乎比其他所有的地方都蓝——厦门号起航后及在中国海域时都是灰蓝色，走到菲律宾西岸时颜色差不太多；到菲律宾东岸后就非常蓝，有点像假的，进入太平洋后就是一色的"假蓝"；到帕劳后，这种蓝被推向了极致，不仅有着不真实的虚幻的美，还带着一丝妖艳和诱惑，令人不由自主地想要沉浸下去。帕劳的小岛也很奇特，上面植被茂密，海面部分被海水侵蚀，整个岛就像漂浮在海上的盆景。盆景周边海底是白色的珊瑚礁，海水呈现出难以形容的绿色，大盆景如同镶嵌在一个透明的玻璃托盘上。

除了海水清洁，岛上卫生状况也很好。帕劳政府对海洋保护做得很好，岛上垃圾可降解的就地掩埋，可再利用的用船运到别的国家处理，海滩上很干净，去水母湖进出都要在一个池子里洗脚，免得将外面的泥土带进去。导游带客人在岛上用餐，要负责将全部垃圾带回俱乐部处理，这让船员们非常感叹。更令人汗颜的是，长期习惯"中国式过马路"的船员们，到这里结结实实被当地土人上了一课，只要过马路，汽车一定会停下让你过，转弯的车会停下让直行的通过，没有红灯，见不到交警，但走在路上常会有人对你点头或问候，很是亲切。中国还没有与帕劳建立外交关系，这里的华人群体虽然没有菲律宾华侨那么成气候，但中国大陆人也不少，船员们在商场买东西，刚要用三句半的英语发问，女售货员就直接用中文对话，令人很感亲切，真是应了那句话，"有人的地方就有中国人"。

几天时间一晃而过，厦门号又要踏上征途了。酒店的黄老板与厦门号一行人依依惜别。这几天他开车带着船员们观光、补给，相处得好似一家人。大家都觉得言语不足以表达对他的感谢，反而异样的沉默。眼看就要登船，黄老板从岸边抢上一步，拉住船长的手，恳切地说："记住，有时间一定要再来！"大家都格外用力地点了点头，又更加用力地向他挥手。

告别帕劳后，厦门号的下一个目标是巴布亚新几内亚。此段航线要经信风带进入赤道无风带，由于是斜线进入导致航程很长，因此需根据气象分析随时改变航向以最短距离在无风带行驶，同时尽量接近巴布亚新几内亚以借助近岸的海陆风；但马尼拉游艇会的一位外国朋友曾告诫说巴布亚新几内亚有一段无安全管理水域，建议小心行事，所以还不能太过接近巴布亚新几内亚的陆地；此外这段航线风浪相对小，气温却很高，舱内温度可达到40度，这对厦门号的航速和船员的体能都是一个严峻考验。

果然，离开帕劳第一天船员们就深有感受。风雨很夸张，一天就经受了10场，弄得船舱里到处湿乎乎，人也都黏糊糊的，很不好受。但这些个人问题还能够克服，最让大家担心的是接近赤道航行风小，帆船会面临动力不足的问题；再有穿过所罗门群岛就进入了南太平洋飓风发生区，厦门号能安全通过吗？

不管大家心里怎么想，无风带还是如约而至。这里的美似乎化解了大家的一部分顾虑。天空格外的蓝，云格外的白——一缕缕、一朵朵、一片片、一层层，定格在宝蓝色的海面上，像一幅幅写意山水画，美不胜收。

赤道无风带宽度约 600 海里，也就是 10 个纬度。无风带受太阳直射时间长，温度升高成为低压，来自南北高纬度的气流便流向这里，因此这里的气流只有上升运动而没有水平运动，而云也不会像信风带那样朝一个方向飞快地跑。偶尔的风也是某块云的水积多了落下来产生局部压力差造成的，不过小范围的三四级风，而且很快海面又恢复了平静。赤道无风带会随季节的变化南北移动，北半球的冬季时无风带移到赤道以南，夏季时再移到赤道以北，它阻隔了南北两个半球的气流交换，使它们形成了相反的季节。

赤道无风带的温度明显升高，船舱闷热，但空气还不至于浑浊，这得益于之前的经验和后来想好的垃圾处理方案。从厦门到马尼拉，船上产生了很多垃圾，主要是食品包装袋，因为没有经验加上图省事，大家像在陆地上一样，把它们装在垃圾袋里堆积在一处，结果这些带着食物残渣及汁液的包装在闷热的船舱里很快开始腐败发臭，而且有些硬质包装袋没有折叠就塞到了垃圾袋里，占的体积大，舱内放不下了就堆到甲板上，海浪一打就进水了，结果可想而知会有多糟糕。

到帕劳时，当地的生态状况和垃圾处理手法给了大家震撼和启发：人家一个国家都可以做到，我们才几个人，就约束不了自己吗？而且，我们是航海人，如果没有一片美丽的大海，我们的航行还有什么意义呢？如果连我们都不能爱海，又怎么能呼吁更多的人投身到大海的运动中来呢？

垃圾处理此时已经不仅仅是一个"卫生"概念了，船员们真正认识到"环保"就在自己身边。这样，第一大原则便毫无争议地通过了：只要是不能降解的垃圾就绝不能丢到海里，包括烟头在内，统统装在垃圾袋里带到岸上；有机可降解的丢到海里，由大海用最天然的方法让它们归于自然；所有食品包装袋先过清洁关——无油的，还有牛奶盒，都要用海水洗净，有油的要用洗洁净清洗，然后晒干，用剪刀剪碎放入干净的塑料袋里，这样原本会发臭的垃圾袋就变成了色彩鲜艳的碎片，不再可怕了，并且缩小了体积；香烟的过滤嘴也都统一收集在一个有盖的盒子里。经过这么一番整理，船上不仅整洁了很多，大家也十分愉悦，甚至准备用这些垃圾贴成一艘帆船回去放在俱乐部的展馆里。

船长此时又多了一层感慨，这次长航真的不只是出来"玩"一趟，至少半年以上的行程必然引发船员生活方式的改变。相比陆地上，大家时间富余了，但空间却逼仄了很多，在狭小的空间里多人共处，也许生活上会有些磕磕碰碰，但也给了大家更多的时间思考，去想一些以前从来没想过或没有认真琢磨过的问题：比如人应当怎样约束自己？什么才是真正的宽容？比如环保，比如工业与环境的矛盾，人与自然的和谐到底应当怎样造就？

进入无风带的第二天——12月5日，这是一个有纪念意义的日子。按照航程计算，这一天厦门号就要穿越赤道了！

凌晨三点起来值班的小李，先习惯性地看了看天气：不算特别好，偶下阵雨，东北风8节，略见凉意。小李加了件外套，外面又套上救生衣，还是觉得有点凉，凉一点倒会让人更加警醒。他抖擞精神来到舵手位置上，就要穿越赤道了，不要有什么闪失。他看了看仪器：厦门号此时迎风角度60°，航速5节，平稳行驶。

坐在甲板上放眼天际，深黑色的天幕深邃而无垠，有着摄人心魄的魔力，仿佛洞悉世间的所有秘密；密密麻麻的星斗在天幕铺开，闪烁着调皮的眼睛，似乎在想要不要把自己知道的秘密说出来？一轮上弦月，苍穹高挂，虽是细细的一线，却区别于所有的星，像一位孤傲的美人。

星月下的小李，就在想着心中的姑娘。他脑子里盘旋着崔健的一首老歌——《假行僧》：

> 我要从南走到北，我还要从白走到黑。
>
> 我要人们都看到我，但不知道我是谁。
>
> 假如你看我有点累，就请你给我倒碗水。
>
> 假如你已经爱上我，就请你吻我的嘴。

我有这双脚，我有这双腿，我有这千山和万水。

我要这所有的所有，但不要恨和悔。

要爱上我你就别怕后悔，因为一天我要远走高飞……

小李一直向往着这样的浪子生活，他觉得这样才够刺激够"爷们"。可能普通人会认为这样的生活不够负责任，但他的姑娘显然不是普通人，而是一位深明大义、与众不同的姑娘，要不为什么会在他出发之前送他牙膏和牙刷呢？

眼前的美景无疑应该与最爱的她分享，可遗憾的是，如许浪漫却没有伊人在旁，美也显得有些残缺。如果有人问他环球航行以来最开心的事情是什么，他会毫不犹豫地回答："是每天早上醒来的第一件事——刷牙！"因为牙刷和牙膏都是临行前伊人送的，所以每天早上都有一种暖暖的感觉，刷着刷着还会不由自主地傻乐……正如伊人临别时送给他的话，每天早上醒来都是美好的。

因为这个牙膏、牙刷，小李已经成了全船打趣的对象。连船长都发现了，看见小李痴痴地注视着牙刷时就问："是谁送你的吧？"

小李不否认。船长故意逗笑："是女朋友吧？"

小李笑而不答，他更愿意保留一个人的甜蜜。年龄相仿的小连却不肯放过，使劲追问："到底是谁呀？怎么一直没有听你说过啊！"

小李狡黠地回答道："当然是送我牙刷、牙膏的人呀。"

船长大笑："就别管谁送他的了，反正是小李喜欢的人就是了。"

是的，只要是自己喜欢的人就够了。望着星空，小李在心里默念："我会每天想你多一些。放心吧，我会照顾好自己的，你也是。勿挂！"

时近正午，赤道就在眼前！赤道是航海人心里神圣的一条看不见又看得见的线，海是一样的，天是一样的，但心中感觉却是别样的！

接近赤道之前，大家就纷纷计划：剃个头、洗个澡、包顿饺子、照张相……总之，要热热闹闹地纪念一下。如同天意一般，进入0分后离赤道还有6海里的时候，一道雨墙挡在厦门号面前，瓢泼大雨哗哗地将船和人洗得干干净净，还接了满满一大桶淡水。

小李提议每个人都想一句话写在纸箱碎片上：

一直牵挂女儿的小连写道："越过赤道，爸爸在南半球想宝宝"。

小李的话似乎是送给伊人的："我过赤道了，0度的风——晋城的爱"。

烙铁的留言像他的外形一般简洁有力："爱的力量"。

酷酷的徐毅这次却耍了点儿小清新和小调皮："北京时间2011年12月5日，12：18，零纬度，东经145°41′988″。徐毅，第一次哦！害羞……"

船长的留言非常务实："再见了北半球！"

祖扬的留言写在一个木制明信片上，那是起航前一个不知名的女孩子送给他的，寄托着她对全体船员的祝福。祖扬在上面写道："现在我们穿过赤道，之前我们包了饺子，刚吃完，船长、晋城和我理了发，赶上一阵大雨，小连和我还洗了澡，雨水淋浴啊！风平浪静的赤道，阴到多云。"

大家举着自己的牌子静静等待那神圣的一刻。5、4、3、2、1、0！随着徐毅倒计时的喊声，大家仿佛能感觉到那条线在厦门号脚下轻轻划过，安静的厦门号一下沸腾起来，船员们都激动地打出V手势，在甲板上又叫又跳！

再看前方，平坦的海面似乎是另一片海，云也似乎是另一个地方的云，一切仿若新生，从头开始。

再见了，北半球！在不久的将来，我们还会再见，在地球的另一面！

傍晚，船员们见到了出航以来最漂亮的落日。

夜晚，北斗七星的大勺子孤独地在夜空闪烁，北极星消失在海平面的下面，南十字星在南偏东银河的头上像一把宝剑斜刺在夜空，剑锋所指的海平面就是南极。

次日清晨，清朗，烙铁和小连正在做例行巡视，仪表显示一切如常。突然，毫无预兆地啪一声响，主帆唰地落了下来，站得最近的烙铁大喊："支索断了，主帆落下来了！"紧接着小连也喊了起来："船长快来，支索断了！"

　　船长心里一激灵，立刻蹿上甲板，一检查，果然是侧支索断裂。众所周知，帆船是靠帆收集风力作为动力的，船帆固定在一根高耸的桅杆上。厦门号自重17吨，加上人员及各种物品器材，总重有20多吨。让这样一艘船在海上跑出十几节的航速，还要能经受海浪的冲击，可想而知桅杆受力非常大，需要相当的强度和抗打击性。桅杆焊在船体中部，侧支索在桅杆两侧，用来拉紧固定，它由若干根直径2毫米的钢丝编成总直径12毫米的钢缆，桅杆的两侧各有4根，所以被称为"侧支索"，预紧后有很大的张力。

　　出问题的支索是左舷第四根，船长带领大家研究后决定缩小主帆，减少受力，到下一个停靠点卡维恩后再与右舷第一根调换，然后用以代替支索。全部支索的安装及保护由机械师烙铁负责。

　　烙铁再次进行了仔细检查，报告了一个令人沮丧的消息："支索已经非常脆弱，随时有继续断裂的可能。"他提醒船长，绳索和滑轮组只是权宜之计，彻底解决问题必须更换新的支索，但卡维恩是一个欠发达国家，估计买不到符合要求的钢缆，所以要尽早赶到澳大利亚。船长也意识到问题的严重性，同意他的提议。但航线就必须做出调整，在支索残损的情况下，不能让桅杆满负荷运行，一路上要尽量选择顺风顺流行驶，以减少支索受力，并尽快前往澳大利亚的布里斯班——那是离此地最近的国际化都市了。

　　这个意外让原本高涨的士气有些低落。烙铁顾不上那么多，对他来说，怎么利用现有条件把船尽可能再加固一点是当务之急，因此抢修之后他又忙着把支索问题发到微博上，很快收到全国各地网友的很多维修替换建议，有的还画出图发到微博上，其中翟墨就说他在印度洋上曾用绳索固定后支索。

　　网友的关心让厦门号看到了解决问题的希望，同时感受到一种力量，心态也渐渐平静下来。临行前潘市长曾说："你们不是自己在航海。"确实如此。

　　厦门号小心翼翼地前行着，船长注意到，过赤道后，海水便从帕劳时妖艳的蓝变成灰蓝，海水的颜色越发深了：暗蓝，以至墨蓝，这也许说明海水更深了。忽然，一直注视海图却不说话的徐毅冒出一句："到马里亚纳海沟了，麦哲伦好像就是死在这附近的……"大家刚放下的心又悬了起来，每个人都不动声色，每个人却也不知道该说什么好。

祖扬打破了沉默："麦哲伦是死在这里，但他是完成环球后才死的，而且是因为打仗，并不是海难。"他戏谑地说："其实喂鱼倒是一种最环保的死法，也算死得其所。不过我很怀疑以我们的口感，会不会有鱼爱吃？"已经移民加拿大的祖扬思维方式更接近西方人，他一贯反对对环球冠以"意义"什么的，他认为人生就是体验和好玩，无论什么样的经历，都应该以轻松的心态接受。所以虽然他是调侃的语气，但无意间提及的生死话题还是难免让大家沉重起来。

马里亚纳海沟，海洋的最深处——暗流涌动，深不见底。不知道那里，藏着多少地球的秘密？那蓝黑色的海水似乎把阴影投射到了每个人心里，死亡气息的若隐若现，大家都无心欣赏海了……

厦门号在暗蓝的海水中驶向夜幕，这一夜，似乎格外漫长……

7- 海上起冲突

说白了，
"环球"就是为勇者准备的，
长度、难度、速度缺一不可，
船长挑这么一条路线，
是跟自己过不去，
但又一定要过去！

又一次迎来日出，经历了昨天那番惊心动魄之后，再次看到太阳，大家多少都有一点"重生"的感觉，人真是坚强又脆弱的动物。说坚强，敢于跟大自然最残酷的一面搏斗；说脆弱，如果丧失希望就不堪一击。

这一天算是真正体会到了什么叫"无风带"， 海面上没有一丝风，帆平平地挂着，完全丧失了以往的活力。入夜后，这种感觉更为彻骨，巨大的海面波澜不惊，空旷的天幕只孤单地挂着半个月亮，天和海之间，厦门号仿佛是唯一的生灵。面对这样的"空空如也"，大家不约而同地提议关掉所有的仪器，享受一下真正的静。

仿佛一下陷入到了真空或虚无，帆船被静包裹了，一动不动地停在海上，没有风、没有浪、没有现代工业产生的任何声响、没有尘世的任何喧嚣……徐毅大声呼喊，甚至连回声都没有。静，到了极致。

船轻轻地摇，船员们静静地坐在甲板上。海面映出星星的倒影，长长的、弯弯的……以前在山里享受安静，凝听的是昆虫山鸟的鸣叫，而此时的静在陆地上未曾有，绝对的静，甚至有种怪异的感觉，当然，也永远令人回味……

因为侧支索的故障，厦门号并不敢肆意地享受无风带赐予的安静，还是要竭力赶路以早日解除隐患。12月8日上午，厦门号接近巴布亚新几内亚一座很大的岛屿了，正开足马力往前赶时，忽然在左舷看到一个灵动的身影跃出海面，在空中抖了大家一身水，是海豚！众人大为兴奋，纷纷扔下工作去取相机。那个顽皮的小家伙刚扎进海里，海面上又翻出无数朵浪花，不知道有多少海豚正簇拥在厦门号周围！看船员们正注视它们，这群精灵就像约好了似的"哗"地一下游到船头，撒着欢儿往前游，船员们都围拢到船头，看它们在清澈的水下紧贴着船头游来游去，那善良的眼睛和友好的豚吻好像在说："欢迎你们！"

船员们也非常激动，一边拍照一边兴奋地冲海豚挥手、大喊，小李、徐毅和祖扬甚至还想找绳子吊下去和它们一起戏水。在五缘湾，船员们也经常看到海豚，也会跟它们大声对话，不知道这里的海豚是不是跟厦门的操同一种语言呢？大家有点可笑地讨论着。海豚们异常欢乐，三五成群，交替在船底下穿行，不时跃出水面，虽然"语言不通"，但大家能感觉到它们的快乐。远处有一片海鸟，它们不时地跃起又射入海面；而远处，陆续有海豚蹦得高高地朝厦门号赶来，一如纪录片《海洋》所拍摄的场面。前前后后大概有100多头海豚围绕在厦门号周围，船员们从没见过这么多海豚聚集在一起，为自己的奇遇激动不已，而海豚也在不停地游动、起舞、弹跳！

小李和徐毅实在克制不住自己的激动，干脆脱光了一跃而下！海豚立刻游过来围着他俩，和他们一起在海上翩翩起舞！船上人又是羡慕又是嫉妒又是担心，船长严令"不许再往下跳了"，让祖扬和烙铁扔下两根绳子。这可不是闹着玩的，大海说翻脸就翻脸！小李和徐毅抓住绳子和海豚一起跟在船后——大家都说这俩小子占大便宜了，有几个人能有幸在太平洋这个全世界最大的游泳池里跟海豚一起"裸泳"呢？这可是真正的"天人合一"！

大约过了1个多小时，海豚陆续走了。令人感动的是，最后一头海豚游远了之后又再次回来，从船头穿过向船员们告别，这可能是它们的头领，在对厦门号做离别的致意。船员们不约而同大喊："再见了！朋友们！"那一刻，似乎能感觉到海豚在海底发出的回声。大家都相信：一定有。

　　送走了海豚，厦门号重新又回到前往巴布亚新几内亚的航程中，确定的停靠点是新爱尔兰省的卡维恩。之所以在这里补给，还是在帕劳遇到的法国老船长提供的建议。

　　到这里的第一印象是仿佛到了非洲，本地人看上去完全是非洲裔——黑色的皮肤，卷卷的头发和鲜艳的衣服。当年欧洲人发现这个岛的时候，可能就以为到了非洲才起了这个名字。

　　这里的人过着一种简单的生活。地上随便撒点种子就能长出可口的蔬菜，海里随便撒几网就有鱼，以物易物仍然是常见的交易方式。船员们用三听罐头换了五条很新鲜的鱼，后来才知道给多了，再后来又知道这里的人不吃猪肉。集市的日子是人最集中的时候，看上去和中国农村的集市差不多，再细看，这里没有人用称，蔬菜和水果都是按大小"堆"卖，蒜头要分成瓣卖，烟可以按支卖，和我们的经验大不一样，但可以肯定这里的蔬菜和水果都是纯"绿色"的，因为长得都不那么好看。

　　这里没有想象中的城镇中心，几家超市就算中心了，给人感觉如同走进了美国西部蛮荒时代的牛仔片，小店、小镇、闲散的人。卡维恩人喜欢槟榔，男男女女一张嘴就是通红的，看起来有点恐怖。

　　因为要赶去澳洲修船，厦门号只简单做了食物补给，就如蜻蜓点水般离开了。其实这里风景非常美，是原始的美，人也是原始的简单，在集市上土著人端详大家的眼神就能看出来。大家都觉得，如果有时间真应该到土著人生活的村子里住几天，真正了解他们的生活。在驶离卡维恩最后一片岛屿的时候，大家都不无惆怅，现代人被很多有形无形的东西束缚着，其实真的应该利用航海的特点，去了解那些平时无法抵达的地方。

　　机械师烙铁是厦门号出航以来除船长外担子最重的人，尤其是侧支索断裂后，他更是要竭尽全力确保船的安全，得经常钻进狭窄的设备舱，在倾斜摇摆的环境里修机器，体力消耗很大。12月11日是他的生日，一大早大家就在琢磨怎么给他庆祝。可是在船上空间有限，厦门号又离开大陆很长时间了，从场地到食品都不足以给他办个像样的PARTY。讨论来讨论去，最后决定由他自己钓条鱼来改善生活。但令人遗憾的是，直到太阳落下海面，鱼竿依然纹丝不动，看来鱼是没戏了，最后还是船长亲自出马，搞定了他的"生日晚宴"。

身为北京人的船长做了自己拿手的炸酱面。酱是从厦门带来的中国原装货，还单独给烙铁做了一个荷包蛋以示隆重。其实烙铁下午垂钓的当口，其他船员也没闲着，一直在船长的指挥下轮流搅鸡蛋，准备给他烤一个蛋糕。"晚宴"上，蛋糕作为"大菜"正式出炉了，船上的艺术家小李还专门设计了一支生日蜡烛。这一切都是瞒着烙铁进行的，当点着蜡烛的蛋糕揭晓时，烙铁感到非常意外，也非常开心。蛋糕有点硬，有点像蛋饼，但那是大家亲手为他制作的！神秘蜡烛实际上是一个通红的西红柿，在根茎坑里滴点油，放上纸芯，点着了放在蛋糕上，很别致很有气氛！在卡维恩买的一个大西瓜也算作生日大餐的主菜之一。虽说很简单，但大家已经尽己所能，烙铁吹蜡烛时说：这是他过得最有意思的一个生日！

第二天，开始有风了，船速也开始加速，厦门号就要进入南半球信风带了。

其实所谓赤道无风带并不是绝对无风，只是没有常向的风，而是哪儿有雨就往哪儿刮，又因为海水是恒温的，大约27度，阳光的热量没有聚集的地方，所以稍有风也是凉风，这在卡维恩就有切身体会。太阳底下热，一到树荫下就凉了，因为陆地面积小，热量很快就散发掉了。进入赤道前，大家曾认为赤道上肯定是暴热，在马尼拉还买了一台小空调备用，谁知无论接近还是过赤道时都没有热过，晚上在甲板上甚至还要穿航海服，整个赤道的航行应该是到现在为止最舒服的航段了。看来很多事情都不能想当然，必须要自己去经历，去体会。

看到这儿，可能有的朋友会有疑问，为什么环球航海一定要跨越赤道呢？从厦门出来直接往东走绕地球一周不就是"环球"了吗？何必这么舍近求远，要跨越赤道，还要跑到南半球去？据说那里还有什么咆哮的西风带，这不是自讨苦吃吗？

"环球"其实就是个自讨苦吃的活儿。在国际航海界，环球航海不是说你随便在地球上绕个"圈儿"就算数的，它有着严格而苛刻的定义：首先，航行者必须两次经过赤道，也就意味着你必须两次穿越南北半球——这是为了保证足够的海里数，也就是说你不能图快只在高纬度上跑小圈"偷工减料"。再一个就是必须经过南美洲的合恩角和非洲的好望角——这是为了保证航行的难度，因为这两个角都位于西风带上，是著名的"杀人角"；如果仅沿赤道航行，虽然看似跑的"圈"最大，但低纬度地区气象条件优越，其实是一趟舒适之旅——就像厦门号现在的感受，那是不能满足比赛和探险的要求的。说白了，"环球"就是为勇者准备的，长度、难度、速度缺一不可，船长挑这么一条路线，是跟自己过不去，但又一定要过去！

所以，大家都在抓紧享受这难得的静谧和安详。走过无风带，很快就要迎来真正的挑战了。

每天都要拍日出和日落的小连对景色的变化最为敏感。他在当天的日记里诗意地写道："离开帕劳已是第九天了，如果把这次远航看作是人的一生，我想这应该是我们无忧的少年。没有了狂风和暴雨的喝斥，我们享受赤道无风带无忧的航行！宽阔的太平洋仿佛只属于我们，船长不用再为航行担忧，改变角色成了我们的专职厨师，用我们仅有的几样食物变出每餐可口的美食。有时候觉得他更像是个慈父！"

在小连的镜头和心里，每一天的日出日落都是大自然赐予的最美礼物。尤其是进入太平洋后，迎着海面上的第一道曙光走出船舱，湿润的空气让人变得新鲜清爽……太阳是最伟大的灯光师，天空是云彩的舞台，它们变幻着为厦门号原本蓝白两色的航行带来无尽的色彩！而且，在太平洋的最深处，它们只为这一艘船表演……

更令人惊喜的是彩虹几乎每天都会光顾，有时候，不用经历风雨也能看见彩虹。它有时是云端飘逸的一小朵，有时是正午的太阳边形成的美丽光环，有时还会形成两条同心环……更令人惊异的是，在无风带里，厦门号还见证了在同一片云彩里升起的三道彩虹！每当看到这样的奇景，小连心里就有点可怜生长在城市里的孩子，可怜自己家的小姑娘，五岁了还没见过真正的彩虹。小连还清楚地记得，有一天在接女儿放学的路上，他看到一道彩虹，激动得一路小跑冲进孩子的教室，想抱她出去看彩虹，可惜等他冲到外面时，彩虹已经离开了……

离开厦门的日子里，小连最惦记的人就是女儿了，休息时、入睡前，他脑海里都会不由自主地浮现出女儿那娇俏的身影；跟船友们聊天，他也会不由自主地把话题转移到孩子身上；而每次上岸，他更是迫不及待找寻能够上网的地方，抓紧每一秒和女儿视频通话。这让未婚的小李非常艳羡。小李说：周围多是一帮热爱漂泊的朋友，婚姻和家庭都不尽完美，一度让他害怕走入围城，可是小连和妻子、孩子的情感让他对婚姻又有了信心，而且向往那样的幸福……

无风带的最后一晚，最后一道云彩抹去夕阳的余晖，月亮在半空照亮了整个海面。享受完船长准备的月光晚餐，船员们继续享受这无边的夜色！大家惬意地舒展在甲板上，海面平静得可以看见月亮和星星的倒影。

最年轻的水手小李又一个人坐在甲板上，戴着耳麦听着属于他自己的音乐，月光照亮了他满脸的遐想……恋爱中的水手，在过赤道时写下了"0度的风，晋城的爱"，是哪位幸福的姑娘让我们这年轻的水手如此着迷？

夜深人静，只有船在微风中轻轻划过水面的声音。小连陷入了思念：北京时间11点多了，小姑娘应该睡熟了……在家每天牵着她软软的小手送她上幼儿园，原来是如此的幸福……

厦门号一进入信风带，天气大变，整天下雨，高高的涌浪一波接一波，无穷无尽。但奇怪的是，明明刮的北风为什么涌浪却从南边过来？船长猜测南边可能有一个大的风区，把涌浪传递过来了。所谓暗流涌动就是这样，风未到，涌浪先到。船长有点担心，厦门号很快将进入澳大利亚东北的珊瑚海，那里是西南太平洋飓风区，算是航线中的一个重点气象危险区域，再加上桅杆支索的故障，如果遇上

厦门号
之
奇幻漂流

由于盐分、温度的不同，以及天气、洋流的变化，大海呈现了各种各样奇幻的色彩。就像船长描述的，东南亚的海清澈、秀美，仿若温柔的少女；而南美洲的海则深沉、暴烈，呈现了阳刚的性格……环球旅行的大海仿若上帝的调色盘，会有你意想不到的色彩，难以用言语描摹，可一旦你看到了，却再也不会忘记……这，也许就是环球的最大魅力吧。

第一次领略了大海的魅力风光，海水出奇的蓝，似乎比其他所有地方的都蓝。我们刚出去是灰蓝色，走到菲律宾西岸颜色差不太多；到菲律宾东岸就非常蓝，有点像假的，带有诱惑的蓝，妖艳的蓝；到了太平洋里面，全是这个蓝。过了赤道就变成灰蓝色，像牛仔裤，有力量的蓝，一直到澳大利亚。过了澳大利亚一到阴天，那就没蓝色，就是黑的，尤其傍晚透出一点阳光，就阳光在云层底下透出来，海面就像黑色的油，上面反着金光，像黑物体上面镶了金。到大西洋整个都很放松，还是灰蓝色，似乎让人感觉到大西洋的海水没有太平洋的那么深沉，尤其从新西兰一出来，很像欧洲人风格的一种色彩，就是欧洲的色彩；而赤道那边的海水就偏柔偏秀气。帕劳就是秀美，诱惑的美；智利合恩角就是壮美，它在巴塔哥尼亚高原上，黑色的山挂着白色的雪，山还很尖，撞击人的美。可以说这边是比较雄性的美，而东南亚是女性的美。

——魏军（船长）

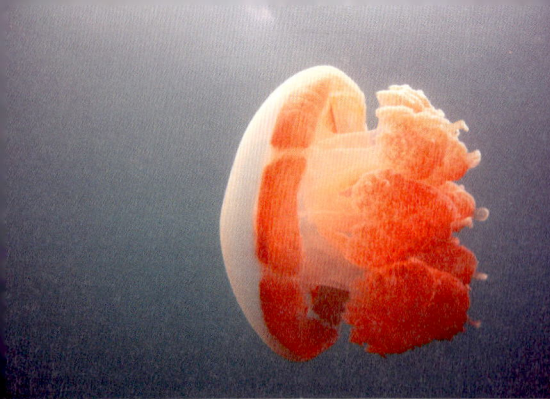

太胖海鸟围绕成半径几十米的圈环绕厦门号飞行，一百多头海豚雀跃地在厦门号周围游动，无数的海鸥在同一时刻振翅高飞，在苍茫大海间一对孤寂的燕子，在一片汪洋里一头缓缓浮起的巨鲸，在岸边懒洋洋休息的海豹家庭……这是最和谐的人与自然，这是最本真的人性和爱，便构成了天地间最美的画卷……

大风将是很危险的。船长叮嘱徐毅加强天气观测，每天用卫星宽带看一次气象预报，随时掌握信息，以便提早避让。

小李却安乐无忧，看到要下大雨，他就把所有的瓶子取出来接水，很快乐很开心也很有成果，好几天的饮用水不用愁了。可所有瓶子都接满之后，雨还是下个不停，甲板上都汪着水，小李这才开始发愁怎么把这多出来的水弄出去。

连绵不断的雨让人很难受，舱里热、外面湿，人的心情像天一样闷闷的，波涛汹涌，船摇得厉害，把大家的胃口也摇没了。

第二天雨总算停了，可从半夜就开始刮大风，看来之前的涌浪确实是受南边大面积风区的影响。为了保险起见，厦门号不得不偏离航线——原定航向是180°，但由于风向是170°，船只能走190°到200°了。不过帆船航海本来就是拐来拐去地跟着风走，等风向偏东了再转回来就是。

但让人非常难受的是浪越来越大，风也好像又大了，海浪不时打到甲板上，衣服前一天是雨淋湿的，今天变成海浪打湿的，温度也急剧降低，和前两天相比真是冰火两重天。晚上已经不是凉意而是寒冷了，徐毅和烙铁值班时冻得直哆嗦，他们想了个辙，把接水用的布包在身上，又挡浪又挡风。但不幸的是，由于船摇摆幅度太大，下雨天接的水一箱箱都被摇出来了，剩下的也灌进了海水，算是白接了。

但这还远远没有结束。自从有风浪起，船上已经两天没做饭了，因为摇摆得太厉害，左右倾斜超过了30°，并且不停地跳跃，人在船舱里连行走都困难，甭说做饭了；另一方面也担心发生烫伤事故，所以两天来大家就吃饼干和罐头裹腹。

夜航更是惊心动魄。漆黑的海面上什么都看不见，却能感觉到厦门号在风浪中狂奔。唯一能隐约看见的就是眼前的海浪撞击船体溅起的白浪，以令人胆寒的速度飞一般向后闪去，而看不见的浪峰会突然将船首高高抬起或干脆直接盖过船身。没有人能睡踏实，就算身在船舱内，也会下意识地想到甲板外的景象，总感觉船像突然撞到了什么，总担心那巨大的声响会带来不测。人在舱内如同进了滚筒洗衣机，摇来晃去，完全找不到重心，走路一定要抓牢，否则直接就倒到一边。原先大家都在船尾上厕所，现在出于安全考虑打开了舱内的厕所，可不知为什么利用率很低。按祖扬的话说，人真有调节能力，不能拉了也就不想进了，两天没大便也没有感觉了。

但有一个问题却一直在船员们面前挥之不去，那就是烙铁的脚臭。烙铁本来就是个仗剑走天涯的浪子，什么事情都善于大而化之，尤其在这恶劣的天气里，能省的事就都省掉了——比如每天洗脚。坐都坐不稳还洗什么脚？免得再洒一地水。再说了，除了每天值班，他还要修这个修那个，天气不好船坏的地方也多，一天忙下来，人跟散了架差不多，还有工夫去料理洗脚这点小事？他把鞋蹬掉便直接上了床。

每次他一脱鞋，船舱里就好像迎来一次"臭味冲击波"，人人掩鼻。他自己浑然不觉，躺在床上很快鼾声如雷，其他伙伴却要屏息许久等待臭味散去。

小李建议跟烙铁提提意见，船长却说不必了："他就是个天生的大汗脚，你说也改不了，没用。"

小连说："那洗洗多少能好一点吧？"他是有洁癖的，对这样的个人卫生习惯实在不能苟同。

船长说："也好不到哪儿去。"他扭头看看沉沉入梦的烙铁，说，"他现在确实是咱船上最忙最累的，大家就担待一点。再说，现在也不好烧热水，用凉水洗脚再洗出病来，那就更麻烦了。"徐毅、祖扬和小李都没说什么，可小连依然在皱眉，船长又加了一句："我看大家近期都别洗脚了，将就一点，万一用凉水闹出病来划不来。"

船长并不是偏袒烙铁，目前这种情况，这个做法虽然不好受，但的确是最稳妥的，大伙儿便都答应下来，虽然小连神色有些勉强。

接下来几天，小连越看这条船越别扭，到处是丁零咣啷的乱响让人怀疑船随时会解体不说，烙铁在船舱里扔的东一摊西一摊的东西也让他浑身不舒服——他是井井有条惯了的人，看不得这么乱扔乱放。

　　跟烙铁提意见，烙铁说："到处有状况，这儿没修完那儿又出问题了，我哪儿还顾得上收拾？"

　　小连尽量温和地说："可是这都拦在路上了，大家一踩就更乱了，你再用的时候也许就找不到了。"

　　"我心里有数。"烙铁钻在狭小的发动机舱里，半天也没查到症结所在，正着急上火，加上一阵阵蹿上来的汽油味和船的摇晃，头晕眼花，根本没把小连说的鸡毛蒜皮听到心里去。

　　小连看他心不在焉，默默退了回去，顺手把脚下的一堆工具放回到了工具箱中。

　　修完设备，烙铁一边洗着手上的油泥，一边跟船长汇报："如果天气再不好转，我担心船可能会出大故障，照现在的情形看，我们之前的检修把危险估计得不够充分。"

　　船长的眉头拧成了疙瘩。小连眉头拧得更紧，一方面他也担心天气和船，另一方面，烙铁洗手的黑水都溅到了他床上——他的床挨着洗手池。当然，在这样的气氛下，他不合适提什么床单不床单的话题，只好强压下心头怒火……

　　侧支索的问题一直困扰着厦门号，船的每一次倾斜、海浪的每一次撞击都让船员们绷紧神经。狂风却没有退去的意思，它像一个巫师带着有魔力的风在演奏，把支索当作他的琴弦，用带钩的手指狠劲地拨动着，发出撞击心脏的刺耳的啸叫，也拨动着船员那本就已经超级敏感的神经，船上发出的每个声响都让大家紧张得想跳起来。

　　18日下午6点，主帆后帆脚的绳索终于挺不住了，在一连串剧烈的抖动中被磨断，失去控制的角帆像战旗般发出咧咧的巨大声响，帆孔被撕裂了一个半米大的口子！必须立即采取措施！小连、小李和祖扬挺身而出，每走一步都要付出巨大努力。他们互相扶着走出船舱，又小心地攀爬到桅杆处，一只手工作，另一只手抓牢伙伴或船体，以保证自己不被甩出去。就这样同心协力在摇摆幅度达60度、落差达5米的甲板上艰难地落下主帆，捆好。因为夜晚在甲板上作业太危险，稍不留意就会落水或磕碰伤，船长指示他们赶快返回，留下问题到第二天天亮再解决。虽然只是短短半小时，他们回到船舱时，从头到脚都湿透了，手也被绳子勒出了深深的红印。

失去了主帆的厦门号现在只好单独用前帆行驶，因为风大，船速倒并不算低。大家都默默祈祷，前帆可千万不能再出问题了，快点到澳大利亚吧……

船长又看了一遍天气预报，南纬20°海域之内有20节的南到东南风，附近一艘台湾籍货轮"中华和平号"告诉厦门号还会有涌浪，厦门号的方位是南纬19度，如果预报准确，还要行驶一天时间。厦门号，一定要挺住！

天刚放亮，船长就迫不及待地起来检查昨夜被扯破的主帆，还好，并没有坏到完全不能用。船长指挥大家升起了最后一格，大概有原先的三分之一那么大。即便如此，船速也快了不少。这意味着厦门号能早一点赶到澳大利亚，能够抢出一点时间厦门号就多一份安全。

老天似乎觉得考验到这里差不多了，虽然风和浪依然很大，但风向有点向东偏转了，厦门号早一点校正航向就能早一点回到既定航线上来。而船员们似乎习惯了海浪和摇摆，不像前两天那么难受，舱内也不再闷热，可以安心睡觉了。

下午，船长在摇摆的舱里抱着水池做了一顿饭，焖了绿豆米饭，还有久违的炒菜——洋葱炒鸡蛋，虽然不是什么大菜，却令人胃口大开，这几天的零食当饭让大家受够了。从此他们也得出一个教训：到新西兰后要好好准备到合恩角40天的饮食，尤其是风浪大时的饮食，这滋味太不好受了。

又迎来一个早晨，天终于放晴了！风也小了，几天的南风（就如同我们的北风）把天空吹得干干净净，天很高，心情豁然开朗，厦门号航行的第一个飓风危险区终于闯过去了。

此时已接近澳洲大陆东岸，中午时分，厦门号在望远镜里看到了陆地，矮矮的，不像中国沿海那么多的高山。这样看来，第二天船员们就将踏上一个新的大陆！厦门号目前所处的纬度与厦门南北相对，推测起来季节也应该像厦门6月的天气。

烙铁带着大家对船只进行了全面检查，发现上次调换的侧支索又有几股钢丝断裂，这就更急需在澳大利亚更换。但麻烦的是，船员的签证到当时为止还没有得到澳大利亚方面的同意，而移民局的回复邮件里表明，"直接进入"是很严重的，每人要罚款 3000 澳币（相当人民币 1.8 万元），因此徐毅正抓紧和澳大利亚的航运代理公司进一步联系。

送走了恶劣天气，厦门号也能按计划日程行驶了。不出所料，12 月 21 日，天刚蒙蒙亮，厦门号就已经来到了澳大利亚北部港口城市布里斯班。

布里斯班港的港口狭窄而曲折，船长指示由烙铁从舵位换下小连。

小连有点不乐意："船长，这一路我开得挺好的啊，让我试试进港吧。"

"我早说过了，进出港只能由烙铁开，他的机械控制能力最强。"船长又重申了一遍之前说过的话。

"您让我们也学学嘛。"小连很喜欢掌舵，这是船上最能体现控制感的一件工作。

"不行，这个港口情况很复杂，我们不能冒险。小河沟里翻船会被人笑话的。"船长可不想让老外看中国人的笑话。

祖扬却说："哪有那么严重，老外才不这么想呢，中国人把面子看得太重了。说实话我也想开，既然出来了，我也想学学。"

船长一听，好嘛，正愁找不到典型呢，你倒自己跳出来了，板起脸正色道："你刚好说反了，不是出来了才要学，而是学好了才出来！"这下大家都哑口无言了，要说技术过硬，谁也不敢跟船长比，就别再自找没趣了。

祖扬吹了声口哨走开去，烙铁接过舵位，小连走到船帆旁跟小李坐在一起。

即将进入港湾！船长指挥换弦，小连拉起了帆绳配合着，烙铁一边调整舵位，一边看着帆的角度，他对小连说："你不用再拉绳子了，风一起来帆就鼓起来了。"

小连没搭茬，却毫无预兆地骂了一句："傻×。"

烙铁也是个爆脾气，当下把一直在旁边辅助的徐毅一下推到舵手位上，一步冲到小连面前，一把揪住他领子："你再说一句！"

小连却不说话了。

正打算跟码头通话的船长发现不对，赶紧赶过来，问明情况，他也很恼火："怎么能共患难却不能同享福呢？这么多苦都过来了，这该上岸了闹什么闹？这么屁大点小事至于吗？唧唧歪歪像是来环球的大老爷们吗？"两人都沉默以对。

徐毅小心翼翼地掌舵，小李把小连的工作捡了起来，两人都没工夫掺和这场争吵。眼看船就要靠岸，两人还是一副顶牛的神气。

一上岸就带着这么两个火药桶子，船长又气又急，当机立断，拿出"老大"的姿态："你们想得通也罢想不通也罢，咱们在一条船上就要同舟共济，别说你们玩航海这么久不知道这个道理！"两人也是骑虎难下，臊眉耷眼不说话。船长又激了一句："你们是兄弟就要做出兄弟的样子，别这么大人还要我教你们！"

两人脸色犹豫，又不好意思先伸出手。

还是祖扬出来和稀泥："玩航海的人都有胸怀，不会干那小肚鸡肠的事儿！"他拉起两人的手放在一起，"这是大白天还要干活，晚上咱们再好好喝一顿！一醉解千愁！"

烙铁和小连此时也有点后悔自己的孟浪，航海的人就这点小心眼说出去真叫人笑话，也就势借坡下驴了，有点勉强地搭了腔。

一抬眼，厦门号已经接近码头，几位身材高大、穿着蓝色工作服的工作人员正在朝他们热情地招手。

大家既喜悦又有点意外："这里的工作人员这么主动呢？不过也挺好，这么多人帮我们系缆！"大家也顾不上刚才的小插曲了，赶紧把船靠过去，岸上几个人接住绳子几下就系好了。这时，船长发现工作人员腰里竟然都带着枪，码头工作人员怎么有武器呢？一问才知道，这是专门来给厦门号办理入境手续的海关人员。

澳大利亚的海关很严，首先把船员们的手机和硬盘全收走了，然后就开始在舱里翻箱倒柜，而且不允许船员进去看。天气很热，在舱里翻东西绝不好受，可他们都很敬业，很有耐心地在里面待了两个小时。仔细检查完毕，他们又很认真地指导船员们填表。快结束时徐毅闹了个小插曲，一个工作人员问问徐毅的头巾上画的是什么，徐毅回答"是枫叶"，工作人员笑着说"是大麻叶"，然后就结束了检查。船员们回到船舱里，看到所有箱子都被翻了个个儿，纷纷取笑是徐毅的头巾闹的。

接下来是检验检疫，有了前两站的经验，厦门号在到达澳洲的前一天就将生鲜、种子类的食品清理光了，舱内也打扫得干净整齐，只待检查。可这里的工作方法还是让他们吓了一跳，一开门就看见四个巨大的垃圾箱，足以把船上所有食品都装进去；工作人员上来又把船舱翻了个个儿，小连床上的凉席都没放过，他们把桌面擦干净然后席子在上面抖，认真检查有没有虫卵之类的东西，每一个瓶子都要打开闻一闻、问一问，确认后再礼貌地交还。因为之前做了准备，所以没什么纰漏，唯一令人遗憾的是，华侨大学王老师给的光秃秃的小树苗盆景被他们客气地收走了。

最后是移民局的官员，之前担心的达摩克利斯之剑终于落了下来。两位官员看过船员们的证件后说："你们没有签证就进入澳大利亚，每人将被罚款3000澳元。但按照澳大利亚法律，你们可以在28天内缴纳，也可以申诉，如果你们能说明，也可以免除罚款。"

大家一听都有点犯傻，这可是13万人民币呀，好在后面有个申诉，先争取申诉吧。不管怎样，船是一定要修的。大家且喜且忧地上了岸。船长心里还比别人多了一重顾虑：小连和烙铁的冲突。老外一贯不主张团队去环球，因为想环球的都是有性格的人，彼此之间很可能不对付；而且小船上也不像大船上排大副、二副什么的，大家受聘而来，彼此有职务和纪律的约束关系。帆船上空间小，人的脾气大，闹矛盾可以说是早晚的事。现在还只是个开始，这以后漫长的旅途中还会发生什么事呢？虽然这次靠自己的威望压了下去，但能百试百灵吗？这是个未知数。但无论如何，开弓没有回头箭，路还是要走下去的。

岸上却是一派轻松愉快的气氛。厦门号抵达澳大利亚的日子恰逢西方最隆重的节日——圣诞节，到处充满了节日气氛。虽然厦门号还是"非法入境"的身份，可是也不由得感染到欢乐。快过节了，移民局的官员也忙着筹备节日，无论罚款还是申诉，各项工作的节奏都慢了下来，再加上船必须维修，可能为时不算太短，无论如何，逗留澳大利亚的时日还少不了。这样想通了，船员们也就放下了惴惴不安的心，索性利用这段时间好好领略南半球的风光。

在厦门一起玩帆船的好朋友，风水帆船俱乐部周士敏的哥哥在布里斯班，听说厦门号环球到此，十分高兴，特地约大家在圣诞节这天到他家附近的公园烧烤。

周先生的家是一栋很好看的小别墅，院子有 1000 平方米，两个女儿在院子里活泼地跑来跑去。公园就在他家附近，与中国常见的要门票带围墙的"公园"完全不一样，这里就是一大片很漂亮的绿地和树林，非常清净，有几个小亭子和儿童玩的秋千玩具，空地上有一个很干净的电烤炉，供游人免费使用。由于是圣诞节，很多澳洲人都出去度假了，偌大的公园里仅有他们几个人，眼前都是绿色，空气中飘荡着植物的芬芳和鸟的鸣叫，天格外蓝，云格外白，船员们和这里的几位中国人自己动手，度过了轻松愉快的一上午。名为野餐，其实食品只是佐料，真正享受的是朋友之情和自然的环境。

令人惊叹的是公园里的清洁，没有清洁工走来走去，没有一块精雕细琢的石材，没有一片丢弃的垃圾，原木、枯枝、小河、流水都自然天成。相比之下，国内的公园有太多的人工雕饰痕迹，不仅建造成本高，后续的维护成本也居高不下，而且失掉了真实。

毫不夸张地说，厦门号在布里斯班停泊的 10 天里，每一天都对环境保护有更进一步的认识。码头每天都挡住顺流而下的漂浮物，但都是枯枝和落叶，从没有看到漂浮的塑料及食品垃圾，哪怕是穿过黄金海岸长达 30 海里的内湾，也没有看见一片垃圾。回想国内，不管多美的景色、多知名的景区，有煞风景的不环保之举不时可见。先不说水中的污染，单水面上漂浮的乱七八糟的垃圾每天都收不过来。船长非常感慨：对航海人来说，爱船先要爱水，水好才会有人爱船，应该用对自家床单般的在意来爱护我们身边的自然界，那样生活才会更好，毕竟人不是总躺在床上。他在签证处见到一个大约两岁的小孩，吃完糖果后把包装袋递给他妈妈，而不是丢在地上，令他印象非常深刻。看来环境保护确实要从孩子起就养成习惯，习惯成自然。

在这10天的逗留中，12月26日，厦门号船员还专程从布里斯班飞往悉尼，为的是一睹帆船界的"奥运会"——著名的悉尼"霍巴特帆船赛"。这趟行程相对厦门号目前的经济状况而言有点奢侈，而且在计划外，但对玩帆船的人来说，观摩比赛有点儿"朝圣"的味道，既然来了，岂能过门而不入？

大家早早赶到悉尼北岸的一个小山坡上，这个地点是一艘准备参赛的帆船船员告知的。时间还早，但已经陆续来了不少人，他们都很熟稔地带一块浴巾铺在草地上，小孩子在边上玩耍。很快悉尼湾就热闹起来了，船越来越多，杰西卡的"粉红女郎"也在其中，还有一艘船上画了一个巨大的斑马，非常有意思，直升机在天上飞来飞去。转眼湾里就有了上百条船，帆船、游艇、游轮、独木舟交杂在一起，非常热闹。

下午1点，赛船分两个级别同时启航，快船在第一条线，小一点的在第二条线，一声炮响，观众热情高涨，纷纷鼓起掌来。启航时间很短，88艘参赛帆船在上百艘各式观赛船和10架直升机的全方位簇拥下，几分钟后就驶离了港口，但那震撼的场面永久地停留在船员们的脑海里……

在布里斯班修好船后，得知新西兰也要签证，大家一致同意改变计划转道悉尼再去新西兰，免得在布里斯班干等，而且既省钱、省时间，风向也会好转。

厦门号选择穿过狭长的内湾从黄金海岸出海，一路上遇到无数的帆船和游艇，整个河道如同车水马龙的大街，所不同的是船来船往。令厦门号船员格外新鲜也格外感动的是，两船相遇大家都会挥手致意，一天之中不知挥了多少次手，会看到各种挥手姿势，有使劲挥的，有含蓄挥的，但绝没有敷衍了事的，有着同属于航海人的一种会心和默契。双方也许永远都不会认识，但都愿意把快乐带给对方。

他们的船体型大都比较小，每艘船都很有风格，但并不追求豪华，看得出主人都花了心思。这些船很多是老夫妻驾驶，估计是退休了享受生活的，年轻人也很多，有两对年轻的父母很夸张，将很小的孩子绑在充气筏上拖在快艇的后面跑，见惯风浪的船员们看了都目瞪口呆。

澳洲有非常多的公共锚地，水面上设置了免费使用的锚泊浮球。很多船后都拖着一艘小艇，走到哪里就锚泊在锚地，然后开小艇上岸玩，晚上再驾小艇回船上住，非常方便。这给船长很多启发，如果我们的海域有更多的便利条件，也会促使更多的人参与到海上活动中来。

在悉尼的澳大利亚海洋博物馆，船员们上了关于海洋和历史的生动一课。

随着一艘在图片上经常见到的古帆船展现在眼前，澳大利亚的发展史便一页页在参观者面前生动地展开。虽然名为澳大利亚海洋博物馆，但船员们觉得称为航海博物馆似乎更合适一些，因为这里陈列的基本都与船有关：HMB Endeavour是著名的库克船长的探险船只的复制舰，展现了库克船长和船员在 1768 到 1771 年漫长而艰难的环球航行；船上有几位年长的解说员耐心解说，不论来宾人多人少都一视同仁，如数家珍地介绍每一件沉淀了许多故事的物品。虽然不是周末，但仍有家长带孩子参观，而孩子们对这种生动直观的方式也很感兴趣。

海军上校詹姆斯·库克，生于 1728 年 11 月 7 日，1779 年 2 月 14 日在探险夏威夷途中死于土著人之手，是英国皇家海军军官、航海家、探险家和制图师，人称库克船长。他曾经三度奉命出海前往太平洋，带领船员成为首批登陆澳洲东岸和夏威夷群岛的欧洲人，也创下首次有欧洲船只环绕新西兰航行的纪录。库克船长是一位因进行了三次探险航行而闻名于世的伟大探险家，并成为很多文艺作品的主人公。

库克成长的年代，正是西方探险高潮迭起的时期。远在古希腊时，欧洲学者们便有所谓"南方大陆问题"之争，一种理论认为：北半球大陆较多，由此从平衡地球重量的角度来看，南半球也应有一块大的陆地；否则地球由于失去均衡，自转便必然出现左右摇晃的现象，而事实上地球自转一直很稳定，由此可以猜想一定存在一块南方大陆。库克时期的一部分学者进一步猜想，认为在以南极为中心的地区，还有一块更大的土地；而另一些人则认为：所谓的南方大陆就是当时已经发现的澳大利亚、塔斯马尼亚与新西兰的综合体。英国政府对此表示了极大的兴趣，为了赶在别国之前抢先发现和占领这块大陆，扩大英帝国的版图，英国政府选派库克出海远航，寻找这个带有神奇色彩的南方大陆。

库克率船队于 1768 年 8 月 25 日出发，通过普利茅斯海湾和英吉利海峡驶向大西洋，在马德拉群岛稍作停泊后，随即驶向南美洲，穿过合恩角，最后由探险家沃利斯发现塔希提岛。此时距他们从英国出发已经 11 个月。

库克继续向南航行，试图发现新的"南方大陆"，1769 年 10 月 11 日，百般周折之后，库克和船员们终于看到了一座很大的岛屿，并设法上了岸。但上岸之后他们却大失所望，这里是一片不毛之地，没有任何一样他们想要的东西，甚至连新鲜蔬菜都不生长，气急败坏的库克干脆把登陆的地方命名为"贫穷湾"。事后知道，这是新西兰北岛的东海岸。

一无所获的库克船长掉头向东，完成了一个圆形航线。1770 年 1 月份，他们来到一个宽深的海峡，一片碧绿的多山的陆地向南边延伸，这令人吃惊地表明新西兰不是单一的岛，而是两个岛。在一个被他命名为夏洛特皇后湾的小港内，库克发现港内到处鸟语花香，清泉淙淙，遍地长满了野芹和抗坏血病的药草，他立即宣布夏洛特皇后湾"为英国所有"，并下令船队在此休整。

几天后，奋进号又扬帆向东，穿过一个狭长的大海峡，即现在的库克海峡。库克率船队朝南按顺时针方向绕新西兰的其余部分继续航行，他想弄清楚新西兰的确切形状到底是什么样，结果完成了一个"8"字形的海岸航行线。1770 年 3 月底，库克再次回到夏洛特皇后湾，画出了第一张清晰的新西兰群岛图。这张图线条明朗，极为准确，为后来许多航海家所称道。

但令库克感到极为失望的是，整个航行过程中，他始终未找到理论中的"南方大陆"，而此时离家太久的船员们纷纷要求返航。不甘心的库克一面答应船员的要求，一面在设计航线时巧妙地划入了澳大利亚这个未经绘制的大陆。结果，他们不仅途经澳大利亚的东海岸，采集了大量的植物标本，还进入了太平洋上最大的暗礁区——大堡礁，并采集了更多珍奇的动植物标本。

1771 年 7 月 13 日，奋进号经过 3 年的远航，终于回到了英国。这次航海给世界地图增加了 5000 余英里的海岸线，成绩辉煌。

库克对他所发现的新西兰进行宣传，希望英国尽快实现对此的殖民占领。他在日记中说："如果有一个勤劳的民族在此定居，他们不仅很快就能有生活必需品，而且还能拥有大量的奢侈品。"这实际上是在替殖民活动作宣传，也反映了当时英国隐在探险和开发新大陆背后的殖民扩张的真正目的。正是库克以及后来更多类似库克的探险家，为打造号称"日不落"的大英帝国立下了汗马功劳，所以他不仅生前受到英女王的器重，身后也成为英语世界的传奇人物，以他的经历为蓝本的小说、戏剧堪称家喻户晓——包括在澳大利亚海洋博物馆的隆重展示。

展馆很大，众多展品被分隔在很多如同船舱的小屋中——澳洲海军的直升机吊在空中、第一位女孩单人环球的帆船、第一次绘出的南十字星天象图、第一个分解的灯塔在展馆中旋转等。很多的"第一"让你清楚地感觉到这个国家来自海洋，感受到他们的前辈仅依靠六分仪和星象图就闯荡大海的艰辛和勇气。展馆里配备了多台电脑，可以浏览有关展品更多的背景和图片。展馆还展出了现代驱逐舰和潜艇，潜艇的解说员是一位白发老人，面对观众的第一句话就是"你愿意在这艘船上服役吗？"他活灵活现的描述和投入的状态让人猜测他也许就是这里的艇长。

展馆的最后一个项目是观看保护水的电影，观众每人手捧一个发光的水滴，在全景棚里席地而坐，中间是一个以前农村常见的压水机。整部电影没有台词，一切都在蓝色里，是不须语言修饰的美好……慢慢地，流出的水变成黑色，枯瘦的小孩挑着水桶在龟裂的土地上行走，成堆的塑料垃圾充斥了海湾，喷涌而出的废水管道，巨大的鲸陈尸海滩……最后，大家手捧那发光的水滴很虔诚地依次走过，没有人讲话，但心中都在感叹：水、水，每一滴水都要珍惜和保护！

博物馆就建在海湾里，水面和地上都看不到垃圾，海鸥自由地在人群中走来走去……

虽然都是与海打了多年交道的人，但海洋博物馆那令人心驰神往的铺陈让船员们再度发现了大海的美，更对这次环球航海充满了热情与信心。

可随后接到的消息像是给他们兜头泼了一盆冷水。航行之前从各方面了解到的信息都表明，驾驶船舶进入新西兰不需事先办理签证，只要船上人员"整船进整船出"即可。但因为有了澳大利亚的经验，徐毅还是直接和新西兰移民局取得了联系，得到的答复是：中国不在这个条款的范围之内，中国人进入新西兰一定要事先办理签证。到新西兰领事馆一询问，签证官说必须先取得下一个站点的签证才可办理，也就是说厦门号要先提供智利的签证才行。真令人窝火，中国人出国签证怎么就如此费劲？！但别无他法，只能火速赶往智利领馆。领馆的官员还不错，先是说按规定不能办理，但听完厦门号陈述的环球经过之后说可以破例，但要提供若干材料作为证明。经过两天的整理，厦门号总算把材料递交了上去。但这个过程需要5至10个工作日，所以还得在悉尼继续等待，但好歹总算有了着落。

在这个空档里，船长召集船员们对航行计划做了一下复查：根据时间推算，如果等智利签证成功后再办理新西兰的签证，最少还要20天，这样通过合恩角的时间就会错后，万一再有其他的因素影响，气象条件就会非常不利，危险系数大增。权衡利弊之后，厦门号决定取消新西兰停泊点，把原计划在那里对船舶的最后检查安排在悉尼进行，待智利签证办妥后，直接从悉尼驶往智利南端的威廉姆斯港。

但这样一来，原来南太平洋不间断航行的5000多海里就变成了6000多海里，这是一段难以想象的距离，厦门号将要在海上不间断航行约40天！根据当时的情况推算，如果1月20日启航，到达合恩角的时间有可能是3月1日至10日——澳大利亚有过三次单人环球航行，他们通过合恩角的时间都在1月底到2月初，这期间的气象条件比较好，但也都遇到了40节的风和10米的浪，并且温度都在5度左右——厦门号3月份过合恩角，天气条件会变得更加恶劣，这是航程中的最大威胁。首先水温低于5度，这会直接导致船舱温度低，再加上潮湿，人员很容易发生冻伤；而且由于当时澳大利亚没有低温柴油，发动机也许会启动困难，那就会带来供电困难，甚至导致通讯导航出现问题。

总之，厦门号是中国第一艘沿西风带横跨南太平洋的帆船，也是第一艘绕过合恩角的帆船，虽然在澳大利亚了解到一些环球航行的经验，并且尽量做足了已知的准备，但实施过程中一定还有很多计划不到的地方。尤其是这40天都要沿西风带走，面临着两难选择：如果走低纬度，天气会好，但距离远、速度慢，时间会拖得更长，接近合恩角的气象条件就会更差，同时产生补给和人员的心理压力问题；如果走高纬度，距离会缩短，但风浪大，对人和器材都提出更高的要求。仔细分析之后，船长决定采取折中方案：在航行途中随时掌握气象变化，及时变更航向和行驶纬度，以最快、最安全的线路争取通过这个航段。

取消了新西兰之行，厦门号帆船便在经过5000海里航行后，于2012年1月8日在悉尼进行全面检修。澳大利亚的帆船检查专家针对船体结构和厦门号的航线特点进行了全面检查，得出的结论是船体结构没问题，其他一些小问题可以在出发前解决。帆船大概可以在12日下水返回澳大利亚帆船俱乐部。

在等待的日子里，恰好碰上了中国的农历春节，西方人称为"China new year"。因为中国在世界上影响力的提升，澳洲也有了"过年"的气氛，大街上悬挂着大幅的中国新年的宣传旗；走在大街上也会看到很多中国人，据说有几十万，看来新年这里的华人也很热闹。但最有特点的还是"中国制造"，好像所有商品都是中国制造，只要你看好的。从这点来说，我们确实应该自豪，因为中国生产了最好的产品；但遗憾的是仅仅还是制造，并没有看到有来自中国的品牌展示，希望以后会有。

因为对中国春节重视，悉尼的一些政府部门也为此放假，这样一耽搁，厦门号在悉尼停留了15天，大大超出了预期。虽然这从一个侧面说明了中国的国际地位在提升，但对厦门号接下来的航程来说，这的确算不上一个好消息。大家都掰着手指头计算到达合恩角的时间，希望能早点启程。

2012年1月23日，龙年的大年初一，大多数中国人正在庆贺新年的到来，厦门号启程了。早上9点，澳洲海关人员准时来到澳大利亚游艇会码头，为厦门号办理离境手续。让船员们稍感安慰的是，通过申诉，最后"非法入境"的罚款只罚了一个人的，大约合2万多人民币。海关人员非常和蔼，临走时还特意祝福："你们可以在24小时内随时离开，如果航行中遇到问题需要返回澳大利亚，就请给我们电话，我们会到码头为你们办手续。如果你们需要继续在澳大利亚居留一段时间，要记住签证是三十号到期，不要过了。"

再次驶向无际的灰蒙蒙的大海，船长有很强烈的踏上探险之路的感觉——前往合恩角这段航程对于整个环球航海来说如同珠峰登顶，合恩角就是顶峰！有兴奋，也有压力。厦门号计划从悉尼出来，根据风向向东南行驶，从新西兰最南端绕过，然后进入南纬45°至50°西风带海域——这段航程有1000多海里，再折向东行驶近5000海里至合恩角。

傍晚，小李和小连值班，其他人都在摇摆颠簸的船舱休息，准备值夜班。澳大利亚东海岸是冲浪的天堂，因为这里的海底到岸边的过渡段很短，离岸两海里就有两三百米深，离岸20海里就有两三千米深，因此大洋上的长涌在岸边被海底抬起形成涌浪，刚启航厦门号一直在做大幅度的跳跃，船首不停拍浪，发出很大的声响。这让船长很难静下心来，躺在船上好不容易要睡着，就迷迷糊糊听到舱内有海水哗哗的流动声音，爬起来一看什么也没有；回到床上刚要睡着，又听到哗一声，再看也没有，心里一边嘀咕外面的声音怎么这么清楚，一边就被疲惫拉入了梦乡。可刚睡过去，就听到小李大喊："船长！"这是船长最怕听到的，一边答应一边条件反射般地坐了起来，就听小李很紧张地喊："舱里有水！"

船长低头一看，船舱后部的地板上已经漾起浪了，声音就是这里发出的，鞋子飘在水面上跑来跑去。船长赶紧把其他人都叫醒，烙铁取出应急排水泵接电源，徐毅到厕所检查，并打开排水阀门。一阵忙活后水位终于得到了控制。经检查，是污水箱的出口阀门出了问题，因为风大船身倾斜幅度过大引发海水倒灌造成的。

另外，也跟船本身的设计缺陷有关，近年新出厂的船都是敞开式尾部设计，灌入甲板的水能从船尾迅速排出；但厦门号是 1990 年代的老船，船尾是封闭的，甲板上只有四个地漏，排水速度很慢，一遇上风大浪急的天气很容易淤水造成险情，就像刚才这样的情况。

小连忍不住抱怨："真是一艘破船！"这次大家都暗暗同意他的说法，小李虽然不太高兴小连把他心目中的"少女"或"少妇"称为"破船"，但也不得不承认，这船的设计确实是落后了。

这么一番折腾下来，再加上之前在岸上待久了有点不适应，好几个人都晕船了，昏头昏脑地提不起精神。

船长一边安慰大家，一边总结经验：虽说有点出师不利，但这次事故在未来 6000 海里无停靠的情况下也是一次及时提醒和宝贵经验。话虽如此，船长还真有点后怕，水再漫高的话就威胁到船的电源了。那，可就不堪设想了……

8- 请原谅我的懦弱

"船长，感谢你的宽容！

我本应该和兄弟们坚持到底的！

您知道我有多么渴望越过合恩角！

请再次原谅我的懦弱！

等孩子大了，

我一定会再走一遍我们一起走过的路，

一定会亲自穿过合恩角！

感谢这些年的照顾，

是您把我的血液染成蓝色的！

最好的祝福给兄弟们！

我在厦门等你们平安回家……"

　　一个月的岸上生活之后，重新回到颠簸的船上，每个人都有点不太适应。说到底，人本质上还是一种陆地动物。但是这种违反陆地动物本能的向海洋的探索，又是由人本能的好奇心驱使的，或者说最早是由欲望使然，这也是人作为高等动物区别于其他动物的本质要素之一吧。

　　一夜的摇摆让大家轻则恶心，重则呕吐，连早饭也省了，每个人都有点萎靡不振。船长说，这种不适应感原本就是上天的设计，是对陆地生命进入海洋的一次检验和考验。据经验丰富的老水手说，身体正常的人才会在刚开始海上生活时产生剧烈反应，如果完全没反应反而意味着某些生物机能的退化。这就好像孕妇的"孕吐"，据说只有生命力旺盛的胚胎才会让母体有强烈的排异感，而机能正常的母亲也一定会表现出来；完全没反应的母亲要么是因为胎儿太过孱弱，要么是母体本身不够健全。

　　为了让大家尽量休息，早度过这段适应期，船长强打精神检查了一下食品储备。这次厦门号吸取之前的教训，准备了足够 100 天的食品。离开澳洲前夕，特意请当地的中国朋友杜老师开车前往悉尼蔬菜批发市场采购了大批食品，有白菜、包菜、萝卜、西红柿、南瓜、辣椒、茄子、土豆和葱头，主食有麦片、澳洲大面包、意大利面、挂面、泡面，再加上国内带的两百斤大米，另外还有黄油、奶酪、13斤牛肉做成的牛肉酱，还有小连自制的肉酱，加上水果，整个后舱都塞满了吃的。当然蔬菜水果不好贮存的，预备了50%的损耗。

走之前，厦门欣翔电子的陈总打过电话来，专门询问了厦门号的通讯导航设备情况，还请来悉尼的技术人员对设备进行了检查，他们说这将是最艰苦的航段，一旦有问题无法外援解决，所以一定要准备好。返回厦门的钟兰涧也打来电话询问厦门号的补给状况，作为钟宅村的"当家人"，他目睹顽石在五缘湾成长的全过程，也与大部分船员熟识，他也想到了船长最顾虑的问题，表示如果人员有身体或心理上的问题一定要及早解决或联系岸上，他会动用所有资源给予帮助。无论在岸上还是海里，航海人的心是在一起的，船长很欣慰。

离开澳大利亚已经两天，大家逐渐恢复到航海状态，纷纷向船长要求"做顿正经饭吃吧，昨天对付一天了"。船长也正有此意，准备中午做米饭让大家好好吃点儿，昨天一天没开火，光吃零食罐头还是不舒服。

米下了锅，船长拿起五升水的桶准备往里倒，船身却倾斜得太厉害——大约有20度，有点站不稳。船长垂下手稳定了一下，再举起桶，刚倒了一点——突然船向右猛地掀了一下，船长便连人带桶从左舷飞到了右舷，重重砸在工作台的边上，又猛地滑进工作台下面——整个过程快得迅雷不及掩耳，感觉就像从高处掉下来一样，巨大的冲击力伴随猛烈的眩晕感，但船长还是快速爬了起来。

虽然竭力想做出若无其事的样子，可是船长感到胸腔像被捆住了一样，一点气都吸不进去，好像发出闷闷的声响。徐毅听到动静赶紧过来扶住他，又帮着拍后背。经过一阵手忙脚乱的拍打，船长渐渐从憋闷中缓过气来，他挥挥手想说"没事"，可发不出一点声音，心里暗道："这下坏了。"

执拗的船长还是坚持做完了饭，但一上饭桌他就再也支持不住了，大家见状赶紧扶他躺下。任凭船长再执拗，巨大的疼痛迫使他只能卧床了。被撞的地方痛了一夜，没办法翻身，甚至连动一动都不行，更要命的是船不停地摇摆，每一次摇摆都带来新的冲击，痛楚不停袭来。根据以前左胸肋骨骨折的经验，船长初步判断是有骨折，但庆幸的是，因为没有出现发烧及其他征兆，应该没有气胸及内脏的伤害，但疼痛感起码要持续一周，这个罪是无论如何也躲不过了。

塔斯曼海的风浪还真是名不虚传，尤其是涌浪，风速一天都保持在20节左右，船横风行驶，航速保持在10节，也就是说昨天一天厦门号跑了200多海里。如果保持这个速度，倒是可以迅速穿越西风带，但这对船长目前的身体是个巨大的威胁。徐毅打开卫星宽带，查看未来五天的高纬度气象，发现30日左右在新西兰南部海域有50节的大风伴随大雨，这对健康人都是个不小的考验，何况船长还受了伤。大家纷纷表示不能拿船长的身体冒险，得拿出应急方案来。讨论后，决定改变航向向东行驶穿过新西兰南北岛之间的库克海峡，顺便送船长到新西兰的惠灵顿检查身体，避免在未来40天无法停靠的航程中出现问题。船长也觉得这是个保险的方案，便点头同意了。

由于在澳大利亚决定改变航线直接前往智利，所以厦门号中止了申请去新西兰的签证，可现在又不得已必须前往新西兰，真是造化弄人。汲取去澳洲没办签证被罚款的经验，厦门号赶紧与新西兰海上警卫队联系，陈述了船上有伤员的突发情况，请求紧急靠泊。

凌晨1点，船长被卫星电话的铃声吵醒，因为自己动不了，赶紧叫徐毅起来接听。电话是新西兰海岸警卫队打来的，他们详细了解了船长的伤情，询问是否需要立即派直升机来把伤员接走？船长对他们的及时回复和周到服务大为感动，但感觉病情并没有危急到那种程度，而且此时距新西兰还有400多海里，就婉言谢绝了。对方表示尊重船长的意见，同时很负责任地要厦门号每天报一次方位，有问题可随时呼叫他们做应急处理。大家都松了一口气，心里都有了底。

厦门号上的6个人如同一部高速运转的机器，缺了任何一个零件就会出问题，船长一受伤，就打乱了原来的节奏。船上临时改由徐毅指挥，他将值班做了调整，由固定两人值班换成了交叉接替，为了让船长安心养伤，大家都竭尽全力站好自己的岗，船上很快建立了新的工作和生活秩序。但船长还是有说不出的隐忧：真要是发生问题不能继续走可怎么办？

　　船长的受伤通过微博也让国内关注厦门号的朋友们得知了，大家都很关心，很多人专门打来卫星电话询问病情，还请医生电话诊治指导服药，让船长和所有船员备感温暖。为了减小船长身体随船体摇摆的幅度，烙铁做了两条带子固定两个坐垫，把船长夹在中间，可以减轻少许痛苦。疼痛感是轻多了，可更增加了船长的"无用"和"无助"感，心里憋得难受，但也没办法，只能忍着，急切地盼着好转。

　　船继续摇摆着，倾斜幅度大时，船长甚至能通过舷窗看到外面：塔斯曼海是澳大利亚东南部与新西兰之间的海域，这里受西风带的影响，涌浪很大，就是没什么风的天气，海面上也有四五米高的长涌。海是深灰蓝色的，没有赤道附近那种艳蓝的诱惑，似乎更加深沉，更容易让人有遐想的空间，更能感受大海的广阔。船长为这种景象所震撼，在心里暗暗祈祷：希望厦门号能闯过去，不要再出枝节了。

　　熬了5天，终于看到了新西兰的山。新西兰海上警卫队将厦门号的联络事宜移交到海事部门。海事部门的询问更加细致入微，不仅提前安排了游艇会泊位及岸上接应办法，还要求厦门号必须6小时与他们联络一次，以确定准确的靠岸时间。

　　30日一早醒来，船长感觉好了很多，经过一番努力，竟然自己爬上了甲板！久违的碧海蓝天顿时让他感觉神清气爽，心里舒畅了很多。回想起受伤的这些日子，得到了各方人士和朋友的关心和支持，船长更体会到"不是一个人在航海"的意味，也觉得肩上的责任更重了。这次受伤也是一次警钟，船员安全是全方位的，原来只强调别掉到海里，现在看来船舱里也要注意。这次确实很悬，教训深刻。

　　第二天早上起床，船长感觉似乎完全好了，身上很舒服，干脆直接坐在了值班的位置，还为大家做了一顿饭。他的理由是：受了伤也还是要适量活动，这样恢复得快一些，完全卧床人都萎缩了，心理也容易出问题。

　　可大家都说："马上要靠岸了，你必须躺在床上，没事也要装作有事，上岸的时候还要把你抬上去，这样人家才相信啊。"

　　"那肋骨要是长上了或者根本就没断怎么办？"

　　"那只好让烙铁准备一个锤子，实在不行就再来一下。"

　　话虽是玩笑，但船长确实有点犯嘀咕，现在可真是骑虎难下，好像不断都不行了，可确实找不到痛的地方了，这可怎么办呢？新西兰不会说厦门号骗签证吧？

　　玩笑归玩笑，这次意外受伤也让厦门号了解了一些海上入境的应急办法，在后来的旅程中也不得已使用了一些非常规的处理办法。说到底，还是因为与中国有免签证协议的国家太少才导致这样的尴尬局面，如果我们能具有欧美发达国家至少百多个国家免签的待遇的话，这也就都不是问题了。中国现在无疑是大国了，但还不是真正的强国，在国际上的地位和待遇是最有力的证明。这是出门在外的游子最直观的感受。

　　不管大家心里怎么想，船马上就要靠岸了。新西兰海事部门再次跟厦门号确认了到达时间，并很周到地说救护车、海关和移民局都会在码头等候，不用担心。这恰恰更增加了船长的心理负担。

　　上午 11 点，厦门号进入库克海峡，海面风浪顿时加大，从 17 节猛增到 25 节，下午 1 点时更增至 30 节，阵风甚至达到了 40 节，船体在大风中剧烈地摇摆着。此时厦门号已接近惠灵顿的湾口，便试图贴近山边以躲避大风进入海湾，没想到风恰在这里转向从湾口吹出来，阵风达到了 50 多节，直逼厦门号！船员们竭尽全力控制船的走向，快接近湾口时，突然前帆卷帆器的绳索断了，大前帆失去束缚顿时完全展开，以"横扫一切"的气势在狂风中剧烈地抖动，控帆索像一条沉重的钢棒在空中挥舞，要知道，这根钢索的净拉力达到 3 吨！万一抽到机器或人就会酿成大祸！

　　船长还未下令，担任"代理船长"的徐毅果断地将即将进入窄航道的船转向顺风驶向外海，避免飘到岸边；与此同时，小李和烙铁猛冲向船头——巨浪无情地越过他们扑上甲板，人瞬间就被吞噬了，但他们仍不管不顾地冲过水幕，拼命抓住了卷帆器！风的啸叫中仍能听到他们在大声呼喊："落帆！使劲！"位置稍远的祖扬也紧跟着冲了上去——在三人的合力下，帆一点点收紧，船长揪着的心也一点点舒展开。旁边一直抓着船长的小连也松开了手，他怕船长一激动也冲出去，刚长好的伤再复发就麻烦了。

主帆顺利落下后，已经和海事部门交接的惠灵顿港务局主动联系了厦门号，告知救护车等已经准备好，但港湾里仍有 30 节的大风，问厦门号是否需要帮助？船长掂量了一下，由于帆船动力比较小，厦门号此时迎风仅有 1 节的航速，而船目前处在窄航道中，一旦动力发生问题后果非常严重，便回答"需要帮助"。

大约 1 小时后，一艘海岸警卫队的船在风浪中出现了。对讲机联络后，对方询问厦门号需要怎样帮助，祖扬看整体状况尚好，就提出为厦门号护航即可。厦门号此时航速 2 节，海上警卫队便保持 20 米的距离，在前面慢慢地一路领航，还不停地询问反馈，非常耐心细致。船长想起刚才厦门号港外落帆的过程中，一艘很大的新西兰客轮一直围着厦门号打转，当时也顾不上联系，但能看出他们是在看护厦门号，也许是想用船体为厦门号挡挡风，可那时根本无法靠近，他们的好心真是令人感激。

下午 5 点，在海岸警卫队的护航下，厦门号顺利到达了惠灵顿游艇会。穿绿色衣服的医务人员在码头上为船长检查了身体，并把检查结果报告给了海关和移民局。船长并没有装成还未恢复的样子，在他的信念里，一切都应该事实求是，就算结果会对自己不利也不能造假；而且人是可以互相沟通和理解的，就如同厦门号向澳大利亚移民局申诉那样，对方最后也表示理解。回国后和朋友聊天，谈起在新西兰和澳大利亚时的经历，他说最大的感受就是人们不会对他人说的话表示疑问，否则在靠岸之前警卫队凭什么相信船长受伤了？凭什么一路关照？就是基于最本质的"人与人的信任"，而这一点，在国内目前却越来越稀缺了。

签证办得很顺利。澳大利亚和新西兰，这两个因为签证问题从航行计划中取消的国家，没想到最后都到达了。船长开玩笑说，厦门号付了与众不同的代价，用两根支索换取了澳大利亚签证，又用两根肋骨换取了新西兰签证。诊断书也出来了，确实骨折但伤也确实好了：右侧 6、7、8 肋骨骨折，对接良好，没有气胸等异常，不需用药，慢慢恢复。从骨折到抵达惠灵顿，一共6天，痛苦的航程，但感受了更多的爱，也唤起了更多对他人和大海的爱。

一波刚平一波又起。船长的体检让大家放下了心，厦门号的体检却出了大问题——靠岸后烙铁才发现，发动机的螺旋桨岌岌可危，6个螺丝有3个掉了，2个松了，只剩1个还连着，如果在湾口大风时螺旋桨飞出去，一定会把船底凿个洞，而厦门号是有内装修的，凿出洞来修都没法修。这个场面幸亏没发生，想想都让人后怕！船长催徐毅和祖扬赶紧联系采购发动机螺旋桨，另外把卷帆器和控帆索也一并修好。

船送修需要几天时间，船员们不想浪费，借此机会前往世界闻名的"帆船之都"奥克兰拜访皇家游艇会和新西兰北区海岸警卫队。

警卫队的负责人接待了船员们，一见面负责人就用手捂住肋骨装做痛的样子，大家都笑了起来。船长告诉他伤痛好多了，并且对他们的帮助深表感谢。一聊才知道，新西兰海岸警卫队不是我们通常以为的"国家安全机构"，而是一个政府资助的民间组织，经费除去政府资助部分外，通常依靠企业赞助和帆船游艇个人缴纳的会费，还有一部分是赌场等娱乐场缴纳的。警卫队的工作人员80%是志愿者，不领取任何报酬，但在新西兰报名参加的人很多；志愿者的甄选条件十分苛刻，入选后还需经过严格的培训才能正式上岗，因此成为"志愿者"也是很高的荣誉。

北区海岸警卫队装备有两架直升机和四艘高速艇，指挥中心的墙壁上有十几面显示屏，分别显示着海图、地图、气象、船舶流量等信息，几个穿制服的人正在忙碌，负责人介绍他们也都是志愿者。在这里，每年有约7000人在海岸警卫队的帮助下脱离危险——谈话的当口儿，就有一艘快艇刚刚从海岛接了一名急病患者到码头。除了海上救援，海岸警卫队也参加所在地的一些治安联合行动。奥克兰海面上的帆船和游艇很多，有了海岸警卫队的保障海上活动才能安全有序地开展，而且这些力量大部分来自于社会，这对中国帆船运动的发展是极好的借鉴。

奥克兰皇家游艇会有100多年的历史，琳琅满目的奖杯摆满了陈列室，向人们诉说着这里帆船运动的辉煌——其中有两尊"美洲杯"帆船赛的奖杯，是他们获得两届比赛冠军的荣誉证明。港池里，停泊着1900艘帆船和游艇；码头上，新西兰美洲杯帆船队在进行训练，而上届赛船经改装后也用于游客接待，每人花50新元就可乘坐曾斩获美洲杯冠军的赛船出海，去体验世界最高级的冠军帆船。

作为帆船运动爱好者，来到"帆船之都"，大家都非常兴奋，到处都是同行，而且不乏世界顶级的帆船和高手。帆船运动在这里非常普及，几乎可以说是家喻户晓、老少咸宜，这让大家对正在进行的"环球"也充满了信心。对奥克兰人来说，这是一种很正常的生活方式，既不神秘，也不悲壮。看到他们，船员们对"环球"有了新的理解。

可小连的表现很反常，他一直显得情绪低落、心事重重，上岸后一连几天就抱着电脑躲在一边，一看就是几个小时，问他说是在跟女儿视频通话，然后就再不肯多说了。就连参观奥克兰皇家游艇会他也没打起精神来，随着大家走马观花看了一圈，当其他人都在热烈讨论这里的帆船生活方式时，他也一言不发。船长打算参观结束后问问怎么回事，可跟负责人道别后，一转身却发现小连又不见了。

晚上，船长正准备找小连谈谈，他却主动找来了。一来就提出了一个让船长惊讶的建议："船长，我们能不能取消航程，明年再走？"

船长以为自己听错了："你说什么？"

"我们现在已经错过了通过合恩角的最佳时机，不如把船放在这里，等明年合适的时间再出发。"看得出，小连是经过深思熟虑的。

本来船长想问问小连这几天怎么了，现在被这个大胆的想法惊得忘了之前的设想，冲口而出："这怎么可能呢？开弓没有回头箭啊。"

"您是船长，您说有就有。这几天我一直在查天气，西风带的气象条件很糟糕，非常危险。您知道，我们面临的是5000多海里无停靠的长航，风险就更大了。"看了看船长的脸色，没什么异样，小连继续说了下去，"我们只是一艘无动力的小帆船，而且是一艘旧船，这样的天气，就连万吨巨轮都未必有十足的把握，何况是我们？"

这些话船长都听到了心里，说实话，他也不敢说自己一点不害怕。但是他更害怕再没有机会了，这是他多少年来的梦，是他一生一次的机会！或者说，他就是为此而生的！哪怕有一丝一毫的希望都要拼命争取，何况这个机会现在已经到了眼前！所以，一丝一毫的怯懦或犹豫都要打压！毫无讨价还价的余地！这一点，小连是不会明白的，他也不知道有谁能够明白！船长强压着汹涌的内心，面无表情地听小连说。

见船长沉默不语，小连以为他也动心了，接着耐心地劝说："船长，您是老水手，比谁都知道，麦哲伦当年环球为了等待合适的季节在海峡里窝了一年才继续走，所以那个海峡被命名为麦哲伦海峡。就算是后来航海技术大幅提高，就算是都选择了合适的时间，还是有两万多人沉在那里！我们出来航海，说不冒险不可能，但不用眼睁睁地玩命吧？"

船长终于开口了，缓缓地，但不容置疑："我们必须往前走。"顿了顿，他的语调更为低沉，"如果不愿意往前走，可以下船。"

小连讶异地望着船长，沉默良久……船长也没有再解释，两人就这么相对无言地坐着。

不知道过了多久，还是小连打破沉默，他深深吸一口气，说："那……我下船吧。"

当他真说出要走时，船长反而有点迟疑，觉得是不是自己有点武断，他努力让自己的语气柔和一点儿："你真的决定了？"

"我，我没有办法……家里很担心，女儿给我打电话，三四分钟一句话都不说，问她什么都不说，已经好多天了，我实在受不了了……"小连脸上流露出痛苦的挣扎。

"是这样……"船长长长叹息一声，他也有孩子，能理解，何况是才几岁的小女儿，在父亲心中就更添牵挂。

"以前不觉得，这次出来才发现她对我那么重要，我现在就想回去多陪陪她，每天接她放学……"小连顿了顿又说，"这次航海让我真正感到了生命的珍贵，不管多伟大的荣誉或者多少财富都比不上亲情和生命！听上去这像唱高调，但我是真的这么想……"

船长完全能够理解，他知道这不是唱高调，他自己有相同的感受，他相信通过这次航行，船上的每个人对生命都会有新的理解。但于他而言，一个年近60的人，这是人生中最后一次远航的机会，对于自己的生命，"走下去"是最负责任的。

"你自己决定吧，无论你做出什么选择，我都完全理解，也完全尊重。"船长说。

2月14日，厦门号又要踏上旅途了，而且面临的将是"环球"中最艰苦的一段——通过"咆哮的西风带"直达航海界的"珠穆朗玛峰"合恩角的超长航程。这天恰逢西方的情人节，比起情人的甜蜜，厦门号的旅途似乎稍显苦涩。但祖扬开玩笑说，其实这才吻合情人的约会，等待和赶赴是漫长、坎坷、艰苦的，所以相会才显得格外甜蜜。

新西兰海关来了三位工作人员为厦门号办离境手续，其中两位会讲中文，所以一切顺利。这天的惠灵顿湾海平如镜，和来时的狂暴截然不同；还有一点不同的是，来的时候是六个人，走的时候船上只剩下五位弟兄，小连选择了回家——回到女儿身边。

可弟兄们都理解他，祖扬说："登上这条船是勇敢的，但能够选择下船更需要勇气。"小李甚至有点羡慕他，有家和孩子的牵绊与温暖；徐毅和他约好了回厦门再一起出海；烙铁也与小连冰释前嫌，两人拥抱告别；船长的眼里满是长者的宽厚与慈祥，他清楚地记得小连最初打动他的是热情……

下午4点，船驶出库克海峡，正式开始了5000海里的跨洋航程。船长的手机嘀嘀地响起，打开一看是小连发的短信，他已经坐上返回奥克兰的火车——在那里，他将乘飞机回广州。看着路两边灿烂的花朵，他无法不惦记在汪洋上漂泊的弟兄们，千言万语化成了短短的几句：

"船长，感谢你的宽容！我本应该和兄弟们坚持到底的！您知道我有多么渴望越过合恩角！请再次原谅我的懦弱！等孩子大了，我一定会再走一遍我们一起走过的路，一定会亲自穿过合恩角！感谢这些年的照顾，是您把我的血液染成蓝色的！最好的祝福给兄弟们！我在厦门等你们平安回家……"

船长默默看完，没有说话，把手机递给了旁边的徐毅，大家一一传看，谁也没有说话，但显然都被这段话打动了，因为他们曾是同一条船的弟兄，小连说出了大家的心声……

小连的话也再次触动了船长，离开惠灵顿之前，他碰上当地一位很有名的航海家，双方交谈得很愉快，他的一句话让船长印象深刻："航海改变了我的人生。"这又何尝不是船长的心声呢？航海改变了他的一生，从内陆到沿海，从近海到远航再到环球，对大海无止境的探索延续着他的人生。这个动力从何而来呢？英国登山家乔治·马洛说："因为山就在那里。"于船长，因为，海就在那里。

爱海的人不需解释，甚至也不需介绍，他们有着相同的脉搏，因为那里面都流淌着蓝色的血液。船长觉得自己的血液再次被点燃，人生能有几回搏？对小连来说，环球还有下一次的可能；但对自己而言，可能这是此生只有一次的机会！只能前进，不能后退！

下午5点，船员们在甲板上整理船帆进行夜航准备，突然，船猛地顿了一下，接着又向上抬起，同时发出一记很重的击打船底的声音，船长心里一凛：撞到东西了！不会出事吧？他赶紧伸头往水里看，就在船下，一个巨大的棕黑色物体缓缓浮出水面……船长惊呆了，大喊："烙铁、祖扬，我们被鲸鱼撞上了，快来看！"

鲸鱼巨大的身躯慢慢从船底滑出，竖的条纹、一粒粒圆圆的鼓包，和电影《海洋》中的一模一样……大家都屏住呼吸，期待它喷出水柱，期待看到它张起巨大的尾鳍——这一切来得那么突然，又那么近，每个人都不由得产生奇幻的感觉，仿佛在看3D电影，又仿佛置身童话世界。突然间，船长意识到，这可不是电影里的鲸鱼，它的尾鳍如果真上来，自己就要被打下去了，赶紧抓紧身边的绳索——而鲸鱼也没有像电影里那样起舞，而是悄无声息地滑过，露出的脊背又重新潜入海中，静悄悄地离开了厦门号。

　　鲸鱼一走，大家立刻反应过来，得检查一下船是否有问题。烙铁用水下摄像机拍摄螺旋桨，祖扬到船舱检查是否有漏水，船长更是船头船尾走了一圈仔细检查，所幸没有发现问题。

　　这时，那头鲸鱼在厦门号船尾几百米处又露出了海面，远远看去像一截浮在海上的大木头，而且喷出了高高的水柱，看起来很壮观。这时，船员们又开始担心鲸鱼会不会被船撞伤，看着它在海面上大口喘气，大家心里总有点不是滋味。直到一小时后，另一头鲸在厦门号右前方出现，同样在海面上不动，还大口地喘气，看来这也许是鲸鱼的常态。大家回想和鲸鱼碰撞时船速很慢，应该不至于撞伤它，才纷纷释然，心安地继续向前驶去……

9- 咆哮的西风带

狂风卷起巨浪从船侧后方袭来，
不时将船头高高抬起，
发出哗哗的响声；
周围漆黑一片，
只有船尾的水流发出白色荧光被拖出几十米远，
周围的浪尖也闪着磷光追逐在厦门号左右，
看起来格外刺眼；
值班员拼命瞭望，试图看清前方，
收入眼中的却只有无尽的沉沉暗夜，
厦门号如同闭着眼在风浪中狂奔，
让人心里没底。

　　咆哮的西风带还没有显露它的狰狞，清晨海面上很静，太阳升起后，发现不远处有一个像鱼鳍似的东西竖在水面上，大家心里一紧，以为是鲨鱼。过了一会儿又看到几个，烙铁好奇地拿起相机开过去看，原来是海豹，这让大家很意外——以前都以为海豹是在岸边生活的，而现在厦门号距离最近的岸边也有50海里，原来它们并非近海动物。海豹的睡姿很逗趣，两只手抱住头躺在水面上，发觉陌生人到来，便睁开大大的眼睛、翘起长长的胡子，抖抖头上的水，一翻身像海豚一样在厦门号船头跳跃，煞是可爱。看起来这群海豹是一个家庭，成年的海豹体型硕大，最小的大概只有50公分长，像是婴儿期的小家伙。这群海豹的心态也像不谙世事的幼儿，对厦门号没有一点防备，跳几下又翻过身安闲地躺在水面上。看着那憨态可掬的样子，船员们真不忍打扰它们，就加速扬帆远去了。

　　西风带给厦门号的"见面礼"是安详而友好的，大家不知道这是风暴来临前的平静，还是传说过分夸大了它的暴烈，一边庆幸一边怀揣着等待"第二只靴子"落地的惴惴不安。

　　下午4点，天空开始布满阴云，风逐渐增大，从15节增加到30节，但不是想象中的西风而是东南风。船长下令收起大前帆，升起暴风帆，主帆也缩小了一半，为进入夜间航行做准备。

这一夜，厦门号初次领教了西风带的凛冽，气压直升到1020百帕，高密度的空气在30节大风的推动下在海面翻起4到5米的大浪，气温也陡降到16°。厦门号迎风行驶，航速只能保持7节左右。行前专门为西风带准备的羽绒被此时终于发挥了作用，不值班的船员纷纷钻了进去，但仍能感觉到带着水汽的寒意。为了增加热量，船上准备了加巧克力和奶粉的麦片，随时用开水一冲就可以吃，驾驶台也增加了一个透明的雨棚，值班时就好受多了。

船长仔细查看了天气预报，预报说厦门号所处的位置是一个风带的边缘，第二天天气会逐渐转晴，风也会逐渐减小。船长觉得，有风还是比没风好，起码船能有速度，总不能老在海上漂，那4000多海里要漂到什么时候？

果然如天气预报所言，第二天天气好转了很多，船员们也可以站到甲板上透透气了。

南太平洋的海豚很多，之前看到这些可爱的小精灵每每让船员兴奋不已，但自从离开新西兰时被鲸撞了一下之后，大家再见到成群的海豚都有点紧张，生怕它们钻到船底下时被螺旋桨打坏——在悉尼修船时就发现舵的后边缺了一块，像是海豚咬的——如果真伤了它们大家都会很难过的，万一螺旋桨坏了对厦门号来说也很麻烦。

送走了又一群海豚，大家决定改善一下伙食，昨天风大没有做饭，用零食填肚子胃总觉得意犹未尽。船长决定用澳洲买的发面粉做一回烙饼，把面粉加鸡蛋调好，放在火上烘焙，结果烙出来和面包一样非常好吃，为西风带的长航又增添了一个方便又好吃的食谱。

晚上8点，船驶过了国际日期变更线，这样厦门号就又重新过回到2月16日，大家开玩笑说"多活了一天"。从现在开始，厦门号处在西经了。

晚上，这里空气湿度明显很低，天空非常透彻，在海平面看过去，星星像行驶的船灯。烙铁值班后说："月亮在海面升起来时，像一面金色的船帆，非常好看。"

但事实证明，这只是暴风雨来临前的短暂平静，西风带可不是浪得虚名。

17日入夜后，大风骤起，风力越来越大，掀起的浪一波高过一波，在黑暗中发出令人胆寒的呼啸。0点以后，风速突然从15节增加到30节，阵风甚至达到35节，船速也被推至12节。狂风卷起巨浪从船侧后方袭来，不时将船头高高抬起，发出哗哗的响声；周围漆黑一片，只有船尾的水流发出白色荧光被拖出几十米远，周围的浪尖闪着磷光追逐在厦门号左右，看起来格外刺眼；值班员拼命瞭望，试图看清前方，收入眼中的却只有无尽的沉沉暗夜，厦门号如同闭着眼在风浪中狂奔，让人心里没底。

更要命的是，天气预报并没有预报这个海区有高于20节的风，因此厦门号事先没有将主帆缩小，此时狂风肆虐地撕扯着张满的帆，船身因此大幅度地摇摆，有几次船舷似乎都贴上了海面，大家心都悬到嗓子眼了：帆和桅杆能撑得住吗？要不要采取紧急措施？但在漆黑的夜晚登上狂摇的甲板工作是非常危险的，一旦落水就将是永别。所以船长严令任何人不能冒险出舱落帆，保持密切观察，熬过夜晚待天明再做调整。

这一夜，显得格外漫长而凄冷。好不容易熬到天亮，天色依旧阴沉晦暗，经过一夜煎熬的船员们筋疲力尽，可气势磅礴的长浪仍不知疲倦地从船尾不断涌来。不远处，海鸟在波峰浪谷中像战斗机一样穿梭飞翔，它们紧贴着深黑色的海面，翅膀尖向下扣着，紧随着波浪起伏。看到它们矫捷的身影，船员们精神为之一振——大海属于这些海之精灵，也属于勇敢的水手！徐毅机警地操纵舵轮，让厦门号尽量平稳地在风浪中穿行；小李和祖扬迅速攀上甲板，冲向桅杆，劈面打来的浪一下子就把他们从头到脚浇湿，但他们顾不得抹一把脸，争分夺秒地解开帆索，一边稳住身体一边配合把帆落下、折好；烙铁陪在坐镇指挥的船长身边，一边侧耳倾听发动机的运转，一边随时准备冲上去增援……

主帆终于缓缓落下，厦门号的摇摆幅度小了很多，但阴沉的天气仍然让人无法乐观，前后左右都是灰暗的天空和怒吼的海水——西风带的航程才刚刚开始，这样的日子何时才会是尽头？刚刚松了一口气的船员们，顿时又觉得一块大石压上了心头……

　　几天的航行让船员们深刻体会了西风带为什么被称为"咆哮的西风带"，来一片云，风速立刻就上升到25到35节，随即就是五六米高的大浪；南风一吹，温度就下降到十一二度，北风一吹又升到十八九度，不断变来变去；海浪对厦门号是巨大的考验，几乎没有无浪的时候，哪怕风力不大，大海上依然浪涌不止，船左右摇摆至少在30°以上，寻常的行走都成了一件费力、需要技巧的事情。有天晚上，大家说好几个月没吃过包子了，便试着包了一次，就在包好要往锅里放的当口，一个浪过来，整屉包子都掉到了地上！全船的人打着手电满地找，全摔瘪了，蒸出来全都咧着嘴，大家就势给它们起名叫"开口笑"，很开心地全部消灭掉。

　　一片喧哗中，平常爱笑爱闹的小李却十分反常，他甚至都没起床，听大家开玩笑也绷着脸，一丝笑容都没有。船长问他怎么了，只含糊地回答说"不舒服"。船长以为是有点晕船，便叮嘱他"好好休息"。也许睡一觉就好了，船长想。

　　恶劣的天气倒让生活变得简单了，气温很低，甲板上又是狂风恶浪的，不是值班谁也不愿意上去；值完班到了舱里又摇得厉害，也没法开展什么娱乐活动，索性就上床钻进睡袋休息。大家互相安慰：不管怎么样能睡觉也不错，比过赤道时外面有雨里面闷热，想睡也睡不着好一些。

　　风大的唯一好处就是保证了船速，厦门号每天的平均航程达到了180海里，按这个速度大概再有25天就可以到达合恩角了。厦门号已经接近南纬50度，这附近是南极低压与南太平洋高压的交界区，因此风力稳定，另外海流也与航线吻合。厦门号将乘着稳定的西风漂流，一路顺风顺水驶向合恩角。

　　但小李的状态让船长很担心，本来以为他是正常的晕船，适应一两天就好了，可他连续3天不吃东西，眼瞅着一天比一天衰弱，躺在床上奄奄一息的。大伙儿都关切地问他到底怎么了，拿着各种食品劝他吃一点，他都一概拒绝，也不肯说话。船长见问不出个所以然，只好亲自上阵替他值班，让小李尽可能休息。

　　现在值班真是一件苦差事，大海这时没有任何美丽可言，刚从船舱探出头，小山一样的浪和刺耳的风声就让人想缩回去；好容易爬上甲板，触目皆是黑灰色的海水，身体被凛冽的寒风包裹着，帆船如同一片树叶任波浪颠来摇去，船帆不时发出令人心颤的巨大声响，让人不由得担心那些连接件是否结实；船舱里更如同进了杂耍乐团，乱七八糟的声音响成了一锅粥，不过好在大家习惯了，也凑合着能睡着。但时常有一种说不上是美妙还是心悸的感觉，或者两者兼而有之——当四周一片漆黑，船被海浪推起来时，人会有刹那的恍惚，感觉是飘悠在空中飞行，而不是在海面滑行，那一瞬间你甚至感觉不到自己是怎样的姿态。

尽管如此，大海偶尔会展露出与生俱来的美，当巨浪涌来在船边翻花的瞬间，会看到一抹剔透的、有一点绿的宝蓝色，像玻璃但更胜玻璃，通体晶莹若宝石，在一片黑灰色中格外明艳！不过遗憾的是这个瞬间相机几乎无法抓拍，只能映照在心里。

回到船舱里，船长的心又沉了下来，小李的状态实在让人担心，让他一直以来的隐忧，或者说试图回避的东西又逼到了眼前。最早提出"环球"的时候，只是出于航海人的本能，或者说就是为了完成一个默认的"标准动作"，根本没想那么多，就是好这口儿的一定要走这么一遭，于是就带着一帮志同道合的兄弟走出去了。所以出发的时候兴奋不已，直到送行仪式结束，船驶出五缘湾时，也没找到环球的感觉，好像只是又一次远航而已。此后到菲律宾，被一群华侨包围，都不觉得出国了；一直到帕劳，才开始有一点"国际"的感觉，通关问题、必须使用外语、纯正的异国风情，这才发觉真的是在环游世界了；此后直到新西兰，兴奋点都很高，因为新奇和刺激，也因为有驻留和停靠，并没有太大的漂泊感和不安全感，所以船员们一直说"离开五缘湾就是走上回家的路"。

但当离开新西兰的时候，感觉突然变了：前面的路实在是太远了，5000多海里，而且禁锢在一个小空间里，同时也裹在威胁里——这种威胁随之带来责任，之前觉得大家都是兄弟，并不存在什么"长"不"长"的问题，但现在这层身份却变得格外鲜明——一船人的身家性命都担在船长肩上呢，至少要保证不能出什么事吧？万一死一个，是带着走还是扔海里？这总得家属同意吧——想到这些个问题，船长心里一凛，不由得打了个哆嗦，赶紧用别的事"盖住"它——有些事真的不能琢磨，琢磨久了会让自己掉进去。

在人们的意识里，能做出环球这个壮举，魏军必然是个"胆大包天"的人；在船员面前，船长也总要表现得顶天立地；但在内心深处，魏军认为自己从小就不算一个胆大的孩子，却又千方百计想显得自己无所畏惧。因为这种矛盾的心态，小时候还发生过一件让他记忆终生的事。那还是在上小学时，同院住的两个楼的孩子里，魏军不仅年龄属于中间段，个头儿、体能和号召力也不算顶尖的，上面有两个"大哥级"人物，他最多能算中间随大溜的，但却一直暗暗揣着个像大哥般出头的"理想"。终于有天机会来了，别楼的孩子来挑衅，魏军一看：两个大哥大不在，而前来挑衅的两个小孩比自己还小。正是舍我其谁！招呼一声"跟我来"就一马当先冲了出去。结果对方被逼急眼，召集了一大帮孩子集体反击，把冲在最前头的魏军暴揍了一顿。这成了魏军童年最深的隐痛——一直没机会当老大，好不容易当一回还被打得鼻青脸肿。

这种"心强，但能力又不够强，又想强出头"的心态一直贯穿到魏军的青年时期。当兵时赶上营口地震，全连队的人吓得够呛，就魏军若无其事。当时他是电台台长，楼里听说闹地震撤得空无一人，但临时说有一份重要电报要发，无人敢接，魏军说："我来！"抓起电报就一个人上去了，心不慌手不抖地把电报传了出去。事后被全连队传为"英雄"！

从那一刻起，魏军觉得冥冥之中有些暗示：自己这辈子就得做点跟别人不一样的事，这股劲似乎与生俱来——别人不敢做的我敢做！

环球是不是也是这样呢？这无疑让他顶着常人顶不了的风险，比如现在这种风雨飘摇、生死未卜的局面。船长的思绪回到船上："小李是全船最年轻的一个，小伙子一向身体素质都不错，又高又壮的，我们这些老家伙都没事，他更不会有事的……"船长一边这么安慰自己一边迷迷糊糊地睡了过去，在坠入梦乡之前，他还在脑子里过电影：这么大风船不会有事吧？万一有事救生筏怎么放？如果漏水怎么办？排水设备能管用吗？……

　　静静躺着的小李心里波涛翻滚，他不知道该不该表达自己的真实心理，该怎么表达？他害怕，真的害怕，从离开新西兰前往西风带的那一刻起就怕得要命——屏幕上那个微乎其微的小点，小到几乎快看不见，量过去还有几千海里，预计有四五十天，就这么没着没落地漂在狂风恶浪之上，人怎么能不害怕？

　　但他不敢表达自己的害怕，害怕大家看不起他，害怕把自己的胆怯赤裸裸地呈现在众人面前。他还想留一片遮羞布，"没有把它摆出来也许它就不存在了"，就这样自欺欺人哄着自己。可是却欺骗不了自己的身体，神经高度紧张导致他厌食，害怕到吃不下东西。

　　"其实我从不晕船，也没有人见过我晕船，但那时大家认为我晕船才吃不下东西，我也默认了，我怕大家知道真相。"回忆起当初的痛苦，小李依然历历在目。

　　晚上，看大家都睡着了，小李偷偷从急救箱里拿出葡萄糖水悄悄喝下，又从包里摸出花生米和巧克力，急切地咽了下去。胃似乎在痉挛，吃了几口就开始往上翻，他只好躺下大口喘气。"我不想死，我害怕死。"他带着哭腔对自己说。

　　熄了灯的船一片黑暗，回答他的只有西风带的咆哮。

　　第二天起来，一切如故，大家各司其职，小李仍然躺在床上一动不动，看不出好转，但似乎也没有更糟，船长、徐毅、祖扬、烙铁轮流来看他，并试图劝他进食，可他仍然拒绝。全船的气氛都很沉闷，除了上下船舱值班，大家都懒得动，全都一言不发地待在自己的铺上，听歌或看电影、看书。船长也要了几部电影来解闷，但心静不下来，情节片看半天都不知所云，只能看动作片、战争片吸引一下注意力。今天祖扬给了部片子叫《天道》，突然看下去了，心也似乎静了不少。船长想起小李以前老念叨"道法自然"，不知道他本人是否真的悟道了，但船长似乎真看出了一点意思，把佛教的理论贯穿到做生意中去，人的心静了，不那么急功近利，做事反而事半功倍。这也许跟道家的"清静无为"、"争是不争，不争是争"异曲同工。

　　风依旧，浪依旧，但船长突然有了焕然一新的感觉——不再去想哪天才能到达合恩角，也不再强迫症似的不停地测量剩余多少海里。这似乎不仅仅是在海浪里摇得习惯了，更多的是把心摇平静了。从新西兰起航时，陈建发给船长一个短信，是南普陀方丈发给他的《心经》。说实在的，船长本不信佛，但还是细细读了，读得半懂不懂；今天却似乎有了新的体会，只觉得"心经"就是心静，不要有贪念，把眼前的事情做好即好，就像那著名的"佛祖心中留"，真正的力量还是来自于自己，也就有了佛祖的点化。

不再去测量路程，但凭感觉也知道船速很快，船像快艇似的，耳边听得到哗哗的响声，是船在推进，不，应该是海浪在推着船跑，又找到了乘着风飞翔的感觉，这一切让人迷上海风和海浪；再有那些勇敢的海鸟，是行程中唯一的旅伴，船长又想到了高尔基的《海燕》……

这时，徐毅高声汇报："我们昨天走了200海里，今天走了213海里！"

"咆哮的西风带就在我们的脚下！"船长的心里渗透出一丝荣幸。

徐毅值班下来，照例去看小李，小李依然有气无力地躺着，听见他说话也没有睁眼。徐毅回头看了一眼正出舱准备接着值班的船长，突然对小李爆发了："你醒醒好吗？你就忍心叫一个快60岁的老人家带着肋骨的伤去替你值班？"

小李一个激灵，心里似乎明白徐毅是为了刺激自己，但仍然觉得眼皮重如千钧，周围的一切都飘飘忽忽停不下来，灵魂似乎出窍了。"我是要死了吗？为什么有这么多影子绕着我转来转去？有船长、徐毅、祖扬、烙铁……还有送我牙刷牙膏的伊人……似乎还有妈妈，怕她担心临行前只跟弟弟说了，可是妈妈知道了还是每个周末都会去南普陀拜拜，她老人家正虔诚地在佛祖面前许愿，祝愿她的儿子平安……她的背是不是有点驼了？"妈妈——这个念想似乎开始给他注入了一点热度，他好像一个渐渐瘪下去的皮球又重新充了气，生命力和热力渐渐回到体内。说到底，人终究还是一种社会性的动物，在生命的关口念及的也许并不是食物和水，而是无法舍弃的其他人。虽然还是觉得眼皮无比沉重，但他的意识逐渐清楚起来……

第二天早上，小李迷迷糊糊爬起身，看了看值班表，是10至12点的班。"还好，不耽误。"他默念着，深一脚浅一脚地走到洗手间，突然看到镜子里的脸——苍白消瘦，面颊都陷了下去。这还是那个朝气蓬勃的李晋城吗？怎么变成了这么一个人不人鬼不鬼的样子？

小李忍不住大喊了一声："李晋城！"然后用力打了自己一耳光，让旁边正在做饭的船长吃了一惊。"船长，我想吃饭了，吃你做的饭，不吃罐头，好吗？现在看到罐头就反胃。"小李像个撒娇的孩子对船长提出要求。

"好，好，马上做。"船长很快从错愕变成慈祥的笑脸。还真的是个孩子，他想。

晚上躺在铺上，小李一笔一划地重重刻下一句话："再坚持一下，你行的！"那天，是 2012 年的 2 月 23 日，他终生都不会忘记。

天气似乎也为小李感到高兴，大海显得恬静温柔，周围恢复了久违的蓝色，风小到要启动发动机。趁此机会，大家从头到尾检查了船和绳索，发现卷帆器与固定它的绳索之间摩擦很厉害，烙铁忙活了好久也没有办法根本解决，只好值班时注意观察了，否则大风时会很麻烦。船的状况良好，大家的心情也少有的轻松，说说笑笑很开心。五天没有吃饭的小李那天比谁吃得都多，引起了大家善意的嘲笑。

根据气象资料显示，这样的天气能持续几天，接下来就是 30 节的南风，南风一吹气温就会下降，这对厦门号又是严峻的考验。

小李拍着胸脯说："不怕，我以后每天都要吃两个蛋，把身体养得棒棒的，一定能闯过西风带！"大家看着这个小弟弟，都发自内心地笑了。

西风带似乎也善待小李，怕他刚好的身体吃不消，果如天气预报所言，连着几天都是大晴天。这样的天气船走不快，大家便继续检查机器，发现自动舵的推杆连结处松动了，可能是前几天风浪大给冲坏了，烙铁忙活了近 3 小时才修好。大家都说，要是没有烙铁这环球是走不动了，都靠他了。

夜晚出奇的静，谁也没想到西风带会有这么好的天气。寒冷的南风轻轻地吹着，透出彻骨的清凉，海上毫无声息，让大家猜想这漫长的西风带上也许只有厦门号一艘船在航行，听不到也看不到其他任何动静。

天空没有月亮，但海面并不黑，银河不像北半球那样是一条连续的银色的大河，而是有很多亮度深浅不同的分叉，像瀑布一样泼洒在离船不远的海面上。低垂在海平面上的星星，像同行的船上的航灯，只是永远也不能靠近。南十字星高悬在头顶，牛郎、织女好像也离开平常的位置团聚去了。据说南半球的星空比北半球更明朗，具体什么道理大家并不知晓，只发觉在银河之外，还可以看到一团团如其名的星云，令人有万千遐想。

海风轻轻吹过，耳边只听得到船划开海面轻柔的哗哗声，在一片静谧中，祖扬感叹道："光说西风带有多么可怕，有很多情况仅听别人讲不行，一定要自己去亲身体会。"这说出了大家的心声。

连续三天的晴天小风，本是好天气，可对帆船而言却不大好，因为没风就要开机器，可厦门号带的油仅够用 4 天，而前面还有 2600 海里，所以大家都盼着来风。原来有马达声睡得舒服，可现在有马达声反而闹心了。

半夜，盼了许久的风终于来了，清晨的航速达到了 7.5 节。天阴阴地下着小雨，看天气预报是船前方西经 130 度附近有一个风团，风速达到 40 节，不过厦门号应该会避过去；但 120 度后去往合恩角的航线上天气就很恶劣了，目前就已有 6 到 8 米的浪和 40 节的风了，预计一周后到达那个海域时情况会更糟糕。

来到西经 130°，行程近半，西风带又咆哮了，气压从 1035 百帕直线下降至 1017 百帕，风速却从 15 节直线上升到 35 节，晚上 6 点厦门号将主帆完全落下，仅靠半个前帆行驶，但航速仍能达到 8 节以上。浪越来越大，并且很乱，船摇得人无法站立，不断有大浪重重地冲击船身，发出巨大的声响。海浪甚至盖过甲板冲到驾驶位，溅到船舱里。有一次浪击打的声音大得异乎寻常，以至于小李从沉睡中猛地惊醒坐起，大声问："撞到什么东西了？"

一查，是自动舵连轴节断了，但船上没办法修复，烙铁只好画了一张图发邮件给厦门家里，准备在厦门加工后空运到智利再安装，这也许是最快最靠谱的办法了。

气压继续走低，一度低至 995 百帕，风速却整夜都保持在 30 到 40 节，船长指示把前帆缩小到 1/4，以便于在大风中控制船的操作，船速也由 10 节降到了 7

到 8 节，这样夜间值班可以轻松一些。

船长一再强调："值班时要小心，千万不能落水，肯定没救！"因为在这样的天气下，船掉个头需要半小时，而人在低温水中顶多承受 20 分钟。有次被风吹掉了一个桶，试着打捞了一下，折腾了足足一个小时都没弄上来。而且一旦生病了也没有条件治疗，基本上只能等死。

为防万一，船长建议大家值班时穿上救生衣，祖扬表示没有必要："首先要做到不能落水，救生衣是在落水情况下才有用，可现在的情况是只要落水就完蛋，所以也不用多此一举了。"船长一想也有道理，何况已经里三层外三层了——值班时要穿上三层抓绒的内衣，脚上套两双厚厚的袜子，再套上笨重的航海服和沉重的靴子才敢踏上甲板。就是这样，两个小时下来也冻得瑟瑟发抖，再穿上救生衣就更笨重了，恐怕转个身都困难，反而不利于操作。

可祖扬话音刚落，自己就上演了惊险一幕。他跟小李交班时突然兴起，要小李给他"和西风带合个影"。刚移到船舷，风浪突然换了方向突袭过来，小李眼前一花，祖扬就不见了。小李当即吓出一身冷汗——糟了，掉下去了！可还没来得及喊出来，就见祖扬愣是一只手抓住船舷噌地翻上来了，小李拍拍胸口定了定神，祖扬却哈哈一笑："身体素质还行吧？"其实他自己心里也吓得不轻，亏得多年玩户外身体好反应快，要不可真中了自己的预言——掉下去就有去无回。

祖扬的遇险更给全船敲响了警钟，船长下了严令：值班时必须系上安全绳，绝不能掉以轻心！在长期狂风恶浪的西风带上航行跟在高速公路上驾驶很像——单调的外部环境长期持续很容易让人麻木以致麻痹大意。

风吹的时间一长，浪就很高波长也会很长，船的摇摆状态简直可以用"一塌糊涂"来形容。晚餐船长本打算做一个摊鸡蛋，鸡蛋打好正准备往锅里放时，船猛一摇晃，碗没翻鸡蛋却直接飞到了炉子上！船长幽默地说："角度不太好，要是直接飞到锅里就漂亮了！"

在大风浪中已经颠簸了 4 天，大家的食欲都有不同程度的下降，船舱里摇晃得厉害，而且气温很低，时不时还有浪打进来。阴郁的天气导致人的心情也很阴郁，值班完了恨不得用一分钟收拾一下就钻进睡袋，没有人愿意说话，甚至懒得发出任何响动——值班都是一个人，就算落水也不用浪费力气喊，因为周围噪音很大，就是拼了命别人也不可能听见。

一贯爱热闹的祖扬受不了这样的压抑，跟船长建议："是不是吃饭还召集大家在一起，也好有个交流？这样要闷坏了。"

船长想了想，觉得可行性不大："好天还行，天不好大家都在睡袋里，而且值班体力耗费很大，大家都要养精蓄锐，把人叫起来不合适。"但祖扬说的心理问题也确实存在，船长便折中决定，天气和缓的话就尽量一起吃，天不好就各自休息。

大部分时间西风带是不留情面的，于是多数时间大家就靠牛奶或麦片果腹，匆匆用热水冲好喝掉就迫不及待地钻到睡袋里去了。这对人真是个考验，不仅在身体上，更在心理上——只要一想前方还有 2000 海里，而且都是风浪大的海域，寒冷的天气、漆黑的夜晚、无休止的巨浪、无事可做……都集中在这个小小的船舱，以前的娱乐通通取消了，只有摇摆的船舱、风的啸叫、物品碰来碰去杂乱的声响……

可是船员们别无选择，只有坚持，避免在这样恶劣的天气里出任何问题，无论人或船。"现在我们每天能走 170 海里，这样再有两周就应该到了。"进入 3 月份的第 1 天，船长终于忍不住又算了一下航程和到达合恩角的时间。

入夜，桅杆发出唰唰的声响，听起来很急促，但并不让人感觉危险——时间久了，船长已经锻炼出了对危险的直觉，所以他没有立即起身，一边在心里琢磨这到底是什么声音，渐渐陷入朦胧……早上一起来，刚值完班的小李就汇报："下冰雹了，跟玉米粒那么大！"船长才醒悟过来，原来昨晚听到的是冰雹击打桅杆的声音。

出去一看，风还是那么大，浪还是那么高，天气越来越冷，之前御寒准备看来还是不足。在澳大利亚只为每人购置了一副保暖手套，湿了就没得换，有点令人沮丧。还有就是没有想到购买暖水袋之类的装备，晚上值班手脚很快就冻得失去知觉。但事已至此，无法弥补，只好努力克服。

天气预报显示，厦门号恰好和一个风团同步，几天之内都在它的势力范围内——本打算在南纬50°、西经120°的位置转向120°驶往合恩角，但高达35节的南风使厦门号根本无力转向，只好沿着90°继续向东行驶，直至风转偏西才行。据天气预报，出现转机要6日以后。

这个风团的势力实在霸道，不仅逼得厦门号无法保持向东的航向，也没办法向东南转向，一天下来反而从南纬50°25′退回到了49°40′，等于退回了45海里。面对这样强悍的大风，厦门号不敢硬碰硬，只好相机而动。

肆虐了一昼夜后，风速终于出现了下降的趋势，但船员们还没来得及产生一丝兴奋，西风带就立刻用它的语言告诉你不可掉以轻心。被大风催起的浪没有一点减小的势头，反而似乎被催得兴起。当船涌到浪峰上时，几百米宽的浪谷在身后慢慢地、慢慢地下陷，感觉深不见底，让人产生一种"马上就要露出海底"的不祥预感。那种巨大的幻灭感仿佛被黑洞吞噬——任你原来多么绚烂、有多么大的能量都无法抗拒，它就静静地待在那里，不动声色，却让人不寒而栗。

厦门号行走在"风口浪尖"，每一步也许都是绝境。大家值班时都十分紧张。轮到小李和烙铁换班时，小李刚走到舵位，一个巨大的涌浪让船头一猛子扎进了水下，接着又高高地跃起，带起来的海水在甲板上形成大浪冲向舱口，舱口的棚子瞬间被冲飞，上面的连结锁扣也被震碎了——刚刚半个身体进入舱口的烙铁直接"自由落体"掉进了船舱，他爬起来活动了一下手脚，又摸摸头，居然还幽默地说："幸亏没削了脑袋。"又爬到舱口看到底是怎么回事，发现遮雨棚没了，冲下面大声喊道："这下完了，在舱里也要穿航海服了。"

船长应声来到舱口，却见小李费劲地拽着遮雨棚一步三晃地过来了："我总算抓住它了！"谢天谢地，幸好小李反应快，居然没有被冲下船。检查了一下，还凑合能用，小李和烙铁便在左右摇摆超过60°的甲板上东拼西凑把棚子又装上了。船长特别提醒大家："千万要小心，万一再坏那可就真要在舱里穿航海服了！"

折腾了一通之后，厦门号惊喜地发现，风向稍有点偏西南了。船长立即决定：

改变航向110°，驶向合恩角！

　　风速持续下降，又经过一晚的颠簸，降到了25节以下，浪花在浪尖上有气无力的落下，完全没有了前几天的猛烈，但天还是灰蒙蒙的。在西风带已经航行21天了，日子单调得人也变得机械了，船员感觉自己快成了船上的一个部件，按程序定时启动，该谁动作谁就动作，每天除了天气不同其他都完全一样，过去之后绝不会想起那天究竟干了什么。

　　"航海简直和蹲监狱没什么两样。"大家都忍不住抱怨。船长便跟大家开玩笑："曾有人对我说，一个男人必须经历三种历练：当兵、航海和蹲监狱。我觉得有一定道理，但蹲监狱肯定是误判。其实这三个环境都有一个共同点，约束。航海也是，而且是在一个最广阔的空间中的约束。其实说白了，除了环境的外加约束外，最重要的还是自我约束，这就相当于建了一个容器，才能够包容。我们都说要学习大海的包容，那不是说说就算了，在船上就要学会对同伴的包容，其实首先就是要能接受同伴的缺点和习惯，否则每天每时都不痛快，船就没法开了。这些看起来都是琐事，但每天都会碰到，也在考验着大家，比如有人爱开玩笑有人就不喜欢，有人爱干净有人就邋遢，饮食起居、言谈话语、工作习惯，甚至不合时宜的从厕所里飘出来的味道……"

　　大家听后陷入了深思——所谓环球，不仅是出来玩一趟，更是人生的体验，个人的修行……

　　天气预报挺靠谱，6日一早，太阳便羞答答地露脸了，虽然总在云缝里半遮半掩，但就这么眨眨眼，船员们就舒服了很多。很久都没有见到太阳了，大家感觉自己也像船舱里的物件似的要发霉了。虽然阳光还有些吝啬，但大家赶忙把靴子、航海服通通拿出来晾晒，船舱的地板也用淡水擦了擦，船舱里立刻干燥清爽了很多，人也感觉利索了。

　　风并不小，但浪很乱，船摇来摇去的压不住帆，总走不起来。但大家也不管那么多了，难得有一点阳光，就索性放松一下吧。要说现在还真是省事了，自打进入西风带，洗澡的事想都没想过，近几天连洗脚都省了，要睡觉脱鞋就上床，不知道是因为天冷不出汗，还是大家感觉都迟钝了，并不觉得有异味。

距离合恩角越来越近了，大家有胜利在望的期待和早日解脱的渴望，船长喜惧参半，他也盼着早日登顶，但心里也捏着一把汗——越接近合恩角，气象就越复杂，有更多的不可预见性，这是最考验人的，尤其是考验船长的技术和经验的时候——或者说，成败有时只在他一念之间。天气预报显示接下来会有几天的顶风，气象条件非常不利。

寒风、巨浪，无边的夜海上，孤单飘摇的帆船，伴随它的是不断扑上甲板的海浪和那盏在浪峰中忽隐忽现的桅灯。

从舱口探出头，听到的只有呜呜呼啸的大风，看到的只有向后急速闪去的白浪，说实在的，没有点胆量和毅力是无法爬到驾驶台上去独自一人夜航。

夜间值班单调到让人想要发狂，进入西风带以来几乎就没有晴天，晚上只能看仪表航行，周围漆黑一片，还要全神贯注瞪着仪表掌着舵，稍不注意就会飘帆或抢风，使船帆发出剧烈的抖动，甚至损坏部件。一个班值下来，船员的体力和神经都处于透支状态，疲惫得什么都不想说，只盼着能快点爬上床——虽然船舱里也并不温暖，但和可怕的甲板上比起来已经是天堂了。

小李已经彻底恢复，船长不用再值班了，但每晚入睡前他都会支着耳朵聆听一遍周围的动静，尽管到处是噪音，但他仍能敏锐地凭直觉发觉船是否有异常。这晚刚躺上床，他就听换班的徐毅和烙铁在说话——极度的疲惫已经让大家的交流降到了极限，经常一连几天听不见什么人声，所以尽管他们声音并不大，船长还是清清楚楚地听见了。

"你确定龙骨帆船不会翻吗？"这是一贯酷酷的徐毅的声音，声音里并没有胆怯，但多少是掺杂了一丝忧虑。

"只要不触礁就不会翻！"烙铁毫不犹豫地说。徐毅不再问了，龙骨帆船是不倒翁式的结构，作为一名资深航海人，他比谁都清楚。之所以会有此一问，也许只是为了让自己更坚定吧。

　　船舱里暗下来，静下来，船长也进入了梦乡……

　　第二天早上想起这件事，船长特意找烙铁问了一下："我听见昨天你跟徐毅说的话了，你真的不怕吗？"

　　"不怕。以前也冒过险，怕就不来了！再说了，要没了一条船都没了，怕有什么用？"烙铁很直爽，航过大海，爬过高山，见过大灾——2008 年他从厦门去了汶川，是私人进入灾区的第一台车，他对生死有和常人不同的感受。

　　船员可以这么想，但他作为船长却怕触及这个话题，但又不可回避。这一船人的身家性命是交到了他手上，作为个人他们可以视死如归，但他却不能这么想，无论对船员还是对他们的家人还是对所有支持这次环球的人，他都无法交代——哪怕同归于尽，他在海底都不能安心。

　　天气表明他的忧虑并不多余，大雨倾盆，夹杂着接二连三的闪电和滚滚而来的雷，一起声色俱厉地逼向厦门号。在一片灰蒙蒙中，闪电凌厉而刺眼，近得仿佛就在船头！连乐观的烙铁都担起心来，万一劈到桅杆就麻烦大了！厦门号只有一根地线，而且铜皮很薄，如果被雷击中，船上肯定会坏东西，且不说这个鬼天气修机器的难度，如果是关键部件，可能根本就修不好。

　　大家值班的时候只好直勾勾地盯着仪表和桅杆，连眼都不敢多眨，生怕一时疏忽就是灭顶之灾。现在值班时，大家的抓绒内衣加到了三层，脚上也要套两双厚袜子，再穿上笨重的航海服和沉重的靴子，就是这样两个小时下来也冻得瑟瑟发抖。如果不是眼睛不可或缺，大家恨不得把脸都整个蒙起来，都拼命拉航海服的帽子，还戴上各种保暖的围脖面罩，只把眼睛露出必要的一点点——会看到雨打到水面上密密麻麻然后散开，有刹那的美感，然后雨就直扑过来；有时刚走过一块雨区，很快又有一块云拉着黑线压过来，就赶紧换方向试图躲过去，实在躲不过去就钻进去了，然后又是大雨倾盆……

　　船长这几天老做噩梦，场景只有一个：只见船身一摇，不知道是谁掉下海了！一激灵就醒了，然后很久很久睡不着。一身冷汗地躺在那里，一直不敢去想的问题便泰山压顶般地逼上来：真要人没了，怎么办？每天睡觉前，脑子里都不由自主地冒出来，好容易用别的事情"盖住"了，可一做梦又会栩栩如生地闪现在眼前。船长觉得自己快要发疯了，神经紧张得要崩断了，他甚至担心自己会不会有一天想不开跳海里自杀去？或者干脆就是梦游，自己根本无意识就跳了进去？大晚上的，大家互不照面，听不见也看不清，别人也不知道自己上去干嘛，也许就是咕咚一下，就此解脱了……

他越想越害怕，后脊梁骨直发凉：自己怎么会有这么可怕的想法？一阵彻骨的寒冷从头顶直蹿到脚心，甚至超过了西风带的寒意。他赶紧抓起 MP3 的耳机塞进耳朵，里面传来高胜美柔美的声音：

> 问一声那海鸥，
>
> 你飞来飞去有何求？
>
> 问一声那彩云，
>
> 你飘来飘去多烦忧？
>
> 看看看潮来又又又潮往，
>
> 那那那波涛滚滚永无休……

软软糯糯的嗓音让船长有种"回到人间"的感觉，他的神经慢慢松弛下来。虽然没有受过正规的声乐训练，但船长对音乐有一套自己的欣赏理论：一是旋律要美，歌词其次；音乐之美首在音符，所以船长比较偏爱交响乐；听歌只听女歌手的，因为出于性别的喜好，男人对男人唱就意思不大了；还有就是要找对自己"倾诉"的歌。小李拷了一两千首歌，船长只挑了三首，觉得那是在对着自己唱，在诉说着什么。

> 让彩云伴海鸥，
>
> 一起翩翩飞飞飞，

飞向天尽头……

高胜美唱到了高潮部分。这不正是厦门号现在的写照吗？当然了，西风带上远没有这么诗情画意，但能陪伴厦门号的，也就只有风、云和海鸟，而且的确像是在朝天尽头走去——每走一步，都离人烟更远一些，都愈加孤独，甚至愈加绝望……

问一声那海鸥，

你千种相思为谁愁？

问一声那彩云，

你万丈柔情为谁留？

看看看春去又又春来，

那那那爱恨绵绵永无休，

让彩云伴海鸥

一起翩翩飞飞飞

飞向天尽头……

是啊，生而为人，便有免不了的爱恨情仇，是我们抛不掉的牵绊。高胜美这首歌的确像倾诉，也很有"疗效"，缓缓安抚了船长的惊悸，他渐渐回过神来。这是一条踏出第一步就不能回头的路，但也是踏出第一步就朝着家的方向的路。

"再坚持一下，你行的！"不知怎么，船长脑子里冒出了小李写在床头的这句话。

虽然折腾了半宿，但船长早上起来并没有感觉昏昏沉沉，反而抛掉什么似的还挺清爽。他带着祖扬盘点了一下船上的食物储备，蔬菜已经没有了，只剩下罐头和几个土豆、葱头，这对充任大厨的船长来说可是巧妇难为无米之炊。超级乐观的祖扬说："这说明我们快到了啊，吃完了也就该到了，应该高兴啊！"

祖扬的视角还真是很宽慰人，船长也觉得自己是不是操心太过了。但一看旁边扔的湿手套，又赶紧捡起来拿到灶上去烤。"能暖和一点是一点，这些孩子们，不容易。"他心里念着。

午饭仍然是罐头，单调的食品让人找不到任何吃饭的快感，纯粹成了补充热量和填饱肚子的任务，祖扬那句"吃完也就到了"反倒成了最好的下饭菜。碧海白帆的浪漫一点都不存在了，艰苦也绝非常人可以想象得出来，但大家都在努力着、坚持着，一海里一海里地朝着合恩角、朝着家的方向前进。

连续三天的正东风让厦门号偏离了 110° 的目标航向，甚至在纬度上退回了120 海里，但令人喜出望外的是，厦门号有了很好的位置！这意味着接下来前往合恩角的路线是最短最快的！

风突然停了，两小时前还是狂风恶浪的西风带上，厦门号竟然在原地飘荡……由于已经没有多余的燃料，索性就收帆，一边休息一边等风。在海上不抛锚、不值班的感觉有点奇怪。实际上，厦门号从惠灵顿出来一个月以来没看到任何船，不用担心有船过来。船长用仅有的材料给大家熬了一锅热腾腾的地瓜粥，然后舒舒服服一起睡了个安心觉。早晨 7 点，突然听到风力发电机呼呼转动的声音，起来一看——12 小时船仅向南飘移了 1.4 海里，而北风终于如期而至，不用起锚不用解缆，升帆——走，航速 7 节，侧顺，爽！

距离合恩角约 530 海里，大概还需三四天时间，但气象预报说 16 日、17 日合恩角有 40 节的大风和 10 米的巨浪，不知厦门号能否在之前赶到。但无论如何，大家都已经做好了准备，这是正书写中国航海的历史，一起努力吧！

14 日下午 3 点 50 分，烙铁突然在甲板上喊："看到山了！"大家都激动起来，在海上漂了一个月，终于看到大陆了！也就是说，厦门号已经跨越太平洋接近智利了，合恩角就在前面！

天依旧是阴沉沉的，山看上去是深灰色的，山顶被白云笼罩，长长的连成一条线，这是船员们一个月来第一次看到陆地。船长不由得想：人总归是陆地动物，看到山就有一种发自骨子里的亲切感和安全感，喜欢航海的人确实都是勇敢者。

再有一百多海里就到合恩角了，时间差不多是第二天上午，天气预报显示这两天合恩角海域是西北风和西风，风速 20 节，对厦门号来说是非常好的天气，如果在白天过合恩角还可以拍到非常棒的照片。

天黑后，厦门号开始进入合恩角南面海域，改航向 90°。这段距离有约 50 海里，是合恩角海流最急、风浪最大的海域，估计要航行 6 个小时。船长检查了一遍排班表，告诫大家要小心，越到最后关头越不能放松警惕，尤其是合恩角素有"魔鬼角"之称，虽然目前气象条件很好，但绝不可掉以轻心，否则功亏一篑，那就遗憾终生。

晚上 10 点，原本安静的船舱里忽然听到风的呼啸声，并且越来越大，船也开始摇摆，船长赶紧带领大家将前帆缩小。幸亏反应迅速，风速很快增到 35 节，漆黑的海面上伸手不见五指，海浪没有任何预兆地不时将船高高托起，轻飘飘的，无所依托，心都跟着悬空了……

凌晨 2 点，风速达到 40 节，阵风 50 节，船速最高 15 节。但令人奇怪的是，居然没有滑浪的哗哗响声，感觉船在随浪向前漂。巨大的狂浪将船头高高翘起，16 米长的船仿佛"站起来"一样，一会儿又将船尾托起竖直地向前冲——舵变得很难控制，如果偏转顺风了，帆就会反折产生巨大的震动；如果偏迎风，帆就会像在狂风中抖动的旗帜，很可能被撕破——在这风高浪恶的漆黑夜晚，船发生任何问题都无法解决。稍加思考，船长命令将一条 70 米长的绳子抛到船尾，利用它增加船向的稳定性。

一番折腾过后，已接近黎明，风浪依旧咆哮着袭来，似乎真的要考验中国第一艘驶过这里的帆船。

天亮了，风速依旧是 35 节，但浪高明显减小了。厦门号正好在合恩角的正南面。天一阵阵下着雨，合恩角在左舷忽隐忽现。岸边险峻的山似乎在告诉人们，这里的大海同它一样需要勇气和能力才能抵达，合恩角就是航海界的珠穆朗玛！

也许是风的助推，也许是心情使然，厦门号犹如离弦之箭般射向了航海人心中的圣地——合恩角！几十海里的路从没像今天这般轻快和急切，而天公似乎也认为应赐福厦门号，没有再起更大的风浪。傍晚，厦门号顺利来到合恩角北面的一个锚地，在这里停靠下了第一艘中国驶来的帆船。

经过一夜折腾的船员没有一丝困意，大家一齐凝视着灰蒙蒙的合恩角——4个月了，心中的目标终于实现了，亲人们可以放心地睡觉了，此时的厦门号，在中国的航海历史上写下了新的一页！

10- 沉默的大西洋

这样的天气让人很愿意窝在船舱里，
而且感觉懒洋洋的——航程已经过半，
大家都有了强烈的"回家"的感觉，
连做梦都会经常梦见亲人、朋友，
那种感觉真像是登顶后的下山路。

　　港湾给了大家一个月来最平静祥和的时光，船员们都心无旁骛地沉沉睡去。

　　天再次放亮时，所有人都有一种重获新生的感觉：真是难以置信，竟然闯过来了！而且是在这不可思议的季节！

　　"我们胜利啦！"小李率先喊道，他把身子探出船舷对着大海喊道，"合恩角，我们来啦！中国人来过啦！"大家都善意地笑了，对于几乎是死里逃生的小李而言，这样的激动显然并不过分。

　　祖扬拍了拍烙铁的肩膀："多亏烙铁了！没有你哄着这条破船，我们怕是过不来了！"祖扬说话总是半开玩笑半认真。

　　烙铁却摆摆手，很认真地说："哪里，还是靠船长的技术和经验。"他这不是客套，也从来不认为有什么必要客套，这话是发自内心的——大海航行靠舵手，没有船长这个主心骨，光会修机器也是无济于事的。尽管在船上这么久也免不了磕磕碰碰，他对船长的行事作风也不是毫无看法，但说到帆船航行的技术、经验，还有那种与生俱来对水的亲近感和掌控力，他是打心眼儿里佩服的。

　　"我们这才叫真正的同舟共济。"船长得体地谦虚了一句，但眉开眼笑，有掩藏不住的得意。能驾驶这么一条旧船在这么凶险的季节闯过西风带，放眼世界，也没有几个船老大敢这么做吧？而他魏军敢做！而且做成了！

一直没吭声的徐毅声音不大不小地来了一句："还有运气。这个季节能闯过来，是我们运气好。"

这话什么意思？是说他魏军的技术和经验不值一提吗？船长忍不住发问："你说什么？"

"没什么，我说还有 4800 海里的大西洋。"徐毅声调平板，没有废话，也听不出一丝感情。

这个时间、这个气氛，还有自己的身份，跟船员计较是件煞风景的事，船长压住火，不跟徐毅的阴阳怪气一般见识，信心十足地答道："我们能闯过西风带，大西洋就不是问题！"

小李和祖扬已经迫不及待升起了帆——合恩角只是一个暂时的停靠点，这地方号称航海界的"珠穆朗玛峰"，可想而知，天气条件和各种设施可好不到哪儿去，来过也就算了。下一个目标是著名的威廉姆斯港，在那里船和人都要做重要整修，为大西洋的长航做好准备，再出现西风带上的狼狈可真叫人吃不消。

正准备起锚，远远地看见一艘智利渔船驶来，船长临时决定买点鱼——这里靠近南极，鱼一定非常鲜美，这样午饭时就能给大家改善一下，该好好犒劳一下弟兄们了。

渔船很快驶近了，船头的渔民手里提着两只巨大的南极霸王蟹，庞大的肢体和鲜红的色泽十分醒目，不愧"霸王"之名。

徐毅大声用英语喊着"多少钱"，对方没有答话，径直把船靠过来，把螃蟹高高举起递到厦门号上，又跷起大拇指比划了一个"佩服"的手势，然后就转身离去了。看来他们认出了这是中国驶来的第一条帆船。

祖扬感慨地说："你看我们就知道钱钱钱的，就没想人家智利人民的友好感情。"

经这么一说，大家也都有点醍醐灌顶的恍然和些许的羞愧：中国人是不是太现实了？没想到人家连个回话都没有就走了，令大伙儿无话可讲，只有赞叹，赞人家的友好，叹国内当下金钱左右了人与人的关系。也许是大海给了他们理解他人、善待他人的性格。

鲜红的霸王蟹还是活的，真令人不忍把它们肢解吃掉，可是船上也没有条件把它们当宠物养起来，最后决定把蟹壳做成标本收藏起来。大家吃的时候都格外小心，最后烙铁认真地把蟹壳清理好，把它们带回来作为象征中智人民友爱的纪念品收藏在俱乐部的航海博物馆里。

3 天之后，也就是离开惠灵顿 34 天后，厦门号终于踏上了这块地球大陆最南端的土地。令人意外的是，并没有很多朋友预言中的晕眩感，只是感觉双腿有点发软，想必是这一段时间没路可走的缘故。

这里的景色美丽而天然，海豚成群围着帆船欢跳，无数信天翁伴着船飞翔，简直如同传说中的天堂。对海洋动物和鸟类来说，这里就是天堂——这里是世界上仅存的还大规模保留了原始地貌的地区。

威廉姆斯港游艇会设在一条小河里，两边是白雪皑皑的高山，愈发把这里的水衬托得一尘不染。港湾里停泊了 20 多艘来自欧美各国的帆船，俱乐部经理亚历山大听说厦门号是一艘中国船时，非常高兴地大声宣布："你们是第一艘来到这里的中国船，你们是第一批到达这里的中国人！"当听说厦门号是从新西兰沿西风带到达威廉姆斯时，他的眼睛更是闪闪发亮，跷起大拇指说："非常了不起，你们是真正的航海人！"

五星红旗升起在桅杆林立的威廉姆斯港，在众多的旗帜中闪亮地飘扬。

船又被送进了修理厂，安装新的自动舵操纵杆——厦门大本营已经按照烙铁传回的图做好了新的，再寄到威廉姆斯，材质也从原来的铁换成了不锈钢。靠岸后的全面检查中，烙铁又发现高压油棒断掉了，也告知修理厂一并解决。

船员因此获得了一个小小的假期，祖扬便提议去看智利著名的冰川。大家都很兴奋，但船长面露难色，本来经费就不充裕，修船的花费就已经超出了预期，参观冰川大约要合一个人 3000 多元人民币，虽然不算太多，但对捉襟见肘的经费来说却显得有点奢侈。

祖扬不同意船长的算账方式："好不容易出来一趟，这辈子会不会来第二趟都很难说，怎么能过其门而不入呢？说什么都要去，不够的钱我来垫上！"最后折中的办法是经费出一半祖扬出一半。大家都很期待，船长却隐隐感觉有点大失颜面。

不管怎么说，冰川之行令人心旷神怡，那种壮丽和绚烂是语言无法描绘的。这里山水相连，巴塔哥尼亚高原上群山林立，一直绵延到海边，于是便形成了这样的奇景——山脚就是大海，山峰则隐没在大片的云海中，多年不化的冰雪在重力的作用下从山顶一点点滑落到山脚，顺着山谷逶迤而下，延伸到海里，形成美丽的蓝色"冰舌"。远远看去，它仿佛从天而降！而它又是那么清透而璀璨，美得不染尘埃，让人怀疑是从仙界跌落凡间的宝物！来回坐游船，四天的行程让人意犹未尽，大家纷纷称赞这是此行最值得纪念的经历之一。

重新回到威廉姆斯，在等待修船的日子里，船员们在小镇上随意徜徉。这个地球最南端的小城宛如陶渊明笔下的桃花源般，安详、静谧，会令人无戒备地沉浸其中。

街道是静静的，马路用碎石铺就，路边的树丛和草地上满是落叶，显出绝不刻意的自然之美。街道虽非一尘不染，但你找不到一片塑料或废纸等人为的垃圾。镇子虽然小，但处处都透着艺术的美，房屋造型各异，并且五颜六色，小咖啡屋、小商店都进行了精心的设计和布置，所有路标都是原木板材烧刻的，跟环境融为一体。

走在路上，见到每一个人都会微笑着说"欧拉（西班牙语，你好）"，开车的人都会挥手致意，每到一处离开时都会说"超（西班牙语，再见）"。虽然语言极度不通，但比比划划也非常有意思。实在比划不通时，大家便笑着摊开手做个无奈的表情，比划通了就做出 OK 手势，这倒是全球通行的"世界语"。

　　小镇没有红绿灯，没有交警，但每辆车在过路口时都会停车观看和礼让。这点在国内是没法比的。我们可以说中国人太多，发展速度太快，但似乎并不能解释一切。

　　在这两千人口的小镇上居然有一个博物馆，免费开放，虽然不大，但从建筑物造型到内部展品都有板有眼，让每一个来这里的人都能迅速直观地了解威廉姆斯的历史。安静整洁的阅览室有很多的历史图书，还提供免费上网，博物馆的说明书是免费赠送的，出口处有一个无人看守的捐款箱。

　　威廉姆斯位于巴塔格尼亚高原，同帕劳相比，这里是壮美，帕劳是秀美。这里的山和海的色泽都更为厚重，看上去有历史的沉淀感，似乎每一处港湾锚地和森林都有一段故事深埋其中，也记载着人类绕过合恩角认识世界的脚步。

　　在奥地利著名作家茨威格的名作《人类群星闪耀时》中，记述了第一个横穿巴拿马地峡，从而同时看到大西洋和太平洋的欧洲人——西班牙探险家巴尔沃亚。

　　1513 年 9 月，这个集英雄与匪徒、探险家与叛乱者于一身的人物，为逃避断头台或牢房，开始了他的旅程——到不朽的事业中去寻求庇护。而他的一生也如此矛盾，光荣与毁灭来得迅疾而巨大，又倏忽即逝。

　　历经 18 天艰苦卓绝的跋涉，最大的困难已经被克服。一条山脊高耸于巴尔沃亚的队伍面前。据几个印第安向导说，在那山峰上能眺望到两个海洋——大西洋和另一个当时尚不为人所知的太平洋。

　　正当他们要最后战胜大自然顽强、莫测的抵抗时，一个新的敌人又出现了。当地的一个印第安人部落酋长率领数百名战士，试图阻挡他们。巴尔沃亚有着丰富的同印第安人作战的经验，他明知只需发射一排火炮即可奏效。那人造的闪电和惊雷，足以让土著人在西班牙狼狗的追逐下四处奔逃。但此次，巴尔沃亚并不满足于这种轻易就可获取的胜利，而是像所有的西班牙入侵者那样，以极为残忍、惨无人道的屠杀行为使自己臭名昭著：他把一批被缚住手足、失去自卫能力的俘虏交给一群饥饿的狼狗，观看他们被咬死、撕裂、嚼碎、吞吃的过程——以此来替代斗牛和击剑的刺激取乐。就这样，巴尔沃亚将名存史册的那天的前夜，一场令人唾弃的屠杀毁掉了他的名声。

这些西班牙占领者的性格与行为中确实存在着一种奇怪的令人费解的现象。一方面，他们以一种只有基督徒才有的虔诚，狂热地、诚心诚意地笃信上帝；另一方面，他们又凭借上帝的名义做出人类史上最卑鄙无耻、惨不忍睹的行径。

巴尔沃亚就是这样的人。在他把无辜的、失去自卫能力的俘虏让狼狗活活咬死的那个晚上，或许他还自鸣得意地摩挲过正滴着鲜血的狼狗的嘴唇，并在这一时刻设计出一种能使自己名垂青史的姿态。

9月25日，巴尔沃亚决定以一种非凡姿态来表明自己是如何清楚所肩负的超越时代意义的伟大使命。就在那场血腥屠杀之后，他听到当地一名土人指着附近的一座山峰说，那高山之巅即可望见尚不为人所知的南海。巴尔沃亚留下了行走不便的队员，带上了尚能行军的人向山顶走去。

即将接近山顶时，巴尔沃亚命令全体人员停止前进，不得跟随他，因为他要独享第一眼望见这个未知大洋的荣誉。他将成为在横渡当时所知的世界最大洋——大西洋之后，见到另一个当时尚不为人所知的大洋（其实这才是世界第一大洋）——太平洋的第一个西班牙人、第一个欧洲人、第一个基督徒，并因此载入史册！

巴尔沃亚登上山顶，久久凝视着太平洋。充分享受了这份骄傲之后，他才允许伙伴们上来分享，并将一棵树斫下，做成一个十字架并竖立起来，在上面用花体字刻下西班牙国王的名字，似乎十字架那向两旁延伸的横木能把两个相隔甚远的大洋——大西洋和太平洋抓住似的。

几年之后，相似的一幕上演了。麦哲伦沿着另外一条道路从大西洋来到了太平洋，这正是麦哲伦永载史册的环球航行。船队已经在巴塔哥尼亚海岸逡巡了很久，却始终找不到出口。船员已经人心浮动，麦哲伦用自己的铁腕强制他们跟随自己，但情况岌岌可危——派出去探路的两条船碰上了飓风，都以为它们回不来了，而前方的情况还未探明。

在麦哲伦濒临绝望时，失踪的两条船突然出现了！而且他们带来了令人鼓舞的消息：虽然他们没有找到西边的出口，但也没有任何迹象表明这只是一个内河河口。水带着咸味，水道两边涨潮落潮都十分有规律。它不同于拉普拉塔河慢慢变窄，而是窄处之后又会展现出一片广阔的海面。所以大致可以肯定，这个峡湾，肯定是注入大海的。

麦哲伦为这个消息已整整等了一年。他几乎要向绝望屈服了，打算离开南美洲海岸到好望角去。他向上帝做了数不尽的虔诚的祷告，在信仰与希望几乎毁灭的那一刻，梦想却实现了，如愿以偿。

别再迟疑了，全速向西进发！假如他能够在这条冥河里发现通向另一个海域的出口，他将是世界上最先发现这条通道的人。他依据历法把这条海峡命名为"圣徒海峡"，后来人们却称为"麦哲伦海峡"。

四艘船静静驶入了漆黑幽静的海湾，显得古怪而又恐怖。像磁铁似的山并排矗立在水道两边，倒映在水面上，模模糊糊。四艘船像冥河上卡戎的小船，在这个地狱般的世界里悄无声息地行驶着。远处的山峰上忽隐忽现地闪着亮光，白色巨人的寒冷气息随风钻入航行者的鼻孔中。不见生物，不过毫无疑问某个地方肯定有人类，因为夜晚能够看见水道南边有闪烁的火光，于是探险家们把它命名为"火地岛"。

穿行在海峡之间，一直没听见有什么声音，也没看见有火光移动。麦哲伦派了一只小船去岸上，没看到有人类生活的迹象，好像只是一个永远死寂的地方，但是后来又看到了几座荒弃的坟墓。他们偶尔还能看到一只动物的尸体，那是一头被冲到岸上的鲸的遗骸，它也许是被冲到这个毫无生气的地方无法动弹才死的。

探险家们目瞪口呆地凝望着这片肃静的地方，这儿的景象就像一个冷冰冰的、已经死去的星球，继续前行。在微风的慢慢驱动下，船驶过了这片荒无人烟的水域。他们不时地放下铅锤，海水深不可测。他们不时地望向前方，看一看海湾是不是闭合了，每次转弯以后仍是一片辽阔、蜿蜒的通道，一直伸向远方。

这段航程也像从前那样冗长而又险恶。棱角突出的海岸呈现出许多奇特的形状，通道分了三四次岔，时而向西，时而向北，时而向南，很难确定哪一条能真正行得通。事实上，只有在简短委婉的说法中，才能够把"麦哲伦海峡"称为海峡，它其实是由一个像迷宫一样的曲折海湾和一些曲折海岸构成的，是海洋上一个纵横交错的峡湾，只有靠高超的技术和好的运气才能通过。麦哲伦的船队驶过浅滩，驶过岩石，飓风从陆峭的山上吹来，不停地掀动着海水。这就是为什么长期以来"麦哲伦海峡"一直是水手们的噩梦。在之后的许多探险中，很多船只撞到了这些荒凉的河岸上，没有什么比这更能说明麦哲伦高超的航海技术了。

麦哲伦是最先穿过这条后来用他名字命名的海峡的人，有很长一段时间也是穿过海峡而安然无恙的最后一个人。想起他那几艘老式的船，有粗俗的扬起的帆，还有那木舵把，我们情不自禁地想起他们是怎样在干流和支流里择路而行的，在约好的地方集合——这些都是在不适宜的季节和在风暴的阻挠下进行的——我们只能把他的成功看成一个奇迹，世世代代的船员也将之看成奇迹。

这段时间里，麦哲伦表现出了罕见的天分和过人的远见。他用了一个月来勘察海峡，镇定自若地研究着每一条水道，每一次水道分岔，他都将船队分开，让两艘船朝北，其余的朝南走。这个孤苦伶仃的人从不相信运气，他从来不冒险做出决定，也不会靠投硬币做什么决定。他探测每一条海路，找到了正确的通道，以自己的想象力克服了所有困难，靠镇静和坚强获得了胜利。

船修好了，厦门号也要准备再度出发了。

早上起来准备去办离境手续，开门发现门旁放了一瓶酒和一个蛋糕，是谁送的呢？码头上多半是来自世界各地的航海人，大家都是萍水相逢，谁会凭空送礼物给我们呢？想了半天都不得要领，也就不猜了——趁新鲜先把蛋糕吃了，酒留下做纪念。到镇上办事时，想到跟罗尼和米格有业务关系，但一问都不是。这事成了一个悬案，大家笑着说是"雷锋到智利等我们了"。

走到俱乐部会所时突然想到，昨天下午在俱乐部前休息时，一对德国老夫妇在做补给，他们买了一大堆食品和用具，两个人搬起来有点吃力，船员们看到了便过去帮忙，手接手传一会儿就完事了。由于语言不通，没多说什么就道别了，可能是他们送的?

蛋糕真是他们送的，是为了感谢厦门号的帮助。在俱乐部又碰到了他们，听俱乐部经理亚历山介绍，老先生叫弗兰克，今年 60 多岁了，夫妇二人驾着帆船贴着美洲东海岸一路下来，在这里已经停泊了好一段时间，再过一周就要沿美洲西岸驶往太平洋岛国，然后驶往新西兰。船长问弗兰克是否去中国? 他说很想去，但听说入境手续很难办，所以此行就不去了。大家都有点遗憾，感觉到中国的开放仍然大有可为。

这里的人多来自五湖四海，互不相干、互不相识，但相处得非常和谐。正如大家所说，来这里的是真正的航海人，是大海赋予了航海人共有的蓝色气质。

出境手续不复杂，而且有了之前的经验，该做什么不该做什么，船员心里也都有了数，所以很快就办好了。

大家回到船上做最后的整理，看到一切妥当，船长说："弟兄们，我们回家了!"作为四处漂泊的航海人，说实话大家对"家"的概念一贯不是很强，尤其作为"老大哥"的船长，启航时都格外淡定，这时却有点动感情。说实在的，大家都有点想家了。

从现在开始，厦门号是真的踏上了回家的路。如果用登山做比的话，合恩角就是此行的峰顶，从此之后就开始走下山回家的路了。

弗兰克、米格、瑞卡等好多朋友都来送行，大家在岸上为厦门号松开缆绳，挥动的手臂久久不见放下……这个小镇和这里的朋友都让船员们留恋，一次次靠泊的兴奋与起航的惜别，构成了航海人的情感，大家都在说着同样的话——祝你们一路平安!

好了，弟兄们，我们回家!

再度起航，海上的生活显得既熟悉又陌生。虽说已经闯过了恶名昭著的西风带，也"登顶"了合恩角，但接下来这段跨越大西洋的航程仍然不轻松，4800 海里无停靠的长航在本次环球中仅次于太平洋航段，船员们仍然要面临很多考验，自然的、人为的、理论推断的、不可预知的……

经过半个多地球的航行，船上的生活已经形成了规律，携带的食品也都有了准确的量和品种。从悉尼开始，厦门号就自制了 8 公斤的肉末罐头，于是在西风带的 30 天航行中便有了配菜的肉；这次在威廉姆斯，除了肉末外还炖了大块的牛肉，吃的时候加些土豆就成了新鲜的土豆烧牛肉，肉末还可以加热后拌面条，又简单又好吃。

西风带航行中厦门号仅带了 5 公斤面粉，结果发现面食简单而且易于变花样，对菜的要求也不高，所以大西洋航段准备了 12 公斤面粉，风浪小的时候可以烙千层饼，配上稀饭、咸菜就是可口暖胃的一餐，此外还能做鸡蛋饼和蒸包子，既能改善伙食还能调节气氛。船上的生活实在是太枯燥了，想散步都迈不开腿，尤其天气恶劣时，除了值班就是倒在床上迷糊着，连话都懒得说，在西风带经常一连几天连个人声都听不到。烙烙饼或包子是集体活动，共进晚餐时大家也有了交流的话题。人的适应能力也是惊人的，上段航程船上带了 360 个鸡蛋，一直吃到智利；这段航程稍短，便带了 300 个，大概能保证 30 天里每人每天有两个鸡蛋，大家都说不但没瘦反而感觉胖了。

身体适应了海上生活，心态却渐渐发生了微妙的改变。离开家乡和陆地这么久，大海在"野蛮其体魄"的同时，竟然也让这些粗线条的汉子变得敏感了。有时候，海上的狂风恶浪都不能对他们造成威胁，可心底的一点情绪起伏却可能瞬间令人崩溃。

船长发现了些许苗头，甚至他自己也几乎濒临崩溃，又硬生生从危险的边缘把自己拉了回来。他不知道别人到底如何，但既然已经踏上了回家的路，更不能容忍有任何闪失，一定要带着一船人安然返回！

无论如何，告别了西风带总令人松一口气。进入大西洋后，因为受南美大陆的阻隔，风浪没那么大了，天气也好了很多，起码能时常见到阳光了。

厦门号沿着 60° 的航向驶往好望角，计划尽快越过南纬 45° 区域，因为这样才能摆脱寒冷——在太平洋西风带的日子里，值班到一个半小时就会冻得上下牙直打架，每次登上甲板前看到那潮乎乎的手套和靴子就让人心凉，要付出巨大勇气才能勉强套上。这样的经历让大家想起来都后脊梁骨发凉。虽然大西洋要比太平洋好一些，但还是盼着尽快把纬度走低，这样会舒适很多。

大西洋上海鸟很多，有时一次能聚来几百只，船员们也没有别的娱乐，就从早上看到晚上，看它们在海浪中飞翔，又俯冲下来。烙铁判断可能这里鱼不少，就在船后放线拖钓，结果鱼没上来，惹得大群信天翁狂追鱼饵，倒让大伙儿担心把它们给钓上来了。

大西洋的风很稳，保持在 20 到 30 节，厦门号的航速也稳定在 7 到 9 节，照这个速度算，大概 25 天就能到好望角了。

离开威廉姆斯第 9 天，一早醒来，船长觉得船摇得厉害，可听听，风并不大，后舱和柜子里却稀里哗啦地响成一片。到甲板上看看天气，晴朗，祖扬在掌舵，一切正常。船长再一抬头，看到帆尾角的绳索松了，他不放心绕到桅杆旁一看：坏了！原来是横杆与桅杆的连结铰链断了，这样主帆就彻底废了。帆船有主帆和前帆两面帆，主帆在顶风行驶时起重要作用，没有它就不能走小迎风角，这样一来在接下来的三分之二的航程里，如果遇到顶风就麻烦了。

茫茫大海，修肯定是没戏了。只好让烙铁测绘后又加以改进，用 CAD 画了图传回厦门，让家里做好再把配件寄到南非换上。厦门号暂时只能用前帆跑了。虽然出了故障，但大家仍然觉得算走运，幸好没在大风天气发生故障，那主帆很可能就被扯破了。

看着桅杆孤零零地竖在甲板上，回想起厦门号在北太平洋发生的支索断裂，在南太平洋的人员受伤，大西洋横杆铰链又断裂……可能就是好事多磨吧，不经历风雨怎么见彩虹，厦门号清楚自己是在书写一次历史性的环球航行！

只用前帆行驶有一礼拜了。大西洋的天气比太平洋西风带好多了，但这几天也总是阴天，都快就让人忘了大海是蓝色的。有时，头顶一大片乌云，边缘处被阳光镶上一道金边，光投射在乌亮的海面上，格外闪亮，海看起来仿若黑色的油，滑腻而厚重。船在油亮的海上滑动，感觉十分奇幻。但更多的时候，海面和天空都是黑灰色的，给人一种说不出的压力感。

航程过半，大家都有强烈的"回家"的感觉，连做梦都会经常梦见亲人、朋友，那种感觉真像是登顶后的下山路。小李回想起西风带的日子，都忍不住为自己感到自豪，床头写的那两行字"勇敢些，再坚持一下"是他内心的真实写照，用他的话说："那些夜晚，推开舱门就上了战场，真的很恐怖。"

船长给大家打气："好望角就在前面了，这个名字最早是欧洲人起的，因为从东向西过了这里对他们来说就快到家了。虽然咱们现在是从西向东，但过了好望角就会进入低纬度海域，天气就要好了，咱们的日子就好过了！而且，也确实离家更近了！"大家都盼着早日到达那个传说中会带来好运的地方——好望角。

可天不从人愿，刚说完胜利在望，发动机就很不给力地坏掉了。最近几天浪特别大，前两天发电机就已经罢工，为充电就启动了发动机，可现在连发动机也不干了，屋漏偏逢连夜雨！

烙铁钻进狭小的机舱里试图检修，过了很久，被晃得浑身油黑的他失望地钻出来，报告大家一个很不幸的消息："高压油泵的轴断了，没辙了。"

没有了主帆，又失去了发动机，前进的动力仅剩下一面前帆，万一前帆再……大家都不敢往下想，只能祈祷前帆一定要挺住。更要命的是，在接近好望角的1000海里海域是大西洋环流和西风漂流的交汇处，这一带有较稳定的高压区，风很不稳定，厦门号很可能遇到无风的麻烦，那可就真是只能听天由命、随波逐流了。

烙铁不甘心，又钻进机舱，折腾了大半个下午，发电机终于恢复了工作。但大家不敢把宝全押在上面，做好了10天没电的应急工作：手持GPS、卫星电话全都充好电，淡水和食品备足，备用电瓶留出来作导航仪器应急用。做完这些，大家心里踏实了很多，接下来就看天气好坏了。

4月21日上午8点18分，厦门号终于漂过了格林威治0°子午线。厦门号又回到了东半球！这本来是很值得庆祝的一件事，可是无风，船已经原地打转两天了，眼看着距离好望角只有 900 海里，却可望而不可即，大家都没有心情庆祝。

天是阴沉沉的，时而飘洒些小雨，大家都闷在舱里——由于没有风，连值班都免了。中午小李代替船长掌勺，给大家展示了一下他的厨艺：主食是南瓜饭，南瓜是在澳大利亚买的，菜是智利的罐头鱼，外加一道紫菜蛋花汤，比平常要丰盛一些。大家有点放假的感觉，实际上也的确是在放假。

本来计划一个星期到达开普敦，现在看来没谱了。船上的食品还够两周，但看这架势还得再计划一下，真要漂上个把月可找谁要吃的去呢？还有一个烦恼就是带的烟没了，虽然可以克服，但还是一个明显的缺憾，仅有的娱乐也没有了。当然，这一切对未来而言，都会成为更多后来者受益的教材，也是难得的收获。

转眼又过了 5 天，按原计划，人都已经上岸了。可这几天，风时有时无，有时一整天干脆就纹丝未动！可真是急死人。眼看就差 400 多海里了，船又快不动了。船长暗地里忧心如焚。

天气预报没有什么好消息，高压区一直在厦门号到开普敦的路上，到岸时间毫无保证。更麻烦的是，好望角周边却经常有高于 30 节的风，这对厦门号是个威胁。因为计划停靠的大西洋游艇会湾口朝南，如果一直刮南风将无法锚泊，而周边又没有其他可锚泊的地方。厦门号就跟飞机没油了迫降一样，只有一次机会，因此需要提前计划，并且要特别小心。

发动机故障通过厦门家里与英国厂家联系上了，但对方答复这个型号前两年已经停产，没有配件了。如果要更换发动机，麻烦更大了。看来只能到南非后与当地的维修厂一起研究解决了，视情况再定。好在很多人都很关心厦门号，泉州商会、飞鹏的王总和飞驰的小罗都在帮忙联系开普敦的修理和接应。大家的关心和支持让在大西洋上漂荡的船队精神压力小多了。"你们不是一个人在航海"，一路走来，大家对这句话的体会越来越深。

27 日，风终于来了！稳定的北风驱走了多日以来的沉闷。停靠港大西洋游艇会在开普敦靠大西洋一侧，方位是南纬 34 度，气象预报为北风。仔细研究了气象和地理条件后，为了让船能靠前帆大风角度进港，船长决定向上风走，帆要拉得很紧，迎风角 50 度。在冲刺之前，船队又仔细分析了游艇会港口的情况，湾很小，不足 1000 米，在这之前必须将抛锚和待缆准备好；湾内海底是软沙，锚抓力很差，一旦走锚就可能被冲上沙滩，会很危险，所以一定要做好充分的准备。

11- 好望角杀人浪

在茫茫的大海上，

航海者强烈地感受到，

受人帮助，

对施与方来说，

可能都是寻常事件或者理所应当、义所应当，

但对受助者来说，

这不是举手之劳的区区小事，

而可能是生死相系的一线、绝望与希望的跨越。

他们强烈地体会到，

倘有能力去帮助别人，

那是怎样的一种荣耀和成就！

　　好望角，字面意思是"美好希望的海角"，但这个有着美丽名字的地方在航海界却以"杀人浪"著称——最初发现它的葡萄牙航海家迪亚士给它的名字就是"风暴角"。后来达伽马发现了由此通往东方的航线，认为船到了这里，富庶膏腴的东方已经在望，才改名为"好望角"。这里常年吹偏西风，风速很大，惊涛骇浪常年不断，海况复杂，是世界上最危险的航海地段之一。

　　4 月 29 日。凌晨 4 点，清冷的风吹来，带着一股寒意。正在值班的徐毅发现，风向变北了，这意味着厦门号无法迎风北上。从威廉姆斯出发后，厦门号的主帆和发动机就都坏了，还好气象条件不算太差，厦门号侥幸地仅凭前帆走过了大西洋。

　　现在厦门号已经临近好望角，在这么复杂凶险的海域，厦门号只有一面前帆，没法走小角度，很难到达预定的地方。

　　天亮后，烙铁再次查看了船上的各种设备，无奈地摇摇头："调整航向吧，现在就祈祷老天保佑了，千万别赶上风浪。"

　　怕影响大家的情绪，船长没多说什么，只是一路将帆船慢慢往南偏，准备到好望角另一侧的黄金海岸游艇会。这样厦门号可以横风绕过好望角，但必须迎风走 20 海里才能到达，仍然很不轻松。只能寄希望于那个湾没有浪且风小，否则也

环球
自然
风光

沿途的海呈现了各自的性格，沿途的风光也一样，比起菲律宾的人间烟火气，奥克兰和悉尼更显得不惹尘埃；同样是野性，巴塔哥尼亚高原壮阔、雄浑、苍凉，而非洲大草原则激荡着热血与杀戮，这都是自然，这都是生态，更提醒我们不要忘了世界的多元……

很难抵达。

大西洋游艇会的工作人员很负责，见厦门号没有按约定时间到港，便打来电话询问。得知厦门号没有办法驶入，随即通知南非的海岸警卫队——开普敦海上警卫队协助厦门号。海上警卫队行动极为迅速，立刻就联系上了厦门号，态度非常热情。问明情况后，双方根据风向和航程，约定在好望角南侧2海里的地方会合。

但没容大家喘息，刚放下的心又被高高吊了起来。

船向好望角驶去，只是略有靠近，立刻就感受到了"风暴角"的威力。"杀人浪"绝非夸大其词——遥望船的正前方，一大片一大片雪白的浪高高升起，形成一道高大厚重的的水墙，然后哗的一下拍下来，巨量的水急速压进原来的狭小"墙基"，像雪崩、像塌方、像泥石流，像一切你觉得难以抵挡的自然灾害……更可怕的是，就在你张开嘴还没来得及缩回舌头的瞬间，又一片大浪耸起，生生不息……虽然离得很远，但小小的厦门号已然感受到了层层波浪传递过来的动荡。

烙铁不禁倒吸了一口冷气，回头看看厦门号的帆："好家伙，这一个浪要是拍到船上，哥儿几个就都别回家了。"

祖扬出神地看着那巨大的浪头："我们就庆幸吧，别说这种大浪了，现在就是赶上个暴风雨，就我们这船况，也就只能听天由命了。"

小李还在拿相机比划，突然船身一个大幅度的波动，当即摔倒在甲板上。船长脸色都变了："什么时候了还添乱，快别照了！"

烙铁赶紧伸手把小李拉起来："你别光信龙骨帆船不会翻，咱这船现在可是带病运行，杀人浪可不长眼。"

小李脸色煞白地站了起来，定了定神，说："我刚才大意了。"

"我以为祖扬那次你们都长记性了呢！有再一再二可没有再三再四，我不想再强调了！"船长着实有点又急又怒，合恩角已经安全闯过，这眼瞅着就到好望角了，过去之后回家的路就舒缓了，现在可得打起十二万分精神，千万不能关键时刻掉链子。

祖扬把安全绳找出来分给大家："都系上吧，别重蹈我的覆辙。"

说话间，又是一阵西风吹过，小李赶紧绑好安全绳坐下，扭头向远处看去，浪头少说也有三层楼那么高，下面是几个小浪头在绵延，厦门号也跟着摇荡不已。他忍不住说："哎，我觉得咱这小船要是进了风浪区，估计也就是一乒乓球了。"

"还乒乓球呢，不把船拍散了就万幸。"祖扬的口气还是满不在乎，但话却说得相当不乐观。

船长也绑紧了安全绳，感慨道："中国人爱说人定胜天，其实人胜不了天。在大自然面前，人太渺小，太微不足道了。"

船身又一次大摆动，只听舱里一阵哗啦啦地响，显然是有东西掉下来了。几个人在甲板上也是七倒八歪，小李提议进舱："要不到里边去吧，我觉得快被摇出去了。"

烙铁看看远处的风浪，说："只要不从船上掉海里，进不进舱里也就那么回事儿，进去了搞不好还被东西砸着。"

船长起身说："我还是进去看看吧，刚才听着好像是锅掉下来了。"进去一看，岂止是锅啊，能掉的差不多都掉下来了，舱里一片狼藉。他一边归置东西，一边感叹，这坏脾气的风浪还要摇上多久？以厦门号能扛得过去吗？可千万别功亏一篑啊！

"快看！"小李突然看到远处有一抹浅红，大家顺着他指的方向看去。波浪中一艘橘红色的小艇正在快速驶来，这应该是开普敦海上警卫队。大家已经被这杀人浪晃得没着没落的，都暗暗做好了最坏打算，此时看到的这一点橘红真是希望的光芒！大家屏住呼吸，努力掌稳厦门号，盯着风浪中的那抹亮色，心情随着它上下起伏……

小艇速度降了下来，慢慢靠近厦门号，艇上传来的第一句话是"你好"，简单的两个字让大家倍觉亲切，悬了半天的心总算放了下来。

经过简短的沟通，厦门号跟随小艇绕过好望角，进入海浪稍微平静点的地方，落下前帆，系上小艇上抛过来的缆绳，在他们的牵引下跟随前进。

"说实话，要是光靠厦门号的前帆，还真有点困难。"烙铁看了看四周说。

"确实，这里虽然相对平静一点，但风还是挺大的。"祖扬表示认同。

两小时后，厦门号到达黄金海岸游艇会。警卫队的船员非常认真地将厦门号系好，另有一艘小艇护航。

祖扬捅了一下烙铁，低声说："看。"

原来小艇上有一位穿着救生衣和工作服的漂亮姑娘，烙铁收回目光："长得漂亮，身材也不错！"

船长笑骂道："臭小子，就有精神头儿看姑娘！"

祖扬却一改嬉皮笑脸："不，我是觉得姑娘们上艇真是不容易。咱一帮大老爷们儿居然要靠一位美女救援，有点不好意思。"

人真是一种奇怪的动物，当几人历经风浪波折，还要解决船体的各种问题，忍受思乡恋家的心情时，私下里也会不时升起点自怨自艾的情绪，但一旦看到在类似的环境中，有相对弱势人员或群体也在其中时，内心深处那份雄心和好胜心，就又被激发了。

船顺利靠港，厦门号上的每个人都连声道谢，对方则淡淡一笑，挥手告别。看着他们转身离去，船长忍不住说："以后遇到别人有困难，咱们也得搭把手，这有时候看着挺平常的事儿，其实对对方来说，没准儿就是生死相关呢。"

在茫茫的大海上，航海者强烈地感受到，受人帮助，对施与方来说，可能都是寻常事件或者理所应当、义所应当，但对受助者来说，这不是举手之劳的区区小事，而可能是生死相系的一线、绝望与希望的跨越。他们强烈地体会到，倘有能力去帮助别人，那是怎样的一种荣耀和成就！

5月5日，靠岸的第二天，南非的华人商会名誉会长吴少康先生就打来电话，非常热情地邀请大家到约翰内斯堡去玩，准备安排大家住在赌城的酒店里，并强调，赌城的治安非常好。

好啊，去赌城！大家都很兴奋。这群人个个天性好玩，听到有好玩的就精神头十足。

赌城就在机场边上，开车不到 5 分钟，机场每 10 分钟就有一班免费班车接送客人来往。赌城门口有横杆，交费后才放行，横杆上有一排铁钉，如果硬闯轮胎就会被刺破。

赌城里的人很多，店铺都开着灯，为了吸引客人不舍昼夜，里面吃喝住样样俱全。

晚上，吴会长在中餐厅为大家举行了盛大的欢迎晚宴。巨大的横幅上写着"热烈欢迎厦门号帆船到访南非"，一百多位在南非的华人参加，还有领事馆和国内驻南非媒体。人群中，一位精神矍铄的老先生引人注目。这位 70 多岁的老华侨紧紧握着船长的手，心情特别激动。他说自己几十年前来到南非——当时华人在南非的地位很低，经常受到歧视，老人看尽了各种白眼，经过多年打拼才熬出头，现在在当地已具有相当的财力和地位。这次看到厦门号驾驶帆船环球而来，老人非常高兴，非常自豪，难以言表。他一次次紧紧地握着船员们的手，把相同的话说了又说。船长想起了菲律宾的曾一年老先生，全球的华侨有着相同的心声啊！厦门号一定要不辱使命！

晚宴轻松愉快，没有在菲律宾时那么正式的讲话，可能东南亚与中国文化还是更为接近。在席间的聊天中，船员们了解到南非大约有 30 多万华人，其中以福建人为最多。这里的轻工商品基本上都是中国制造，华人成立了很多的分会，包括上海分会、吉林分会、黑龙江分会、粤港澳分会等，平时遇事都是一起想办法解决，抱团取暖。

5 月 6 日，会长安排车带大家前往南非最大的国家动物园——克鲁格，其占地面积接近我国的台湾地区，从赌城出发行程约 600 公里。

南非的高速公路设施很简单，但大家开车都很规矩。南非的土地和矿产资源非常丰富，沿途广阔的耕地都是喷灌，还有面积很大的牧场。此时已是冬季，但与国内北方冬季的萧瑟不同，这里到处都是金黄色，景色很美，且山林依然是绿色。

进了公园大门，一股原始而自然的气息扑面而来。

"看，羚羊！"小李眼尖，一眼看见不远处草丛中跃起的一只羚羊，身姿优美，倏忽而过。

"犀牛，犀牛！"祖扬正在遗憾转头慢了些，没看清羚羊，却就势看见远处一头巨大的犀牛。

大家赶紧顺着他的目光看过去，只见那犀牛神情悠闲、泰然自若，并不担心被人窥见。

"看把这厮美得！"烙铁用不无羡慕嫉妒恨的口气说。

众人忍不住乐了。船长说："别急，下辈子你来这里投胎做头犀牛，看不美过它！"

烙铁也笑了："来这里投胎的主意倒不错，当不当犀牛的得再说。我先考察一下这里的众生，看哪厮最自在再决定。"

正说得热闹，导游告诉大家，要注意观察四周寻找动物，因为他的位置没有游客高，所以瞭望起来不如大家的视线好，如果谁发现了动物，可以告诉他一声停车，但不要大声喊——这里禁止大喊大叫和吹口哨。导游还介绍了很多禁令，其实目的就一个，就是尽量不要惊扰动物。

一时间大家都成了猎人，屏住呼吸东张西望，希望发现不同的动物；说话也放轻了声音，生怕惊扰到可能就在附近草丛中的动物。

汽车在小路上缓慢前行。这是一辆改装的皮卡，护栏并不高，如果大象、犀牛或狮子接近车辆，估计轻易就能把车掀翻。接近中午时，导游告诉大家，接到其他车的通知，说发现了有两头成年的雄狮，正在路边睡觉，准备赶过去看看。

"野生的狮子！"小李努力压低自己的声音，却透出忍不住的兴奋。

祖扬有些好笑："看把你激动得！"

话虽如此，其实每个人都很兴奋、也很期待。以前在动物园里都见过狮子，但怎么能跟这里的比呢？被圈养着，每天被无数人围观，动物园里的狮子在大家眼里不过就是体型特大号的兽而已。

狮子身旁已经汇集了不少车，一辆接一辆地静静排着，人们都是小声说话，生怕惊醒了它们。

狮子好像睡得很香。忽然一头睁开了眼睛，头也动了动。刹那间感觉这兽中之王绝非虚言，黑洞洞的眼神让人感到恐惧。在动物园里看狮子，中间隔着好几层铁笼，哪有这么直接，这么刺激。此刻狮子活生生就在身边，而车基本上没什么遮拦，不敢想象如果它们蹿起来会怎样？好在狮子又懒洋洋地睡下了。想想刚才看见的那些可爱的斑马羚羊，早晚都是狮子们的食物，食物链上的弱肉强食法则在这里得到充分而直接的显现。不过，其实这些猛兽能抓到的也都是老弱病残，对被食用的种群来说是残酷却有益的优胜劣汰。自然界就是这样维持着它的平衡，从而生生不息。

行走中会不时看到大面积的过火树林，船长问是不是遭了火灾，怎么会有这么多火灾？导游笑着解释，这每年都发生，但当地人并不急着扑灭它，因为大火可以烧掉很多害虫，还有一些动物不吃的植物，过火后的草木灰炭还是天然的良肥。这也是优胜劣汰。

这出乎所有人的意料，也让船长印象深刻。以前只觉得弱肉强食是一种生态平稳，但没想过山火自燃也是生态链中浑然天成的一环。

克鲁格里的动物给大家留下了深刻的印象，但更让人触动的是大自然的法则。动物之间、动植物之间，以及人类与这个世界之间，有情与无情交织着上演，看似残酷的弱肉强食却是人类进化必不可少之途径，这种相互依赖，也相互侵食的关系恰恰是大自然稳定健康发展的最重要的条件。人类虽看似是世界的最高统治者，但同样要控制欲望，不能肆意破坏自有的平衡。

事实上，一个人与世界的相处有三种方式：一是人与他人的相处；二是人与大自然的相处；三是人与自我的相处。

环球航海中，在日常生活中被忽略和忽视的这三种关系被放大和强化。先看人与他人的相处。在正常生活中，一个人每天都要与他人发生各种关系，包括家人、同事、朋友，办任何一件事都会涉及他人；但在船上，朝夕相处的永远都是这几个人，无论愿和不愿，你都无可逃避。

　　与大自然的相处，更是此次航海的一个重要课题。且不说航行中要与海水、海风、各种海洋生物、岛屿礁石打交道，在每一处停靠、每一次领略当地的自然风情也都是一堂生动的人与自然相处的课程。人，本同万物，和草木沙尘一般微渺，同为天地之过客，不过在自己短暂的一生中寄存于世间，享用自然的雨露阳光，又有什么资格去破坏它呢？

　　与自己内心的相处，平时更容易被人忽略。在熙熙攘攘的生活中，人们忙于工作和生活，疲于奔波，往往忘记了审慎自己的内心世界，倾听内心的声音。而在航行中，有了大把可以独处的时间、远离人群喧嚣的静默，以及沿途各种极致的自然风光，都会让一个人的内心变得敏感，陷入沉思，体会与自己内心世界的沟通……

　　克鲁格令人震撼，跑了一天也很消耗体力。晚饭时，祖扬提议："喝点酒怎么样？"

　　"好呀！"小李首先响应，便到存酒处翻腾起来。

　　烙铁举着自己的大茶缸："先满上！"

　　小李一边咕咚咕咚给他倒酒，一边说："这一瓶子不够你一杯子呢！"

　　"没那么夸张，酒多着呢，不够再拿嘛！"

　　祖扬也操起另外一瓶给自己倒上，剩下的都给了小李："嘻，没了！"他喊徐毅："徐毅你忙什么呢？怎么这么慢？"

　　"就来！"徐毅答应着从电脑上抬起头，他刚偷空上了会儿网。

　　"酒没了，你再找找带过来几瓶！"

　　"好。"徐毅答应着去找酒，他记得药箱旁边还有一些存货。

　　酒一拿过来，祖扬便唰唰把盖子全给启了："既然喝，咱们就要喝好！"

　　大伙儿你一杯我一杯喝得高兴，虽然下酒菜不甚丰盛，但闯过两大洋的兴奋和终于上岸后的安定，让大家胃口和酒量都相当不错。盘子空了，小李又把剩下的罐头全给翻了出来，又摆了满满一桌子。

跟会长应酬回来的船长一进舱门，一股酒气扑面而来："嗬，你们这么高兴！"

"船长，来喝一杯！"大家招呼道。

"好！"船长心情也很不错。他拿起杯子，视线撞到了桌上的酒瓶，脸色一下僵住了："这谁干的？"

"什么？"喝得半醉的船员们都莫名其妙。

"我说这酒谁拿出来的？"船长指着那个稍矮一些、包装格外精美的瓶子。

"我啊。怎么了？"徐毅醉意朦胧地说。

"你不知道这是留作纪念的酒吗？是威廉姆斯港送给我们带回中国的！"船长火冒三丈。

"知道啊，怎么了？酒不就是给人喝的吗？在中国喝在这里喝有什么不一样吗？"徐毅不知道是真喝糊涂了还是装糊涂，跟平常有板有眼的他判若两人，一副玩世不恭的口气，一边说还一边往嘴里灌酒。

船长劈手夺下杯子："你还喝！这酒不能喝！"

徐毅看杯子没了，又去抓瓶子，船长不待他拿稳又一把抢过，咕嘟咕嘟把酒全部倒进了身旁的水槽里："说了不能喝就不许喝！"

"好吧，那就不喝。"徐毅手里一空，干脆双手扶桌，把脸埋在手里，似乎撑不住自己的脑袋。

这浑小子，闯了祸还不认错，也不把自己的话当成一回事，船长怒不可遏，就要动手去揪他："你给我起来！"

祖扬拦住了船长的手："船长，他喝多了，别跟他一般见识。"这么一闹腾，祖扬的酒早醒了，精明的他看出来船长这火也不完全是冲着酒，大西洋航段上徐毅沉默得不像话，几乎像个哑巴，跟谁也不交流，登陆南非后还要求上岸独住，这已经惹恼了船长，完全是无视船长的权威。今天这事不过是个导火索，船长要给这不听话的孩子一个教训。

但徐毅这人软硬不吃，这么闹下去可能两败俱伤，难以收场。祖扬决定把责任揽到自己身上，争取糊弄过去。他一边示意小李赶紧把徐毅扶到床上，一边站起身跟船长商量，把姿态放得很低："这事不怪徐毅，酒是我让他拿的。我疏忽了，我给您赔罪，实在不行回国后我再跟威廉姆斯订购一瓶？"

"这不是酒的事……"船长知道祖扬在和稀泥，故意混淆问题的关键。

不待船长说完，祖扬就赶快接口："我知道我知道，今天大家高兴，徐毅又喝多了，您发脾气他也听不见，不如明天酒醒了再好好说？这乱七八糟的，也不是说话的地方。"

船长看看狼藉的桌子，和被徐毅趴在桌子上推下去的满地罐头盒，无奈地点点头。

第二天，船长决定找徐毅好好谈谈，不全为酒，而是五缘湾家中发生了大事。

"徐毅，跟你商量个事儿，"船长斟酌着语气，"最近家里事多，你能不能提前回去？"

"回去？回厦门吗？"徐毅显然毫无心理准备。

"对。"船长不打算绕弯子，越棘手的事越是要开门见山。

"为什么？"徐毅触了电般跳起来，"为一瓶酒你就这么惩罚我？"

"不是酒的事，"船长伸手往下按了按，"你听我说完。"

他示意徐毅坐下，一边想一边说："家里马上要举行独木舟环岛赛了，没有个能主事的人。你也知道，朱先生在生病，钟总不懂业务，小李在咱这儿时间还短，没有什么大的历练，就算叫他回去也帮不上多大忙。想来想去，只有你了。"

"我不想回。"徐毅的答案也很直接。

船长说："我知道这不好接受，都走到这个当口了，最难的都过去了，稍加把劲就完成环球了，谁都不舍得放弃。但咱话分两头说，环球是个难得的经历，但经历毕竟只是个经历，并不是人生的目标，尤其对你们年轻人来说，以后还有机会。"

"那我不干了。"徐毅顶起了牛。

"不干你更得回去了。"船长真是无可奈何。

徐毅当然也知道耍性子不是解决办法，沉默了一会儿，抬头问："非要回去吗？"

"非回不可。"说实话，船长也很纠结，这事已经让他头疼了好几天。钟兰涧几天前就给他打电话，说新年帆船赛搅成了一锅粥，市长很不满意。这让船长很担心，曾考虑要不就让独木舟环岛赛停办一年，等回去再说，但朱先生和钟兰涧都反对。理由是前期的宣传已经发出去了，而且赞助也找到了，再说，帆船赛没办好，所以更要办好环岛赛，在市里扳回印象分。就是说，只许成功不许失败。独木舟环岛赛的风险大，一有雾就找不着路，万一丢条船或丢个人就麻烦了，因此必须得有一个经验丰富的人坐镇。想来想去，就徐毅最合适了，他在家时就是专门管赛事的。船长跟厦门那边合计了好几天，才下定决心跟徐毅谈。

船长放缓语气，晓之以理："环球虽然激动人心，但只是一个活动，而赛事是俱乐部生存的根本，要是根本动摇了，我们就环球成功回去了也玩不转。哪头轻哪头重，不用我多说。"徐毅下意识地嗯了一声。应该说，他是这群人中最理性的，但环球已经走了大半，现在让他放弃，于情于理真是难以接受。

船长继续动之以情："我们都是玩船的人，也是爱海的人，你怎么想的我都知道。但是正因为爱玩船我们才得想得更长远，不能因小失大。你还年轻，还有的是机会。"船长又重复了一遍。徐毅还在沉默，看得出，他心里斗争得很剧烈。

船长没办法，只好使出杀手锏："实在不愿意，那就我回去吧！"

听到这句话，徐毅知道自己必须表态了，他猛地抬起头，直视船长："好，我回去！"顿了顿又说，"但有个条件——我要参加最后一段的航行！"

"没问题，还可以再提前一点，在斯里兰卡上也行！"船长一口答应。

徐毅回厦门了，余下的人在烙铁的带领下对船进行了全面检查。在澳大利亚换的后支索钢缆已经不能再用。钢缆粗 11 毫米，由直径 1 毫米的不锈钢丝编成，竟然有几股断了，前支索上部的开口索销已经不在了，桅杆支撑侧支索钢缆的横撑与桅杆焊接的部位也已开裂。看来，厦门号经历的风浪，有时已经超出船的承受限度。

为保证接下来的航行，烙铁和船长都决定将所有问题解决后再出发。虽然接下来进入的是低纬度海域，风浪会小很多，但海上行船，性命相关，容不得任何疏漏和过失。

南非有位一直关注厦门号的朋友叫威廉，他自己有一条船，航海经验丰富。修船的事多亏有他，很多事情都是由他出面找人搞定的。焊接师傅也是他帮忙请来的——空中焊接没两把刷子是搞不定的，非熟手根本干不了。大家把焊接师傅吊上桅杆后，却发现氩弧焊管子短，于是又把电焊机也吊在空中，看着人和机器都在海风的吹拂下摇摇摆摆，心都是悬着的。老天厚待，一切准备停当，一直忽忽作响的风竟然停了，焊接顺利完工！经过三天检修，厦门号扬帆待发。

5月16日，本来计划今天起航，但天气预报显示随后几天会有30到35节的大风和8到10米的巨浪。厦门号刚刚检修好，可不想让它一出海又被狂风巨浪摧残，为稳妥起见，决定继续停留几日。中国驻南非开普敦领事馆的李主任、马达加斯加的华人会长都盛情邀请大家，一时倒也甚是欢乐。

船长盘算着接下来的航线：进入印度洋，由好望角至马达加斯加，穿过赤道进入北印度洋到达亚洲，再经马尔代夫、斯里兰卡，进入马六甲海峡到马来西亚、新加坡。厦门号将沿郑和下西洋的航线进入南中国海，再返回厦门。

虽然接下来的航程风浪会小很多，但由于是自西向东航行，所以在赤道两侧的信风带是逆风逆流。南半球的大洋环流是逆时针的，在非洲东海岸叫莫桑比克海流，流速最高可达5节，厦门号这样的帆船根本无力顶过去；而且一旦有强烈的南或东南风，将产生大浪——即被称为"好望角杀人浪"的那种陡直的浪。资料显示，当年命名好望角为"风暴角"的船长后来就是葬身在这片海域。而在马达加斯加的东岸，依然会有2到3节的顶流。因此，顶风顶流是下一航段要克服的大难题。

经过商讨最终确定航线：驶过厄加勒斯角进入印度洋后一直向东，100海里后再转向偏北行驶，此时莫桑比克海流已经并入了西风漂流而不再朝向南，然后在马达加斯加东岸约 100 海里处转向西北，折向目的地。这样一来，原本 2000 海里的路程要多绕行 500 海里，航行时间大约是 15 天，但安全系数无疑将加大很多。

5 月 20 号，在海情稳定后，厦门号于当天下午两点再次出海。小李手持录像机拍下了好望角在身后渐行渐远的一幕。与进入好望角时的震惊、紧张不同，此番离开大家虽隐然有些不舍，但更多的是回家心切和对接下来相对轻松的航程的期待。

经过 30 天漫长的航行，6 月 18 日上午 9 点，厦门号驶入马达加斯加的塔马塔夫港。之前船长接到电话，中国驻马达加斯加大使馆、马达加斯加华商总会、中资企业协会及很多华人将在码头迎接厦门号抵达。看到岸上聚集的人群和挥动的国旗，连续一个月航行的枯燥单调和疲劳都一扫而光，一时之间感觉不是前往异国，而是回到故乡。

6 月 19 日，浩浩荡荡的车队带着大家奔向马达加斯加首都塔那那利佛。华侨的安排非常周密，考虑到路况不好，甚至请来总统卫队全副武装开道保驾。

马达加斯加是世界上第四大岛国，呈现奇异的东部是热带雨林、西部为热带高原的气候特征。前半程汽车穿梭在阔叶密林中弯曲的道路上，沿途一直在下雨，风景湿润而美丽；3 小时后海拔升高到 1000 多米，气温降低了 10°，两边的树也由阔叶转为针叶和小叶。短短 100 多公里就由夏季变为深秋，一路行来仿佛是行走在时光隧道中，真是非常奇妙的体验和感觉。

下午进入首都塔那那利佛市区，道路的狭窄令人无法想象，人群和汽车拥挤在一起，但奇怪的是，人与人之间、人车之间、车与车之间相互都很谦让。事实上也正因如此，车辆才得以行驶，否则绝对是人车相堵，死路一条。

6 月 20 日上午，中国驻马沈大使邀见了大家，并对厦门号给予了极高的评价。下午，召开了新闻发布会，20 多家媒体记者参加，厦门号帆船的航行在马达加斯加产生了很大的影响。晚上，150 余位华商代表举行了隆重的欢迎晚宴，船员们第一次拍照拍到手软腿软。晚会上孔子学院的学生和很多单位都准备了节目，其中两首自编诗朗诵更是道出了海外华人的心声，船长再一次感到了"航行的责任"。

相聚有期，离别亦有时。23 日，船员们要回到塔马塔夫准备启航。一大早，朋友们都来到酒店为船员们送行，并准备了很多的食品。大家依依不舍地握手、拥抱，挥手告别……

环球航行中每当到达和离开一个地方，当地的华人都宛如厦门号在世界各地的家，让人心生无限亲情，激动而留恋。在与他们的交流中，船长一再感觉到：他们对厦门号环球航行的认同感和荣誉感，甚至强过船员们自己。海外华人真心希望祖国强大，不仅是财富的强大，更希望看到民族的胆识与豪气，希望祖国创造出令华人骄傲和令世界瞩目的事。

经过 9 个小时的颠簸，船队回到了塔马塔夫。马达加斯加属于不发达国家，一路所见，除了美丽的风景外，不时能看到小集镇，雨林地带是低矮的木板房，从门口望去，里面没有床铺，一张草席就睡人了。还有很多儿童赤脚走在路边，逢下雨就用一片芭蕉叶遮挡。高原地带有泥土墙的草房，比木板房有更好的保温功能，但依然可见很多人打赤脚。

但是，马达加斯加的人都很友善，到小摊上买东西，摊主会很腼腆地微笑；路上很多的三轮车夫，如果你注视他并对他微笑点头，他同样会回以淳朴的微笑和点头；路边的行人也是如此，一旦目光对上，便会微笑点头。这让人觉得分外安谧，仿佛有一张滤网，世间的种种事物、种种关系在这里都被滤掉了附加意义，变得简单洁净。仿佛是世界的原初，彼此面对面微微一笑，没有言语，没有对物质的追求，没有更多的欲望，人们安于这样的生活，似乎如此简单的生活便已是生活的全部。

这样的场景看得多了，会让人忍不住反思生活的意义、幸福的意义——我们的营营碌碌到底是为什么？图什么？也许很难有一个具体的回答，但在大都市的繁华中，那些忙碌的人们倘能放慢一下匆匆的脚步，在城市的僻静角落有一些这样的追问，或许便可让灵魂有片刻安定，才有力量追上我们匆匆向前的躯体。

马达加斯加有几种独有的的动植物，拇指猴便是其中之一。塔马塔夫有一个世界动物组织运作的猴动物园。进园先看到的是典型的热带雨林植物园，各种阔叶植物非常茂盛——只要在巨大的旅行者树的枝叶根部刺一个小洞，清凉的水便会流出来，可以直接饮用，极为方便旅人，也因此而得名；此外还可以看到丁香、桂皮、胡椒、咖啡，还有很多药用植物；动物园深处零星散落着大大的笼子，船员们见到了近 20 种猴子，最小的拇指猴钻在竹筒里，乍看上去就像一只小老鼠，眼睛大大的，天真可爱，令人喜欢。

塔马塔夫有一座 1949 年以前建的华侨学校，当天有两位从国内来的老师要回国，厦门号正好赶上欢送午餐会，共同的面孔和思乡的情感让大家初次相逢便倍觉亲切。这里的华人多数已历经几代，最早的华人大多为法国在顺德招来的建铁路的劳工，后来就定居在这里；还有一些是日军侵略时逃难来的。这些侨民现在这里都做得很好，有很好的社会关系和不动产，都能稳定地在马国居住。但因为经过了几代人，很多已是华侨和当地人结合的混血，所以特意建了这个华侨学校，希望能为新华侨强化华语。

6 月 27 日晚，厦门号启航前往马达加斯加东北部的圣玛丽岛，并于 28 日上午顺利抵达。在欢迎午餐上，圣玛丽市长表示希望与厦门建立友好关系的愿望。若真能促成此事，当是此行的又一收获。

晚上，当地华侨刘国光先生在家招待厦门号全体船员。刘先生祖籍广东，是这里的第二代华侨，他父母居住在塔马塔夫，他本人毕业于清华大学，现在圣玛丽岛的业务开展得很大，是当地很有影响的华人。晚餐非常丰盛，鲜活的大龙虾、螃蟹和大虾摆满了桌子，大家打趣说在智利吃够了南极蟹，在马达加斯加吃够了龙虾，但最让人备感亲切的还是北京炭火锅。

圣玛丽岛非常美，清澈湛蓝的海水、茂密的原始热带雨林、南岛雪白的沙滩……每年七八月，这里还有一个知名的鲸鱼节，大批鲸鱼汇聚这里，吸引了世界各国的游人。

说来幸运，6 月 29 日，厦门号启航不久就在圣玛丽岛的海峡看到了四头鲸鱼。

祖扬最先发现了它们，赶紧惊喜地喊大家来看。鲸鱼巨大的身躯不时浮出水面，优美的尾巴有力地扬起。

"太美了！"大家不约而同地赞叹。

"这么大，可是看上去它们真温顺啊！"船长也感叹着。

"那些捕鲸的人太可恨了！多么美丽温顺的鲸鱼啊，怎么能下得去手！"小李恨恨地说。

"说到底，还是因为人类太贪婪了。"祖扬插上一句。

船上沉默了。是的，因为人类的贪婪与虚荣，多少美丽、珍贵的生物遭遇残忍的杀戮，只为满足人类的口腹之欲；人们似乎忘记了，这个世界不仅仅是人类独有的，人类也并不是世界的统治者，地球是所有动植物共同的家园，人类本应如每一个生物一样的卑微，而每个生物也如同人类一样有尊严……

此刻，这几条鲸鱼——海洋里的庞然大物，有着令人惊叹的巨大身躯，却丝毫没有让人觉得害怕。事实上，它们一直在船的左右伴着厦门号行走，仿佛是特意赶来相送的好朋友。它们温顺的姿态和神情、流畅优美的行进身姿，深深吸引和打动了每个人。

海天苍茫，一尾帆船、四条海鲸，共同谱写了一曲曼妙的航海进行曲。此时此刻，世界是如此和谐美丽，人与人之间、人与自然之间，以及每个人与自己的内心之间，都是如此温情而安宁，而世界，是不是原本就如此安宁？

四条鲸鱼一直陪伴大家来到圣玛丽岛海峡的出口，便不再前进。船长减缓航速，与鲸鱼作别。

"再见了，亲爱的鲸鱼，我会永远记着你们的……"小李使劲挥着手，眼里有点点泪花。

"再见了，亲爱的朋友……"祖扬也恋恋不舍地向四条鲸鱼挥着手。

"再见……"一向刚硬的烙铁也变得如此温柔……

再见了，马达加斯加的华人朋友；再见了，马达加斯加；再见了，亲爱的海鲸……这一程不可言喻的美丽情景，将留在每个人的记忆里，愿大海永远宽广和平，不再有杀戮……

12- 与海盗擦肩而过

入夜，

厦门号自环球航行以来第一次没有开航行灯，

舱灯也关掉，

整条船上只有仪表灯散发的昏暗的光

——即便如此，

心怀忐忑的船员们也总觉得仪表灯太亮了。

但若连这一点灯光也没有，

心里一定会更不踏实

——倘使对面也有一艘同样没开灯的船，

两船相遇岂不惨了？

　　7月4日，又一次月升月落。太阳还没露出海面，隐约能看到塞舌尔岛上的山。事后回想，这段航程基本上是最顺利的。由于此时是南半球的冬季，而北印度洋的夏季季风很强，并在接近非洲东岸的地方补充进南印度洋的信风，这期间南半球信风带非常稳定，每天都是20节的东南风，而且浪也不大，厦门号的航速稳定在8节左右，每天都能走170海里以上，大家心情也很舒畅。与刚出发时的心情完全不同，现在的厦门号越走就离家越近。

　　下午2点左右，塞舌尔海关、移民、检疫上船来办理通关。他们一通翻箱倒柜，感觉就像是检查枪械和毒品，最后以把南非吴会长赠送的10条烟封起来告终。

　　7月6日，船员们驾车游览塞舌尔主岛。首先路过塞舌尔机场，在船上看这里航班起降挺多，也有很多大型飞机，但机场却很小——甚至感觉不像个机场，而是一个充满地方风情的大棚市场：顶棚的钢结构裸露着，办理登机牌的柜台很花俏。走到尽头，却发现这里的设计处处充满了艺术气息，外国游客到此，一下飞机就能感受到不同。

　　一路沿着环岛公路行驶，公路很窄，并行仅能容下两部车。穿行在树林里，扑面而来的是满眼葱绿，路两边的阔叶林空隙中露出风格各异、颜色鲜艳的小楼，每栋小楼都很有艺术特点，如繁密森林中盛开的花朵。才驶出翠绿的林荫道，便可见翠蓝色的大海、洁白的海滩和近处白色的海底，越发映衬出大海那种醉人的无法形容的蓝。

正沉浸在纯粹得令人窒息的蓝绿之间，但见眼前一抹黄色闪过——路边一位黝黑的老人守着一摊香蕉。几个人下车询问，老人比划着，告知 25 卢比一斤，相当人民币 12 元。香蕉很小很干净，外皮是发着亮光的奶酪黄，在周围的蓝绿之间夺目跳出，加上这位黝黑的老人，俨然一幅浓墨重彩的油画。祖扬买了几串香蕉分给大家品尝，感觉略带微酸，细品香味悠淡，口感黏滑，诱人到家。

来到海边，海水是透明的，珊瑚中各种花色的小鱼儿自在地穿梭。船长出神地望着海面，思绪飞回五缘湾上方飞翔的海鸟，接着脑海里又泛起渔民们打捞和贩卖海鲜的情景，真希望人们能减少一些捕捞，也减少海上养殖，让大海再多一点蓝色，让鱼儿自由自在地生长，让蔚蓝的海水抚慰和愉悦人们焦躁的情绪……

在塞舌尔，周末是一定要休息的。听这里中国公司的人说，这里周末加班给双薪都没人干，所有的商店都关门——这一来，厦门号原计划 8 日起航，却因逢周末而没地儿买东西而耽搁下来。

闲暇的时候，大家继续盘算着后面的行程：下一站是马尔代夫，距离此处 1200 海里。这一站，厦门号将遇到的困难是炎热和无风，塞舌尔位于南纬 4°，马尔代夫是北纬 4°，南北只差不到 500 海里，几乎完全行驶在赤道上。根据预报，两天后将进入低于 15 节风的海域，这将会直接影响航速。整个航线多雷雨天气，算下来大约要走 10 天。

另一个不可忽视的危险，是海盗。之前祖扬向有关部门询问过护航事宜，得到答复说军舰在亚丁湾执勤，距离此处 1000 多海里，鞭长莫及，对方给了一个交通部救援电话，一问却离得更远。看来躲避海盗多半要靠运气了。厦门号泊位旁边的一个游艇在来塞舌尔时就被海盗将仪器洗劫一空——船主说晚上别开 AIS 别开灯，无线电也要静默，谁叫都别答应。

确实，在塞舌尔港就能感觉到浓重的防范海盗的气氛：一艘停泊的大型渔船船身上用很大的字写着"配备有武器"；码头上停泊着一艘法国的燃油补给舰和一艘美国军舰，问海上警卫队的士兵，说是护航舰队来休整的。甚至每条船离境填写的表单上都有这样一个栏目："你船是否同意在没有塞舌尔海上警卫队护卫的情况下前往马尔代夫？"海事的人神情严肃地询问是否有武器，听说没有，她摇着头问："如果遇到海盗怎么办？"祖扬耸耸肩，幽默地举起双手，做了个顺从和投降的姿势。工作人员笑了一下，但立刻恢复了严肃的神情，提醒大家要多加注意。

真要进入海盗活动的海域，感觉还挺恐怖的。大家有种临战的兴奋，也有担心的忐忑，也不免有一点后悔：当初要是直接从南非去印尼就好了，就可免了这样揪心。

7月10号，厦门号离开塞舌尔，开始了一段让人难忘的静默航行。中午，绕过3海里处的小岛，没有按照塞舌尔海图的航道指示向北行驶40海里驶出浅海区，而是改航向60°直接朝马尔代夫驶去，这样可以避开塞舌尔北部的海盗活动海域。一小时后，关掉VHF对讲机，这样AIS就没有发射而只有接收了，而且谁呼叫厦门号也听不到了。

入夜，厦门号自环球航行以来第一次没有开航行灯，舱灯也关掉了，整条船上只有仪表灯散发着昏暗的光——即便如此，心怀忐忑的船员们也总觉得仪表灯太亮了。但若连这一点灯光也没有，心里一定会更不踏实——倘使对面也有一艘同样没开灯的船，两船相遇岂不惨了？视觉瞭望有了不确定性，船员就半小时用雷达扫描一次，看30海里内是否有船，并注意瞭望。

如是，连续两个晚上平静地过去了。到第3天，厦门号已经离开塞舌尔400多海里，船员们的神经放松下来，感觉海盗不会跑这么远来劫船。虽然这么想着，12号晚上刚打开航灯时，还是感觉有点别扭。22点15分时，雷达上出现两处小小的回波，标明捕捉到附近目标，航向236°、航速20节，距离10海里，和厦门号的航向恰好相反，但既没有看到航灯，也没有看到 AIS，10 分钟后就消失了。正疑惑间，祖扬分析道："看来是对方装了反雷达系统，被我们扫到，以为我们是海盗，就藏起来了。"这样的结论让大家忍俊不禁，这片区域看来是人人自危。都在防着海盗，倒会闹出彼此认为对方是海盗的戏剧性情节。

到第 4 个晚上，离塞舌尔已经有 500 海里。这一晚，雷达扫到两艘船，距离都不超过 10 海里，但都没有见到灯光；另一艘有 AIS 信号的船从厦门号旁 5 海里超越，也没有看到航灯。看来海盗让所有路过这里的船只都噤若寒蝉，没有人敢冒险开灯夜航，厦门号也更加小心起来。

7 月 15 日，厦门号再次越过赤道，不同的是，这次是从南向北跨越。还记得 2011 年 12 月 5 日，厦门号在太平洋第一次越过赤道进入南半球，经过 7 个月的航行，终于又在印度洋跨越赤道重返北半球。北半球，我们回来了！

在南半球，厦门号经过巴布亚新几内亚、澳大利亚、新西兰、智利、南非、马达加斯加和塞舌尔，沿西风带横穿了南太平洋和大西洋，绕过了被航海界称为"珠穆朗玛"的合恩角和以"杀人浪"著称的好望角，进入南纬 56° 的高纬度海域，在南半球共行驶了 16080 海里！

回头看，似乎已经想不起那些艰苦的日子是怎么熬过来的，更多的是欣慰与成就感。

人们对家的概念大多以地域来定义，跨过赤道就有种"到家"的感觉，但这次过赤道好像没有向南跨越赤道时的那种兴奋感，也许是航行至此熬过了太多的磨难和困苦，经受过了生死的考验，看到了很多从前没有见过的甚至想都没有想过的事物，接触了很多国家的各种人，对人生喜乐有了新的感觉，对事物的兴奋点提高了。

这里距厦门还有近 4000 海里，厦门号将经过马六甲海峡进入南中国海。

7 月 19 日，天蒙蒙亮，厦门号来到了马尔代夫首都马累的边上。

"哎，你们看，我怎么突然觉得像回到了五缘湾？"船长看着远处的岛屿叫道。

小李凑过来："什么意思啊，船长？"

船长乐呵呵地说："你看这小岛上到处是密密麻麻的房子，这么看过去，我觉得特别像隔着五缘湾看钟宅村，烙铁你来看看是不是？"他招呼烙铁也过来看。

烙铁走过来眺望："还真有那么点意思。不过话说回来，船长我看你是想家了，看到这儿你都能想起五缘湾、想起钟宅村。我看咱们干脆管它叫钟宅算了，省得你想家。"这个地方便被大家戏称为"钟宅"。

马尔代夫的海事部门令大家纳闷，从凌晨5点一直呼叫到早上8点半，海事才终于有了回音。对方告诉厦门号，如果停留超过72小时，就要通过代理来办手续，手续费需500美金。

谈妥后，厦门号便进入指定地点准备接受检查，但一直等到中午12点，几个部门的官员才在代理的带领下乘小艇赶来。好在这里的入境并没有翻箱倒柜，只是问了一些常规问题。他们最关心的是酒，专门找了一位验酒官员来查看，仔细清点后装在一个壁橱里，用铅封封好才算是结束。代理告诉船长，马尔代夫是伊斯兰国家，第二天就是斋月，酒是绝对不能带上岛的，厦门号也不能随便到那些可以潜水的岛去——如果一定要去也可以，需要办手续并交纳约500美金的费用。

指定的锚地不在马累，而是西边的一个小岛，据说是填海造的。远远看去，岛上冒着浓密的烟。

"发电厂吧？"烙铁看着那浓烟猜道。

"管它什么厂，这么大烟，有点让人心里不爽。"祖扬也皱着眉头。

码头后，发现原来是个垃圾焚烧厂，而且距码头不到100米。停好船，大家陆续下船。小李刚上岸就大叫起来："怎么这么多苍蝇！"

很快每个人都感受到了苍蝇的热情——那可不是随手挥几下就能驱逐开的，而是成群结队的在空中、在身边到处嗡嗡嗡，挥之不去。真没想到在以美景著称的马尔代夫，首批欢迎大家的竟是苍蝇。而且这群讨厌的家伙不仅驱散不开，反而越聚越多，舱里舱外到处都是。

祖扬询问代理能否换个地方，代理回答说马累没有停靠的地方，而且厦门号上还有酒。看来只好待在这里，心下暗自祈祷明天会变好……

到了第二天才真正陷入绝望——天刚亮，苍蝇们就不识趣地又来了，在大家身上散步。烙铁数次挥手赶走在脸上徘徊的苍蝇后，气恼地爬起来，走到甲板上透气。只见边上的码头有很多垃圾船——装满垃圾的车很流畅地开上开下，晨风从身边掠过，送来垃圾带着潮气的腐朽的味道……

"这他妈是马尔代夫吗？"烙铁骂骂咧咧。

"分明是个垃圾岛！"祖扬也上来了，心情同样不爽。

此时此刻、此情此景，实在让人难以想象这是世界顶级旅游胜地——马尔代夫。提到马尔代夫，国人心目中应该是旅游画册上那湛蓝的天空和透明的海水——没错，此刻一低头也能看到湛蓝透明的海水，看到色彩斑斓的鱼儿游来游去；但一抬头就面目全非了，垃圾成堆、苍蝇乱飞、臭味扑鼻，实在让人没有欣赏的心情。

"看看，这么多垃圾。"祖扬指着港池里漂浮着的塑料瓶和塑料布——回想起来，厦门号接近这片海域时就已经不时看到这样的垃圾了，只是当时都没太在意，没想到最后居然会与此为伍，干脆停到一个垃圾岛上被苍蝇和污物包围。

天忽然开始变得雾蒙蒙的，大海失去了清亮的蓝色，空气中弥漫着焚烧塑料的味道，转眼间厦门号就处在一片遮天蔽日的烟雾中。原来是风向有点转南，远处飘散的烟雾弥漫过来了。

小李从船舱里钻出来，大声喊道："世界末日！"眼前一片灰黑色的烟雾，一时间遮蔽了身边的海水和远处的岛屿，仿佛置身灾难片中。

"真见鬼！世界末日也就这样子吧？"烙铁焦躁地走来走去，却又无计可施。

一整天，数不胜数的苍蝇就这样持续不断地骚扰着大家，大伙儿心情都很糟糕，又很无奈……

21日，忍无可忍的祖扬和旅行社取得联系，想带大家去一个旅游的小岛玩，看看真正的马尔代夫。但船上必须有人留守，大本营是绝对不能出问题的。船长看着这帮年轻人，有时候他觉得他们就是一群贪玩的大孩子，说："我来守船吧，你们四处看看去。"

大家于心不忍，小李不好意思地说："船长，你要什么，我们回来给你带点？"

"切，我还用你们给我带什么，快去吧，好好玩儿去！"船长挥挥手让他们快走。停靠在垃圾岛大家意见很大，但船长还是坚持了自己的意见，行百里者半九十，他不想在快到家时再生枝节，一切以稳妥为上；但他也知道大家憋坏了，想去玩就让他们疏散疏散吧，也算不虚此行；至于他自己，真的就希望赶紧顺利完成航行，对美景风情什么的已经没多大兴趣了。

新到的小岛完全对得起世界旅游胜地之称——雪白的沙滩、透明的大海、彩色的珊瑚，各种各样的鱼游在身边，岸上的酒店也都精巧别致，浑然天成，一切都是那样的美好。

美与不美形成了鲜明的对比，反差之大可谓地狱与天堂。由于一路来尤其注意环保的话题，他们特意了解到：马尔代夫各个海岛上的酒店都有一套完整的污水处理设备，垃圾处理是剪碎后压缩送到马累——厦门号停靠地旁的那间处理厂。据说两年后这个处理厂会改建得很好，环保对这个以旅游为命脉的小国家至关重要，但这次厦门号还只能忍受。

7月23日上午，祖扬出去买了一条6.5公斤的大石斑鱼，价格相当于人民币100元，味道相当不错。本来于蓝天碧水中品尝美味佳肴是极为赏心悦目的事，但那无数苍蝇却把这变成了噩梦。这东西真是无孔不入，伺机就想在鱼肉上驻足。

"靠，咱们好不容易美食一顿，哪能让这些混帐东西跟着大吃！"祖扬受不了站了起来。

"咱们转到那边，阳光下面，是不是好点？"小李伸手往旁边一指。

这大热天的，阳光炙晒，按说不是个好主意，但跟身边成群结队的苍蝇比起来，似乎也算得一个方法。挪过去果然好多了，但饶是如此，还是有一些锲而不舍的苍蝇跟着嗡嗡打转。

马尔代夫的几天让大家对环保有了更高的认识：不论身边的自然环境有多美，

如果不注意环保，都会沦为垃圾场。在码头看到工人们无动于衷地在用水将垃圾船上的剩余垃圾冲进海里时，每个人都感觉特别痛心……

想想真是讽刺，马尔代夫称得上是此行最美丽的地方之一，为什么会出现这么一座"奇葩"的小岛，或许因为美丽的环境是大自然赐予，得来全不费功夫，人们已经习惯了享受？也习惯了不珍惜？何况巨大的印度洋环流还源源不断地带来新的透明的海水。但实际上人类每一点污染大自然都会记在账上，不是不报，时候未到，谁也不知道人类要在什么时候、在什么地方、以什么形式吞下自己酿的苦果。所谓因果，大抵如此。

7月24日一早，大家就急着准备起航。等到8点，在刚开门的小商店里匆忙买了些食品，便匆匆离开这里。

离开码头的第一件事就是拼命轰赶苍蝇，一定要把这些热情非凡的长着翅膀的小家伙们都留在岛上。带着这一船苍蝇航海？谁也不能想象。接下来清理船舱，一通忙活，终于感觉清爽多了。

海面很平，西风15节，船长指挥拉起球帆，船速10节，这是此次航行中第二次使用球帆。下一站将停靠泰国，然后折向东偏北进入马六甲海峡西口到达普吉岛，在那里做技术停靠，这将是环球航行最后一段越洋航程。航行已经接近尾声。

"可真够脏的。"看着海上不时可见的塑料布、泡沫箱、塑料瓶等，祖扬皱起了眉头。

这些日子厦门号进入北印度洋环流，周边多是不发达国家，垃圾治理比较差，也不太有环保的意识，所以航行中不时会看见飘过的各种漂浮物，主要是人们废弃乱扔的各种工业化产物。

7月25日傍晚，烙铁正在船上检查风帆等设备，突然看见眼前漂过一个绿色的碎网，定睛一看，只见一只海龟被罩在了里面："海龟，海龟，小李，快来帮忙！"

听到烙铁急切的呼声，不光小李，大家全跑过去了。海龟在网子里扒来扒去，努力想摆脱缠绕，但几乎没有任何成效。

"能停一下吗？"小李也急了。

烙铁看了看风帆，不禁皱起眉头："还真麻烦，大前帆正用撑杆撑着，收帆可得不少时间。"

"掉头呢？"小李不死心地问。

"现在顺风，航速 10 节，要是掉头，时间会比较长。迎着风也开不上去，浪又大。"祖扬冷静地说。

"那怎么办啊？"小李急得话里都带哭音了。

没有人回答他。事实上，就在对话的短短的时间里，海龟已经被抛在了身后。

烙铁叹了口气，拍了拍小李的肩膀。海面上，夕阳映红，海浪飞逝，已经不见海龟的踪影……

"咱们至少从自己做起，注意环保，不乱丢垃圾。唉，真是做孽啊……那只大海龟……"

"是啊，太可怜了……"

破网和海龟挣扎扒拉的动作在每个人眼前挥之不去，都希望它能逃离，又担心它会死去；也许，它会随洋流漂到某个小岛上……海龟的命运，成为大家心中的惦念。

海洋，归根到底是海洋动物的家园，本非人类所有，任何人都没有权利去破坏它；但事实总是相反，我们在有意无意间侵扰了无数海洋生物的生活，改变了它们的命运，甚至导致一些珍稀海洋生物的灭绝。不知何时人类才能停止自己的贪欲，与自然和谐相处，共生共存……

7 月 28 日早上，俱乐部的小蔡打来电话要找船长。船长心里有些发慌，第一反应是家里的赛事出问题了，又想钟兰涧和徐毅都在家里盯着呢，应该不至于，疑疑惑惑地接起来，问道："小蔡，怎么了？家里有什么事儿吗？"

"船长，"听得出，小蔡的口气有些沉重，他顿了一顿才接着说，"朱总走了。"

"什么？"船长一时没有反应过来。

　　"朱总走了……昨天晚上刚走的。"听着船长这边没什么反应，小蔡重复了一边，又说："你也别太难过，我们一起协商着处理后事吧。"

　　电话挂了，船长一时有些懵。祖扬看他神思恍惚，关切地问道："怎么，家里有什么事？"

　　"朱先生走了……"船长完全是下意识的反应，他甚至没意识到自己在说什么。

　　祖扬却很快反应过来，什么也没有说，用力拍了拍船长的肩膀就走开了。他知道，对自己和船长这样的男人来说，这种时刻其实不必多说什么，最好是给他独处的空间，让他自行释放情绪。

　　船长自己呆呆地站了一会儿，突然回过神来，皱着眉头把电话回拨过去："小蔡，你刚才是说朱总走了吗？"

　　"是，朱总已经走了……我们大家也都挺难过的，没想到他……"

　　船长镇定了一下情绪，嘱托小蔡一定要把事情处理好，去看看朱总的家人，帮他送去些慰问金，然后就挂断了电话。

　　放下电话，船长默默地走到船头，看着粼粼海波，一时陷入沉思：出海不久，家里就曾打来电话说朱先生的肺癌已经扩散，癌细胞已经转移到大脑，有十几个瘤子，要做手术……

　　朱先生毕业于集美航海学院，曾经是海员，跑过远洋。正是因为有这样的经历，他与船长都有一颗挚爱大海的心。在厦门，他以极大的热心支持厦门和厦门高校的帆船运动，使得厦门的帆船运动走在全国的前列。可以说，没有他的支持，就没有厦门号帆船今天的环球航行。即便在得知患病后，朱先生也一直坚毅地面对疾病、乐观地面对生活，他常常跟身边人说起以前航海的日子……船行海上，日子是单调的，但每停靠一处，世界也是新鲜的。而这一切，对于已是处于疾病晚期的朱先生来说，都是不可能实行的了……苍茫大海，波涛起伏，世界似乎永远会这样在一起一伏中持续着，但其实人的生命又是多么的短暂和不可预期。

　　有一首歌唱到："如果不是这一次远航，我还不知道生命中有多少人，曾经默默陪我成长。如果不是这一次远航，我还不知道生命中有多少人，让我如此放不下。"此时此刻，过去近一年里的种种情景如电影画面一样，在船长脑海中回放。

船长想起起航前两人的拥抱，那时便感觉他的身体软软的，没有重量，也没有力量，能真切地感受到生命的脆弱；

记得当时，自己对他说要多保重身体，他说放心，你们一定要安全返航；

在船上，每次生豆芽，也会想起朱总叮嘱大家要多补充维生素，要生豆芽；

每到一地，朱总也都会发来短信，鼓舞大家要坚持，船长期待这次回厦门时再次与他拥抱；

在非洲，船长特地买了纪念品准备带回去送给他；

……

没想到天不假年，朱先生没能等到厦门号返航的那天，没能看到大家共同努力取得的成果……

在孤独寂寞的海上航行中，人们不断经历着死亡的威胁。人生同样是一段航程，时常暗流涌动，一不小心就会触礁。船长的思绪如同那起伏的波涛，他开始怀念远方的亲人和朋友。有人说，经常怀想往事就说明一个人老了，或许就是如此吧，船长本来也比其他人要大。

生命的旅程中有很多有趣的事情让人回味开心，但也有很多遗憾让人悔恨，往往当死亡擦肩而过，或者在不期然中带走身边的亲朋好友时，人们才会被震动到，心才开始沉寂，思索该如何做人、如何度过自己的一生、如何对待身边的人和事物，如何与这个世界更好地相处……

7月30日凌晨4点，起来接班的船长发现一艘灯火通明的船似乎与厦门号近在咫尺，小李说它在检修没有动；再一抬眼，前面又一艘航速12节的船正向驶来；GPS缩小一看——好家伙，周边一共有11艘飞驰的大船，马六甲海峡果然是世界上最繁忙的水道。

过往大船多为油轮，长度普遍在700至1000多英尺，航速在10至20节，一艘与厦门号交错而过的油轮，船舷像瀑布一样流水，令人费解；还有一艘长

1200 英尺的蓝色集装箱货轮以 17 节的航速从厦门号左舷超过，远远望去就像一座海岛……厦门号在这堆巨无霸中穿行，必须万分小心，时刻要在仪表上对照来船的航向、航速、纬度差，争取在 10 海里距离前就做出避让动作，确保安全通过。

8 月 1 日中午，厦门号顺利进入普吉岛东侧。由于到预订的游艇会还有 30 海里，为了赶时间，厦门号没有立刻办理入境手续，而是直接驶向了游艇会——普吉岛的船只入境手续可在上岸 24 小时内由陆上补办。

值得一提的是，这次环球不断遇上各地的节日：到澳大利亚是圣诞节、到新西兰是狂欢节、到南非赶上国耻日、到马达加斯加是国庆节，到马尔代夫是伊斯兰的把斋节、到泰国又正好是佛教的法定节日。节日会耽误手续的办理，但同时也是运气，让船员们对当地文化和民俗风情有更多了解。

一番休整之后，厦门号于 8 月 5 号下午 3 点再次准备出发。游艇会港池内流很急，几费周折才终于驶离，但令人郁闷的是刚出港舵就失灵了。只好再次呼叫游艇会派出小艇协助保护，用手控自动舵又驶回游艇会。这也是此次环球中第二次发生离港又返港的情况。检查后发现是舵的传动钢丝绳断了，好在还有一套备件，烙铁决定第二天一早修好，中午起航。

因为这番小周折，6 号上午游艇会的谢董事长特意来到厦门号上，热情地跟大家交谈。谢董祖籍广东梅州，出生于印尼，由于勤奋和努力，事业发展得很好，普吉岛的 4 个游艇会中有两个是他投资建设的。这是在环球航行中见到的投资和管理游艇会的第一位华裔。谢董听了厦门号的帆船环球航海后也很感动，紧紧握着船长的手，连声表示："非常为你们骄傲！你们太棒了，太给中国人争面子了！"

下午 3 点，厦门号顺利离开游艇会。船长想起一件事，高兴地搓着手对小李说："把时间调到北京时间！"

"好嘞，调时间！现在是北京时间 8 月 6 号，下午 3:05！"小李愉快地应道。

每个人的心情都突然变得无比轻松。经过 8 个月的航行，厦门号将世界时区转了一圈。从今天开始，不再需要计算时差了，厦门号和祖国同步了！

　　大家的思乡突然变得不可遏制。时差仿佛是一个阀门，需要计算时差时，总觉得家乡离自己还有距离，且行且漂泊；一旦时间同步，盼归的心情一下子从阀门中释放出来！乡关在望，每个人的内心都开始变得柔软、放松，神经不再紧绷……

　　不知不觉中，船长想起在北京的家，想起自己骑车上班的日子，又想起了五缘湾……那些寻常的日子如此遥远，仿佛前尘的一个梦境，仿佛前生的自己，但又如此真切，好像还只是昨日光景……

　　8月8日，过马来西亚的兰卡威，海峡变得非常平静，风速不超过两节。眺望海面，海水会不时像镜子一样闪闪发亮，折射出美丽明净的光芒。

　　海峡渐渐变窄，GPS上已经可以看到行驶在分航道上的船舶信号。马六甲海峡通航量非常大，每年可达10万艘，因此整个海峡采用东西两向分航道行驶，GPS上整齐地排列着很多箭头。厦门号贴着海峡北岸走，离大船航道约1至2海里的距离，比之前斜穿航道轻松了很多。

　　傍晚，厦门号驶入海峡中段狭窄的海域，海底地形如同河川一样，一条沟紧挨着一条沟，这预示着海流会很急。晚上8点，风速从10节上升到17节，航速从6节降到4节，而且还有继续下降的趋势，到了凌晨速度已降至不到2节，顶风吹起的浪并不大，但连续两三下船就快走不动了。

　　次日清晨，厦门号接近了马来西亚西部的一个大港，GPS上密密麻麻地显示很多船锚泊在港外的海上，因为同时输入一百艘船的AIS信息和复杂的海图，GPS运转速度非常慢，船长一度担心会卡住不动了。

　　为了避开海浪和顶流，厦门号改向驶往岸边，这是个难度不小的活儿——要在众多的巨轮中穿行，还要避让进出港的货轮——以前在海上是半个月都见不到一艘船，可以闭着眼开，现在是前后左右都要顾着，有点像在国内开车或骑自行车，真是得眼观六路，耳听八方。整整忙活了一上午，厦门号小心翼翼地慢速行驶，直到离岸只有1海里时船速才勉强接近4节。

　　据说东南亚只有马六甲市保存有郑和下西洋时的遗迹，因此这是厦门号环球航行中有特别意义的一站。马六甲市在马六甲海峡中部，据说海峡因此而得名。

由于这里没有游艇会，岸边水又很浅，厦门号只好锚泊在离岸 1 海里的地方，由一位华侨林先生用一艘小艇接驳船员们到了移民局。马来西亚是回教国家，移民局的女工作人员的制服帽子就用深蓝色的头巾代替了，蓝色裤子白色上衣配上整齐的蓝头巾，严肃之中更多一份靓丽，看起来别有一番风情。从海关出来，大家依然乘坐小艇在市内的河道中穿行，两旁是中式的房屋，装点得很美丽，感觉像是一座水城。

8 月 11 日，船员们来到郑和文化馆——它坐落在华人很多的鸡场街，有一块匾写着"郑和文化馆"，门面很小，里面空间倒是很大，很多房间按照船的楼层布置，天井内有一口井，是当年郑和下西洋时用过的，现在已经用来养鱼了。虽然展馆文物不多，但郑和之后华人的文化在马来西亚传播相当广泛。从楼顶望去，屋顶的结构和形状都是中国的式样，仿若置身江南小镇，颇有时空穿越之感。

走出展馆，沿街都是华人的店铺，中国文化的氛围非常浓厚，屋檐、门窗、门匾与对联等俯拾皆是，冷热煎炸的各式食品也都是中国风味。据介绍，鸡场街文化坊在当地华裔的努力下已经申请了"世界文化遗产"，成为世界著名的旅游景点。中华文化在外国被列为遗产，我们自己在国内反而拆来拆去视而不见，听起来有点意思。

这里的小吃很多都写着"娘惹"，大家不明所以。林先生介绍，这是指早年间来马来西亚的华人与马来女人通婚生下的女儿，后来就泛指华裔的年轻女子。华裔在马来西亚生活的数百年中传承了母国文化的发展，走在街上经常会让人忘记这是在异国他乡。入夜，恰逢当地的"第 29 届华人文化节"，就在当街的大舞台上隆重举行。欢快的音乐、灯火通明的街区，处处荡漾着中国风，正如主持人在开场中所讲：马来西亚的中华文化，始于郑和三宝，发扬在今日的广大华侨。

8 月 12 日一早，林先生从吉隆坡驾车赶到马六甲为大家送行。在码头上，他代表州政府赠送了一面"欢迎到马六甲"的牌匾——此次厦门号到马六甲市因为没有预先办理签证，所以不能停泊入境，但林先生听说大家是为了解郑和而来，特意找到首席部长，特许临时入境。

驶出狭窄且浅的马六甲河，想象 600 年前郑和的船队就曾停泊在这里，然后扬帆西去，仿佛号角飞扬、征帆依旧。

例行检查后，厦门号向马六甲海峡的最后一段进发。海面比来时平静了很多，航速 5 节，让船员们感到兴奋。海峡中过往的拖轮非常多，一艘小拖轮拖着一个巨大的箱子，航速通常只有 3 到 5 节，他们都走在西向航道的外侧，时常会和厦门号擦肩而过。

晚上，与一艘迎面来的船擦肩而过，对方再次呼叫。原来船上有一位在马来西亚工作的华人，看到厦门号来自中国，特意提醒前方 30 海里处是海盗出没的地方，要多当心，最好关紧门窗。虽说都是些小海盗，主要也就抢些钱和电脑等，但仍然要做好防范，不能掉以轻心。

想想前一阵子在塞舌尔海域，为了防范海盗，厦门号一直静默航行。但这里船来船往，当然不能故技重施——那等于闭着眼穿行在车水马龙的大街，太危险了。遇上海盗了怎么办？那只能小心预防、随机应变了。

临睡觉前，船长特意把摄像机用防水袋装好，藏到床铺下面的底舱里，这算是船上也是俱乐部最值钱的财产之一了。

凌晨 4 点，船长起来接班，原本还想着做好瞭望以对付海盗，可登上甲板一看，远方已是万家灯火。再一看海图，全是船，略一估算，附近得有上百艘，还真未见到如此多的船锚在一起。原来，厦门号已经到达马来西亚最靠近新加坡的城市，前方就是锚地——看来海盗的问题不用担心了，大家暗自松了口气。

13- 泪洒曾母暗沙

"中国的最南端，是曾母暗沙。"

小李顿了顿，

说，

"这是小学语文课本里的一句话。

我那时一直觉得这个名字真美，

曾母暗沙，

听上去非常特别，

很美，

那时虽然是小学生，

但一下子就记住了。"

8月16日，厦门号来到新加坡。提起新加坡，即使没有去过的中国人，对那里在情感上也不陌生。华人众多、会使用简体中文、海上花园般的美丽，是很多人对它的印象。

远远望去，感觉这是一片漂在海上的土地，烟雾缭绕中自有一番风情。上岛后的印象则是绿色和清洁。大街小巷都非常干净，还有很多老树，整个城市郁郁葱葱，非常舒服。新加坡不仅做货物的转口贸易，也做原油的加工出口，阿拉伯和南亚的原油在这里被制成成品油出口。据说这里有世界第三大炼油厂，所以在海上就能看到烟雾缭绕。

在市里休闲行走，便有了对新加坡的第三印象：华人多。在海上办理入境手续，官员中有华人；到岛上打出租车、去酒店入住、到餐厅吃饭、去商场购物，几乎哪里都可以讲华语。在这里住了几天，感觉新加坡就是一座华人的城。

尽管有着通用的语言、亲切的面孔、似曾相识的场景，但这一切并不意味着到家了。异乡仍是异乡，隔海相望、思乡盼归的心也愈加迫切。屈指算来，从2011年11月3日从厦门启航，到2012年8月16日到达新加坡，10个月后终于是乡关在望，只待行走完这最后一段航程便可到家了！

然而，就是这段归乡路让人颇费踌躇，几个人开始合计怎么回家。烙铁将地图铺开，用笔指着上面的地名说："这是一条路线：往西走，经过越南沿海，到金兰湾，然后就可以进入中国南海了。"

祖扬看着烙铁划出的路线，没说什么。做为一名航海爱好者，他事前也对金兰湾做了充分了解——那里是世界最佳天然深水港之一，在越语中意为"淡水泊"，位于越南东南部，距离中国南海较近，离南沙群岛大约有600公里，距离上讲是比较抄近路的，但关键问题是，安全方面会比较令人担心。

船长未置可否，只是说："再看看，再看看。"

烙铁的笔重新回到地图上，这一次他指出的是另一条航线："还可以往东走，经菲律宾、黄岩岛返回。"对祖国南海附近的海域，大家都比较熟。黄岩岛也很有名，其中大部分为礁。

小李若有所思地说："黄岩岛路线从东马来西亚到菲律宾，倒是很多航海者都走过，不过现在这里正是台风季。"

几个人的头攒在一起挤在地图上方。烙铁看着地图上细小的地名，缓缓地说："其实还有一条路线，刚才我一直犹豫着。"

船长看了他一眼，又看看其他人，抢先说："曾母暗沙。"这四个字一出，几个人都会心一笑，看来大家心中都惦着这个地方呢。

烙铁也笑了，但很快控制住脸上的笑意，继续俯身海图圈圈点点："看，从这里，走南沙，经曾母暗沙返回。但这个路线其实也不好走。我试过，要是打开Google地图查询曾母暗沙，看得见岛的时候就看不到海，看得到海的时候就看不见岛，这里的礁石特别多——暗沙的名字，就是因此而来。"

的确，所谓曾母暗沙，并非露出海平面的岛礁，而是位于水下20米左右的一片珊瑚礁，因终年没于水下，有"水下珊瑚沙洲"之称。其最浅处水深约17.5米，形如纺锤，面积2.12平方公里。走这条线没有海图，却有很多看不见的海礁石，危险性非常高。

"中国的最南端，是曾母暗沙。"小李顿了顿，说，"这是小学语文课本里的一句话。我那时一直觉得这个名字真美，曾母暗沙，听上去非常特别，很美，那时虽然是小学生，但一下子就记住了。"

船长笑道："嘿，你还挺诗情画意的。"

小李咧嘴笑了笑，却又不甘地反问道："那你呢？你说哪个中国人不知道曾母暗沙呢，不知道曾母暗沙是中国的最南端呢？"

船长没笑，点上一支烟。祖扬也是若有所思的表情。

船长喷出一口烟圈，才缓缓地说："我当然知道。其实，这三条路线里我最想走的，就是走南沙，经曾母暗沙返回。"他看了看每个人，补充道："没有别的原因。小李，就是像你刚才说的，中国的最南端，是曾母暗沙。"

几个人一时之间都不再言语，船长说出了每个人的心声。曾母暗沙，这四个字，就够了！

曾母暗沙，北纬3°58′，东经112°17′，距离祖国大陆达2000公里以上。这个美丽的名字，几乎每个中国人都从小学课本中就得知了——中国的最南端，是曾母暗沙。中国舰队曾于1994年在此沉下一块主权碑，以昭示主权。

尽管无数中国人对它耳熟能详，但是到达曾母暗沙，对于绝大多数人来说是一个遥不可及的梦想。所以，它勾起了厦门号船员的无尽联想——那印在书上的名字，从不曾有机会像现在这样如此切近、接近梦想，能够亲自到达它，并经由它回国、回乡、回家。该多么令人激动！

一口口吐着烟圈，船长陷入了沉思。他的思绪飘向了那个诗意的名字，那片平静的海面，那片蔓延水下的珊瑚礁岩，仿佛年轻人惦着远方的恋人，惦着她青春的容颜、灵动的双眼。她是他的情牵，是他的梦萦……

一路走来，看过无数美景，看过那些美到极致、美得不真实、美得让人醉倒、让人窒息的大海、森林、岛屿、礁石……船长深知，曾母暗沙的景色当然称不上绝美，它没有气势雄浑的巨浪高山，也不是最为旖旎婉丽的南国风光，但她是自己的家国。他想亲手抚摸那亲切的海水，想让厦门号游进那温暖的海波的怀抱……

"我看，咱们就走曾母暗沙吧。"一句话打断了船长的沉思，他抬头看到小李正看着他。

船长掐掉烟头，脸色一肃，正色回道："没错，就走曾母暗沙，大家觉得呢？"

几个人先后点头。烙铁补充道："咱们做好准备，最后一段航程了，应该没问题。什么合恩角、西风带，大风大浪咱都经过了，都到家门口了，还怕啥！"他顿了一下，喃喃自语："曾母暗沙……"

看来，每个人心里都藏着这样一个情结，都荡漾着一泓碧波。

船长起身拍板："行，就这么定了。我赶紧跟陈健商量一下，反正这几条航线各有各的问题，与其这样，真不如走一走曾母暗沙，去看看祖国南海的最南端。"

在陈健的协调下，陈伟文帮助沟通确定了航线。潘市长那边也很快有了回音，他很支持厦门号的航线，并与海洋局联系沟通。经过商谈，最后确定厦门号由曾母暗沙进入中国九段线，并在那里举行"进门"仪式。

8月16日，俱乐部小蔡打来电话，兴奋地说厦门号可以起航了，到曾母暗沙与中国渔政船的会合已经确认，届时海监船将进行护航，并将于22号上午9时在那里等候厦门号。

放下电话，船长掩饰不住满心的激动和快乐。他几乎是喊着告诉大家的："到曾母暗沙！还有海监船护航！22号上午9点在曾母暗沙等咱们！"

大家都跟着欢呼雀跃。

踏上回家的路，另一种情绪开始在心中酝酿。

想起一路停靠，与各国友人和各地华人把盏言欢、互述友情，包括临别互赠礼物，船长觉得：既然定了要走曾母暗沙，就不能白走一遭。

"咱们得在这里留点什么。"他自言自语地说。

"留点念想。"烙铁懂得他想什么。

那是一股潜藏在内心深处的豪情，一种大国雄风、看我中华的豪迈。

船长内心深处有着浓重的大国情怀，或许是北京人特有的政治情怀。北京那黄钟大吕的精神家园的辽阔，放眼世界、胸怀全球的格局，空气中都洋溢着英雄主义的气息，很容易促使男人们登高望远，俯仰之间睥睨六合，产生闻鸡起舞、拔剑四顾、建功立业的冲动。他们关注现实，更憧憬未来，气魄厚重，重情重义，总会让人想起江湖大侠，亦容易让人热血沸腾。

船长本就是个不羁的人，在这样的环境熏陶下，更是不喜儿女情长，却好英雄主义。环球一行，"英雄本色"毕露。眼看就要从祖国南大门长驱直入，百年不遇的机会，岂能悄无声息地行过了事？一定要留下记忆，留下一腔爱国报国的情怀，留下中国人首次自驾帆船环球航行的证明，留下对祖国的眷恋深情。

可是，留点什么念想呢？小李提醒，中国舰队曾于1994年在这里沉下一块主权碑。听闻，船长的豪情油然而生："咱也弄块牌匾！"

"想想写点什么……"

几个男人你一言、我一语，潜藏在心里的家国情怀全被激发出来了。

考虑到各种因素及时间限制，最后决定就地取材，就用船上的铁锚找人写上"大国雄风，永镇海疆"八字。好在新加坡是华人聚集之地，找书法高手还真是不难。对方听说缘由顿生敬佩，很快在锚上写好大字，祖扬又找人用黑漆漆了，一切准备停当。小李把铁锚小心地放在船舱一角，生怕磕碰了上面的字，只待行至曾母暗沙，大家一起亲手将它沉入那片祖国最南端的水域。

8月18日上午，厦门号离开了美丽的新加坡，继续扬帆前行，开始了环球航行的最后一段航程。

新加坡到厦门相距1600海里，直线航行需要12天左右，出马六甲海峡，转向东北驶往曾母暗沙，在那里进入祖国的南大门，与中国渔政巡航船会合，之后驶往三沙市，踏上祖国的土地。

马六甲海峡东部是新加坡海峡，也是马六甲海峡最窄的地方，所有大船经过这里时都会倍加小心。厦门号帆船由于体积小，贴着航道的北面很顺利就驶出了海峡。之后改航向70°，直奔曾母暗沙！这段航程约为500海里，但由于航行在赤道无风带上，预计要 4 天。

再有 4 天，就能回到祖国的怀抱了！船上每个人的心里都满怀期待，盼着厦门号能够快点，快点，再快点！

8 月 21 日。

凌晨，船体南边和北边的天空都开始出现大面积的闪电。祖扬说，自凌晨他值班时就开始起风了。上午 9 点，海上已是瓢泼大雨，海天之间一片水汽迷蒙，这样的景象是在陆地上难以感受到的——水从天上奔泻而至，落入另一片宽广起伏的水域，世间万物仿佛不复存在，只剩下这接天连海的水，肆意荡涤的水。

与以往不同的是，大家不再担忧和急躁，反而无比沉静，安然淡定。此刻，无论在时间还是空间上，他们都与祖国如此接近。这种物理距离的缩短与贴近，让人不由自主地产生一种安全感。

下午，海面放晴，雨后的天空尤其清澈，风速降到 5 节，海水平静，微波荡漾，让人想象不出此前它刚迎接过暴雨的洗礼。厦门号在海面上随波摇漾，轻松惬意。仿佛是老天要在他们回到祖国的前一天为他们洗去这一路的征尘。

在这个美好的下午时光，大家也没闲着。船上可资利用的东西有限，几个大男人便准备简单用红色浴巾和黄色帆贴做个"祖国，我们回来了"的标语，迎接明天的会合。

"我先来，我先来。"祖扬笑呵呵地拿过一摞帆贴。

"嗨，这有什么抢的，这么多字，还愁没有份儿。"烙铁取笑他。

"那不一样，这不我名字里有个祖嘛。"祖扬坐下，半认真半开玩笑地说。

大家把浴巾铺开，从中间对折了一下，把字分成两半行，根据字数算好每个字的位置，再往上贴。一边贴着，一边闲聊，船上的气氛空前柔软，温情脉脉。每个人的心，都融在归乡的思念里。

标语做好，扯起来一看煞是醒目——民谚说"红配黄，喜洋洋"，果然如此，红色的浴巾打底，黄色的帆贴排列整齐，闪烁着温暖、喜悦和骄傲，令人百感交集。

夕阳西下，海边天际镶着金色的彩云，伴着彤红的晚霞，层层叠叠，如梦如幻，舒展着灵动的美……

船员们坐在船头，默默欣赏着海上夕照。一路上，曾无数次欣赏过朝阳喷薄、落日融金，但心情却难得如现在这般宁静和放松。

历经了9个月的日日夜夜、9个月的风浪侵袭，忍耐了9个月的期待、担忧和焦虑，9个月的冲突和妥协、个性与合作，仿佛都化作这无边的波涛微涌，化作这天际的柔美夕照。那些曾有过的欢笑和争执，如海上的浪花，曾经那么醒目、那么剧烈地高高卷起，最终却仍化作一泓碧水，融在无边无际的大海里，仿佛从不曾来过。

第二天上午9点，按照约定将与海监队会合。

前几天由于回家心切，不知不觉中走得有点快，这一天特意放慢了速度，享受回家前最后一段航程。船上的交谈开始减少，当然并不是因为有什么芥蒂，而是每个人都在享受这难得的安逸与散淡。每个人都慢下来，静下来，用自己的方式和语言与海对话，与自己的内心对话……

入夜，天穹显得很小，似乎没有了往日的寥旷。没有风，银河清晰地低垂着，有一种动人心魄的美。很久未见的北极星也露出海面，似乎在告诉人们：家，在这个方向……

风速3节，远处钻井平台的灯光顺着海面闪烁到船边。

此时如果关闭发动机，船上的人们会体会到天籁间的宁静。点点星光灯光下，仿佛遥远的梦，如此近，也如此远；大海，以它温柔深情的面孔，以它博大静谧的胸怀，向船上的人们道晚安。

明天早上，海监队就会来接大家回家了。

一夜无梦。值班的人不眠无思，休息的人睡意香甜。这一夜的海面，这海上的一夜，融化了一切情绪。

22 日上午，烙铁开船继续前行。清晨的阳光早已打破了昨夜的梦幻。回到真实的世界，大家开始渴望上午 9 点约定的会合。

8 点 10 分，厦门号借助望远镜，看到在太阳升起的方向，有两艘装备整齐的舰艇停泊在平静的大海上。大家兴奋起来：这一定是中国海监 75 号了！

8 点 15 分，船长开始呼叫："中国海监 75，中国海监 75，厦门号帆船呼叫，厦门号帆船呼叫。"

对讲机中立刻传回亲切的声音："这里是中国海监 75，你好，欢迎你们回国，请你们从我船左舷通过。"

放慢速度，所有人都汇聚在甲板上，做好与祖国亲人见面的准备。兴奋中，每个人的神情都多了一些肃穆和紧张。

8 点 30 分，厦门号接近海监 75，另一艘是海监 66，两艘舰前后排列，厦门号缓缓向它们的左舷驶去。

接近了，看清了……数十位船员身着熟悉的海蓝装，整齐地列队在左舷迎候大家。随着厦门号的接近，他们不断挥手示意。

呜——呜——，海监 75 号舰艇拉响了汽笛。低沉悠远的汽笛声，回荡在清晨寂静的海面上。

这是海监 75 号舰艇向厦门号的致敬，是海上的最高礼节。同时，舰上的官兵整齐举手行军礼！

霎时，船长的泪水不听话地冲了出来！眼前的一切瞬间模糊了……他强自镇定了情绪，悄悄用手抹去遮住视线的泪水。

手持摄像机拍摄的小李努力控制住自己，不让机身随自己的手——其实是心，抖动。

舰上的扩音器传来问候："我们是中国海监南海巡航编队，正在曾母暗沙附近海域执行任务。厦门号全体人员，热烈祝贺你们凯旋，返回祖国母亲的怀抱！

欢迎驶入中华人民共和国管辖海域！自 2011 年 11 月 3 日起航以来，你们战胜了各种艰难险阻，在我们蓝色的地球上铭刻了中国帆船的航迹。在此，中国海监南海巡航编队向你们致以崇高的敬意和诚挚的问候！你们辛苦了，欢迎回家！"

后来船长知道，这是船上庞指挥的声音。

对讲机里，船长努力控制着自己的情感，试图让声音保持自然："我们环球，见过太多的军舰，今天见到自己国家的……"话到此，他声音颤抖，哽咽得说不下去了。每个人都理解船长，应该说，和他是同样的心情。这一刻，船长被平生从未有过的感动冲击着；这一刻，他真正体会到国家对一个人是多么的重要；这一刻，真正感受到做一个中国人有多么的荣耀，是祖国给予我们如此崇高的礼遇！此前厦门号一路经历的艰难艰苦，也因为这一刻而显得微不足道，更因为这一刻具有了更多更深远的意义……

驶到 66 号舰旁，汽笛声继续响起，船员们依然是整齐地致礼。

在海监队的注视下，祖扬和小李抬起写有"大国雄风，永镇海疆"的铁锚，以最庄重的心情将它投入大海，作为厦门号帆船在祖国南大门的永久纪念。所有人都脸色郑重肃穆，甚至那些平常嘻嘻哈哈惯的船员们，此时也都神情庄重，看着铁锚入水，水花四溅……

随后，祖扬和小李高高拉起昨天大家共同做的标语"祖国我们回来了"，兴奋而又克制。船长用摄像机记录下这一切。汽笛声还在回响，之前或兴奋或坦然的几个大男人，情绪都已达到顶点。耳畔那低沉的汽笛唤起了人们的无限乡思。万里思归、在祖国的边疆见到亲人的激动，被亲人惦记、关爱和包容的幸福，瞬间一涌而出，仿佛出门久远的游子——谁说他们不是呢，仿佛被妈妈唤归的孩童，有骄傲、有委屈、有思念、有释然……没有人能说清此刻复杂的情感，只记得那一刻心被怦然击中，泪水便不自由自主地落下……

这一路上，厦门号走过很多停靠的码头，见到过很多国家的船只、水手，听到过很多种语言，而这一次迎接他们的是最熟悉的语言，是最亲切的面孔。是的！这一次是真的回家了，回家了……

此际，风澄烟净，光景自佳，但那一片壮怀仍是喷薄而出，有如岳飞《满江红》般的豪情：抬望眼，仰天长啸，壮怀激烈。三十功名尘与土，八千里路云和月……快意慷慨！

种种情绪涌在心头，烙铁忍不住喊了一声："下水啊，痛快游一圈！"一语提醒了大家。几个人先后跃入了清澈的湛蓝，拥吻祖国最南端的大海。

是的，这是祖国的海水，是亲人的怀抱，如此柔软，如此美丽……

欢迎仪式结束后，中宣部《党建》杂志的李总编来到厦门号。他握着船长的手，说："你们辛苦了，这一路一定不容易！水上生活艰难，我们代表国家海洋局，给大家送来一些食品。"

船长连连说着"感谢"，大家一起把东西收下放好——两箱牛奶、两箱啤酒、两箱泡面，还有苹果、梨等。这些东西在陆地上看来都不值钱，但对长期飘荡在海上的人们来说，可都是实实在在的好东西。

厦门号也向海监船回赠了两条中华烟和四瓶酒。大家聚在一起交谈，海监船询问他们一路行来的见闻和感受、困难和问题，不断向大家表达着敬意和关怀。厦门号船员们则如同见到家人，那种被关怀被照顾的温暖升腾在每个人心中。

9点30分，厦门号正式起航，离开曾母暗沙，海监75号舰和66号舰一前一后护送，厦门号居中，组成一支舰队。在接下来横穿南沙群岛的航程中，中国海监将伴随厦门号一起前进，也就是说，厦门号将在家人的陪伴下踏上回家的路……

随后几天，一路顺畅，厦门号前所未有地放松与坦然。对机械师烙铁来说，这更是最为放松的一段航程，不用每天操心看GPS，不用时刻校正航线，只需跟随海监船前行即可。

24日上午10点，对讲机中传出"厦门号，75呼叫"的声音。船长按下应答，海监75号舰说近日将有台风，为确保安全要到永暑礁停泊，以避台风。

永暑礁在南沙群岛西北部，距离三沙市400海里。当时在航向前方10海里，海图上看是一片礁盘，没有显示有陆地。

我要从南走到北，我还要从白走到黑。我要
人们都看到我，但不知道我是谁……我有这
双脚，我有这双腿，我有这千山和万水……

浪迹天涯
——
环球风土人情

每个汉子心里都有这样一个不羁的浪迹天涯的梦想，他们是一群实现了这个梦想的人：我来过，我看过，我爱过……比起自然风光，人永远还是最让人感动的。无论是游艇会里的同行，万吨巨轮上的水手，驾着舢板的渔民，还有岸上的居民——不同肤色、不同国界、不同语言，却那么易于沟通，也许大海，就是我们共通的语言吧。

11 点，船队驶入礁盘。

"哟，这里还有一艘军舰！"小李率先发现了泊在这里悬挂着五星红旗的军舰。

"真神气！"烙铁也跑过来看。

永暑礁的海水清澈透明，能清楚地看到海底白色的珊瑚礁，非常美丽。厦门号慢慢停下，锚在军舰左舷 100 米处，加上海监 75 号和 66 号，四艘船锚在一起。白色的海监船、白色的厦门号帆船、灰色的军舰，整齐地一字排开，看上去很漂亮，也很神气。

永暑礁周边水浅，距离锚点有两海里，面积不大，远远看去倒像是一艘海上行驶的船。由于风浪大，帆船没有办法过去。船长用对讲机联系了一下守礁的战士，表示问候。战士们得知是环球航行的帆船归来，都表示钦佩。船长心想，其实相比之下，战士们更不容易，厦门号还能走走停停，一路见识不同的人和事物，领略各地风土人情，沿途欣赏各种非凡的美景，而战士们却要常年坚守在这里，荒无人烟，只有淼淼海波、浩浩海风相伴相随，枯燥、单调和寂寞可想而知。

此次要避开的是即将进入南海的天枰台风。海象预报"天枰"将于今明两天进入南海，于 27 日退回巴士海峡然后北上。虽说预报"天枰"并未影响三沙市海域，但考虑台风路径的不确定性，大家还是要听从海监的指挥。

自从与海监队会合，见到祖国的亲人们，厦门号船员已是归心似箭。但越到最后，越是接近家乡，就没有什么比安全回到厦门更重要的了。4 天的停泊，让厦门号的船员更加深切体会到守礁战士的艰苦：在浩瀚的南中国海上，他们日复一日地守护着祖国的水域。为了祖国的领土完整，他们默默奉献着自己宝贵的青春年华。反观繁华都市中，人们为了功名利禄，营营碌碌，奔波行走，很多人奉行着"人不为己，天诛地灭"，相差何止霄壤。好在总有一些人看淡物欲，懂得灵魂与精神的力量，正如这些战士。

在永暑礁一待就是 4 天。厦门号的船员们都有些按捺不住了。想走，却又不好意思，也不能这么干——海监船和军舰都在这里，而且是特意前来接他们回家的，走了于情于理都不合适。可这么眼巴巴地待着，实在是有些度日如年。这一路上因为怕误事，船长从不让大家在海上喝酒。眼见着这次要待好几天，又实在无事可干，这么干坐着人都快发霉了，船长干脆敞开口子："喝吧喝吧，这几天敞开喝，反正都到家门口了，又没事可干。都提前酝酿一下回家的情绪吧！"

烙铁兴冲冲地捶了他一下："船长，够意思哈！"

祖扬也乐呵呵地动手去开那两箱啤酒，还不忘打趣船长："就是嘛，早就该喝了，有酒才够尽兴！"

船长笑骂道："你们这帮货，一敞开就没边了，现在这是快到家了，又待着没事，下雨天打孩子，正好趁便。这要是在西风带、好望角，你借我十个胆儿我也不敢开这口子，那都是得打起十二万分精神去对付的地带，万一哪个喝多了误了事，嘿！那可真是得要谁的命呢。"

8月28号，按照之前的海情预报，台风应已退回。人们期待着能够启航的信息。

早上7点30分，船长听到中国海监66号向75号报告给养，说主食可维持十天，副食没有了。船长顿时心生愧疚——这意味着，海监船上的10多个人接下来没有菜吃。在陆地上，大家几天不吃蔬菜都不觉得如何，很多人更是无肉不欢，对蔬菜视若无睹；但长期在海上生活的人都知道蔬菜的重要性，知道那一捧来自土地、被阳光雨露滋润出的蔬菜，亦带着阳光雨露的力量，会如何滋润人的身体，甚至慰藉心灵。如果不是为了给厦门号护航，船员们早就该回家了。厦门号上的人一路辛苦，这倒也算是自我的，想到一路行来牵连了许许多多并不熟识的人，为厦门号付出很多、牺牲很多，船长满怀谢意之余又不免有些歉意。可以说，如果没有这么多人在背后默默无闻、不求回报的支持和竭尽全力的帮助，厦门号不可能如此顺利地完成环球海航。这些都让厦门号心存感激，却无以为报。

上午10点，75号来电告知马上启航。船长乐得满脸笑开了花，赶紧把这好消息告诉大家："启航启航，要出发啦！"

烙铁正百无聊赖地躺在舱里，一听这话，登时兴奋得翻身坐起，摸着脸上的胡子说："哎哟，终于能走了。这几天待得心里都快长毛了。"

小李嘿嘿乐道："你就是个待不住的人儿。"

话音还没落，烙铁已经钻出船舱检查设备去了。

"也是，这眼看要到家门口了，却在这个小地方一待就4天，还真是急人呢。"祖扬说。

说实在的，这几天大家都在等着发船，一是因为已经在永暑礁待了4天，眼看家乡近在眼前，却不得不暂时止步，回家的心真是按捺不住；另一个很现实的原因是，这4天下来船真是摇得够呛，也实在吃不消。因为永暑礁只是一个水深20米的礁盘，体量并不大，只有背面和西面可以挡一点浪，但真到风大时船照样会摇晃得厉害。厦门号停泊的位置一直有一两米的浪，连续几天摇下来，还真是够人受的。

要离开了，船长用对讲机与守礁战士道别。想到自己一行人马上就可以回家，但他们依然要在这空旷无际的大海上孤独地守卫着，大家心里真是有些不是滋味。

再行一天，8月29日，上午8点30分，海监75呼叫，说根据上级指示护送大家到北纬12度，护航任务已经完成，并询问大家是否有困难和问题。船长连连表示："没有问题，非常感谢海监船几天来的护航，感谢祖国亲人的照顾。"得到没有问题的确定答复后，护航船只表示接到紧急任务需要返回三亚，请厦门号注意安全，多加小心。

从8月22到28日，厦门号与海监的两只船一起航行了6天。有了他们的守护，航行变得轻松，只要跟随前行即可，连GPS都不用看，遇上风浪也都有统一安排，不再事事操心犯愁，那种被祖国亲人、被家人照顾的感觉真是很让人享受。

这样的照顾就要结束了，两艘海监船提高了船速，从7节一直升到17节，很快消失在蓝色的大海上……

14- 日暮乡关何处是

航海使我坚强了，

这世上还有什么比在惊涛中的无助更可怕；

环球也让我更脆弱了，

似乎看不得别人受苦、动物受虐和环境受到污染；

对生活更珍惜了，

因为在我的心中曾经与这个世界永别过。

厦门号即将靠码头了，

风雨狂涛 10 个月，

思来想去，

最终得到的就是对地球的爱、

对生活和家人以及朋友的爱。

厦门已经遥遥在望！

10 个月，300 多个日日夜夜，离去，又归来。厦门张开了她迎接游子的怀抱！似乎海的气息都变得不一样了，它也许没有帕劳的蓝，不如南太平洋的壮阔，也没有合恩角的纯净，比不上马尔代夫的绮丽，但它充满了熟悉的味道，那是家的味道，母亲的味道，是混合了亲切、思念、疲倦、安详，甚至还带着一点点撒娇的让人向往和放松的味道……

虽然到曾母暗沙时已经说是"到家了"，但毕竟和厦门不一样，准确地说，那是归国，现在才是回家。

望远镜里依稀出现了五缘湾大桥的身影，大家的心情不自禁地鼓噪起来。然而又带着些许的不安，常言道"近乡情怯"，虽然无数个日日夜夜都盼着这一刻，而当这一刻就要来临时，几个在惊涛骇浪中跨越生死的铁骨铮铮的汉子，竟然有点手足无措。记忆中的厦门变成什么样了？应该以什么面貌再见家乡父老呢？

大家都不做声，默默地盘算着自己的心事。船长按捺住内心的激动，通过无线电与岸上联系："×××，我是厦门号，我已行至北纬 ××，东经 ××，请指示！"

岸上传来的回答令他意外："厦门号请注意，厦门号请注意，请就近停靠吴屿，下一步行动等待指令！"

　　船员都愣住了，他们想到岸上也许在准备盛大的欢迎仪式，也许仪式需要一点调适的时间，需要他们稍微放慢或加快船速配合——毕竟他们的归来只是个大致的时间，不可能精确到分秒。但没想到居然要他们停下来！在这就要到达家门口的时刻！

　　满腔热忱和期盼瞬间冷却了，大家不知道该对这个指令做何反应。会场布置和流程可以彩排，难道发自内心的欢乐和激动也需要彩排吗？停下来！这是何用意？！

　　船长不甘心地又拨通了潘市长的电话，果然，他们猜到了开头，却有一个出乎意料的结尾。潘市长告诉他，市里很重视，准备了一个盛大的欢迎仪式，并且邀请到了某部委领导亲临现场，但遗憾的是因时间紧张，加上协调出了问题，他要过两天才能到，具体时间再等通知，所以他们目前只能暂时停靠吴屿。

　　船长真正无语了。一向温文尔雅的祖扬却爆了粗口。没有人再说话。刚才大家也很沉默，但在沉默中能感受到一股绷着的高兴劲儿，船长甚至知道大家都在暗自准备靠岸时的表情和要说的第一句话，但现在，激动和忐忑全化成了郁闷。大家一个接一个从甲板回到船舱，船上一片死寂。好事多磨，或许只能这样自我安慰吧。

　　厦门号松懈下来，但不是在海上闯过危险后那种惬意的放松，而是土崩瓦解。

　　船长无力安慰大家，他比谁受到的打击都大。船上的大风大浪都没怕过，这一个电话却让他们暴露出前所未有的虚弱。他握紧了拳头，却不知该挥向何方。

　　船锚在了吴屿，船长是机械地做完这一切的。

　　祖扬直接下了船："我回家了！"说完便扬长而去。

　　船长没拦他，拦不住，他也不想拦。

　　等待的日子比海上的日子更无聊，更漫长。船长的眼前又浮现起几天前的画面，那还是刚刚踏上国土的时刻，在三沙市的逗留给他留下了此生难忘的印象。曾母暗沙只是一些礁石，象征意义远大于实际感受，真正站在实实在在的陆地上还是在三沙市。

船长清晰地记得那是 8 月份的最后一天，先是远远看到海上一个小黑点，渐渐露出大片树林，林间伫立着圆顶的建筑，这就是永兴岛了。很快，厦门号收到了永兴岛水警区致电："非常钦佩我们的环球航行和弘扬祖国主权的活动，永兴岛欢迎你……"

中午 11 点，厦门号船员在驻岛官兵的迎接下登上了码头。10 个月来第一次踏上祖国的土地，那种格外亲切和格外踏实的感觉不言而喻。

三沙刚刚建市，没有开放游客上岛，所以除了少量的本地居民就是驻军。大礼堂、口令及战士的歌声，都那么熟悉，让船长找到了当年当兵的感觉。守岛部队的首长还热情邀请船长到部队向战士们介绍厦门号环球航行，船长毫不犹豫地答应下来。交流会开了两个多小时，非常成功，从战士的眼睛里，船员们看到他们一直在跟随厦门号航行，困苦时他们屏住呼吸，成功时他们露出笑容，最后热烈的掌声久久不停，让船员们也重温了环球的一路甘苦。这次不期而至的安排成为厦门号回国后的第一场报告会。

9 月 3 日下午，厦门号在中国渔政和守岛官兵的送别下离开码头继续前行，几十名战士在部队首长的带领下在码头列队，高喊着："祝厦门号一帆风顺，祝勇士们一帆风顺！"船已经驶出港外，挥动的手仍未放下……

三沙的下一站是香港，厦门号要在那里接上先期下船的陈建、钟兰涧、小连和徐毅。归心似箭的厦门号开足了马力，强劲的东风鼓动着巨大的船帆，像一匹驰骋在蓝色草原的骏马，一路狂奔。行至珠海的担杆列岛附近，大海的颜色逐渐由深蓝转为发绿的蓝色。因为之前航行的都是深海，呈现出不透光的深蓝色，而在这一海域是不足 100 米的浅海，颜色就变了。小李很诗意地描述："起航我们是走向深蓝，现在归航是告别深蓝。"

驶出香港时，厦门号又满载了出发时的 8 个人。重新登上帆船，闻到那熟悉又陌生的海的味道，陈建、兰涧、小连和徐毅别有一番滋味在心头。而看着陆地上绚丽的灯光，听着平静的海水划过船舷发出的轻柔的水声，10个月的风雨狂涛如同一场梦，清晰而又飘渺，让船长、烙铁、小李和祖扬又不由得怀疑：地球真的就这样被我们转了一圈吗？

帕劳翡翠般的海、巴布亚新几内亚的非洲面孔、澳大利亚宽广的牧场上遍布的牛羊、新西兰密林一样的桅杆、合恩角的狂涛、巴塔格尼亚高原的冰川、克鲁格国家公园的羚羊与狮子、马达加斯加丛林中的小孩、马六甲海峡连续不断的巨轮……海水从浅绿到诱人的艳蓝，从深不可测的灰蓝到汹涌澎湃的黑灰，秋去夏来，从初见春芽到又见霜叶，小小的GPS屏幕上，从北纬24°到南纬60°再到北纬24°，从东经118°转到西经118°再到东经118°……

小时候仅把地球的"球"看做一个名词，概念上仍是一个无边的平面，听到看到的一切都是那么遥不可及。而亲身经历之后，却又不敢相信地球竟是如此的小，在世界地图上画一条线实际上也没有多长，也许就像是小孩看人生，一切都是未来，成年后就觉得一切尽在眼前。对地球每个人都应该去认识，要像成年人珍惜时间一样去珍爱，否则一切过去，留下的就只能是叹息。

船长感慨：地球真小，细细算来，厦门号的在航时间仅用了176天，而每天平均仅走了134海里。

然而，世界又真大。地球是自然形成的，世界是人类组成的。

烙铁用椰子壳做了一个地球仪，船长拿来静静地把玩着，环球的画面历历在目：

出菲律宾到帕劳的途中，厦门号遇到强劲的顶流只好退到海峡边上的海湾候潮，这里非常偏僻，一艘很原始的独木舟向我们驶来。独木舟上有一个小孩，他黑黑的大眼睛愣愣地望着我们，他一定在问自己：他们开的是什么船？从哪里跑到这里来了？在他的眼里，世界就是蔚蓝的大海、葱绿的村庄，加上我们坐的这个竖着高高棍子的神奇东西。

进入帕劳珊瑚礁盘时，清澈的海水让人无法判断水的深浅，一丛丛的岛屿像盆景一样漂浮在翡翠一样的海上，色彩缤纷的鱼和鲜艳的珊瑚，真会让人觉得这是人间仙境。用小连的话说，美得让人想哭。

从布里斯班到悉尼，厦门号穿过了60海里的内海，这里的船多得像高速公路上的汽车，来往相遇都会挥手致意，到下午感觉手臂都发酸了，两岸美丽的风光悦目，擦舷而过的船上那挥动的手臂赏心，世界真的能很美好。

驶出澳大利亚我受伤了，新西兰海岸救护队在700海里以外打电话问是否有咳血、是否需要直升机接走、每天要把伤情和方位报给他们，当厦门号顶着狂风在海上警卫船的护送下到达码头时，首先看到的是穿绿色衣服的急救中心工作人员。

在智利的巴塔格尼亚高原，从天而降的冰川会让人窒息，感觉到无法言说的震撼的美，会让你忽然感觉上帝就在那上面。

南非的一个小渔港里，一只海豹坐在阶梯上，瞪着两只大眼睛在看世界，它的眼神像极了婴儿，没有一星半点的贪嗔痴。

马达加斯加是一个在联合国挂了号的贫穷国家，街上跑的汽车都够进博物馆了，但遇到行人还是会停车让行，进入路口还是会停车看看。在大山里，妇女抱着一个小孩子，身后跟着一个大点儿的，光着脚紧紧地跟着妈妈，一边回头看你，一边扯着妈妈的衣衫，一个石头绊上去，妈妈不知说了什么，他依然还是回着头看你，紧紧地扯着妈妈的衣衫。

……

世界太大了，太多的风景，太多的风情，太多的人情，太多的未知。

船长不知道自己什么时候成了诗人。和自然直接地对话，也许就会让人不由地透彻起来，诗意起来吧。

很快，现实打破了船长的沉思。烙铁也提出要走："开侉子的朋友知道我回来了，我们约好了商量去南非的计划。"

船长收回思绪，看着烙铁被风霜雕刻得愈加沧桑的脸，那张本该老于世故的脸却写满了单纯和随意，船长重重说道："走吧。"

徐毅也来到船长面前，不待他说出理由，船长便开口道："你也走吧。"船长已经猜到了，岸上有等他的姑娘，从他一有空就找地方上网还有微博上的互动就能看得出来，那种牵挂一如在新西兰下船的小连，不是家人或近似家人的关系，如何有这样的牵肠挂肚？船长能理解。

陈建也悄没声儿地走了，他是商人，时间就是金钱，何况商会还要借厦门号归来好好做一篇大文章。他如何能白白耗在这里？

还剩下船长、钟兰涧、小李、小连四个人，钟兰涧干脆用这个空当儿给船长汇报起了俱乐部的运营状况；小李和小连在一旁不知道嘀咕着什么悄悄话，也许小李在羡慕小连幸福的家庭，而小连也羡慕小李的毫无牵绊。话说累了，小李和小连干脆躺在甲板上看天：哪架飞机是载着部长的那架呢？

飞机没等到，却等来了一艘大船，潘市长带着路桥公司和五缘湾的工作人员看他们来了！潘市长告诉大家，为了避免大家干等，也因为我国台湾方面得知厦门号的行动十分兴奋，所以经过短暂磋商，决定联合组织一个两岸交流的活动，以欢迎厦门号归来。船上的人一听也兴奋起来，和大海有关的欢迎才是海员最喜欢的形式！

得知这个消息，祖扬、烙铁、徐毅也回来了，意气风发地驾船驶向对面的海岸。

天气真好，晴得没有一丝云彩，能见度极佳，让大家疑心都可以直接看到金门！

恰到好处的风托起厦门号驶向那个熟悉又陌生的地点。船员们从来没有觉得身体和心情如此轻快过——船长想起了三年前独闯台湾岛的激情和莽撞，虽然被关了一年，但他不后悔——当然了，今天能以友善的使者身份再访台湾，更加令人兴奋！

船长手持望远镜站在船头，看到一贯稳重的"船老大"如此激动而迫切，船员们都露出了会心的笑容。多少年了，船员就盼着有这么一天呢！当然了，同为中国人，其实大家也都盼着有这么一天。似乎只有此情此景，什么民族、国家的说法才不显得那么空洞而令人厌倦，因为那是你从心底涌出的感受。

两岸之间，只有兄弟、手足可以形容，不管有过多少误会和历史的阴差阳错，有一点无可置疑：我们都是炎黄子孙。血，总是浓于水的。连最玩世不恭的祖扬都露出了庄严和期待的表情。

我国台湾方面显然也有相同的情愫。他们特地派出了"台语号"来迎接厦门号，同文同种的兄弟相会在大海上！

台语号领航员冲厦门号打起了旗语，厦门号船员心头立即涌起一种自豪、激动和被理解的宽慰交织在一起的复杂情感。台语号是在向厦门号致敬，赞扬他们是勇敢的水手！对他们表示最诚挚的赞美和欢迎！

这是同属于航海人才懂的语言，这是来自同行的最高礼遇，这是最深刻的理解和祝福，只有真正见识过大海的人才会说出这样的话！大家眼中不由地涌出了泪花。虽然沿途有无数的祝福，虽然每个人的祝福都是真挚的，但没有什么人能像这些也是风里来浪里去的水手这样理解他们、理解大海，对他们的经历感同身受。对于大海而言，他们都是海之子！

徐毅也按船长的指示庄重地以旗语回应：谢谢！同样的祝福也送给台语号！

大家都肃立着。此时此刻，一切尽在不言中！

台语号开始调头，两边的船员开始边呼喊边用手互相比划着，虽然由于风浪听不清对方在说什么，但大家都欢欣而激动，这是兄弟的呼唤，是相隔太久才传来的同胞的声音，是两岸中国人才懂的语言！

两艘船一齐向厦门和金门海岸的中线开去——台湾金门"教育局长"特地选在此地迎接他们。

远远看到气球和彩带，又看到许多黑色的小点，靠近之后才发现那是很多学生划着小木船来迎接他们，孩子们一边欢叫一边奋力划船，竭力想要第一个靠近他们。此情此景，几乎每位船员都流下了感动的热泪，狂风恶浪打不垮他们，孩子们的真诚无邪却彻底软化了这些硬汉子。

在海上由浮标和气球搭建起的舞台上，金门的百姓迎进了厦门号。金门"教育局长"致了热情恳切的欢迎辞，还特别请一位学生代表用闽南语表达了孩子们对英雄的敬佩和向往；船长致了答谢辞，并特意请钟兰涧用闽南语对孩子们表示了感谢和期待，希望在他们这一代能实现两岸更好的互通，实现海洋精神的交流与发扬。

海上一直飘响着那首著名的闽南语歌曲《爱拼才会赢》："……三分天注定，七分靠打拼，爱拼才会赢！"

看着这一切，船长眼前又浮现出了三年前第一次看到台湾岛的那一幕，不就是这么一股心气支撑自己走到今天吗？三年了，之前是囚徒，这次是英雄，真是冰火两重天！但不也闯过来了吗？从隔离走向融合……会的，会有那一天！船长坚信。

离开金门的时候，大伙儿都依依不舍，那血脉相连的亲近，尤其是孩子们的如花笑颜，童真里透着无畏和向往，小小年纪就爱海、下海，这样的下一代何愁没有海洋精神？船长觉得他们骨子里真的流淌着和自己一样的血液，蓝色的血……

2012 年 9 月 14 日，欢迎厦门号归来仪式在五缘湾隆重举行。和走时带一点仓促凄惶不同，欢迎仪式盛大、高调、准备周详……

船长隐约记得是走过了红地毯，很长，走得有点不稳，不知道是激动还是久未上陆地的原因；握了很多手，但大部分人都不认识；听了很多讲话，但都似曾相识；周围很嘈杂，大概是锣鼓喧天、鞭炮齐鸣的样子——不知道怎么脑子里冒出了宋丹丹在小品里说的台词，而记忆也确实变形为小品式的荒诞……

他印象最深刻、最激动的反倒是一群海豚，在即将进入湾口时，突然出现了一群白海豚！它们撒欢绕船游了几圈就散去了，虽然时间很短暂，却让大家激动不已，仿佛重拾了在海上上百只海豚环绕厦门号的记忆。这些海上的精灵啊，它们也知道这是五缘湾走出去的大海之子吗？它们也在欢迎壮士归来吗？

岸上的人也发现了海豚，大家一齐指着厦门号喊道："海豚！海豚！"那一刻，船长突然觉得，五缘湾里鼓噪着出海的激情！

回到家里，船长静下心来写下了最后一篇航海日记。名字他早就想好了，就叫作《爱》：

我们回到南中国海的时候已是初秋，到了傍晚会有迁徙疲劳的燕子落在船上，可我们的船摇摆太厉害，多数都停不住飞走了。在接近永兴岛的前一个傍晚，听到唧唧的叫声，看到一只小燕子落在护栏上，我正疑虑它为什么叫，就看到又飞来一只，费力地落在旁边。天已经很暗了，忽然一个大浪，帆剧烈地抖动了一下，一只被打飞了，这时另一只又唧唧地叫，那只又落了回来，两只紧紧地依偎在一起，像患难中的一对恋人。

航行结束了，大海的汹涌、大海的柔情、大海的艳丽以及被大海中垃圾套住的海龟；似羽毛一般轻柔的小燕、巨大的鲸鱼和目光无辜的海豹；马达加斯加贫穷母亲怀抱里的女孩复杂的发辫、澳大利亚和海鸥嬉戏的小男孩；夜海的波涛中新西兰海上救护队的电话、风浪中为我们护航引路的海岸警卫队、好望角牵引我们进港的海上救护队志愿者和临别时仅仅是挥舞一下的手臂……

在南非，小李误听了一个说奶奶过世的电话，夜晚一个人在外面哭了很久，一直念想着奶奶，后来打电话回去，原来听错了，才破涕为笑。

航海使我坚强了，这世上还有什么比在惊涛中的无助更可怕；环球也让我更脆弱了，似乎看不得别人受苦、动物受虐和环境受到污染。对生活更珍惜了，因为在我的心中曾经与这个世界永别过。

厦门号即将靠码头了，风雨狂涛10个月，思来想去，最终得到的就是对地球的爱、对生活和家人以及朋友的爱。

简陋的出租屋里，船长却觉得内心无比富有，思绪几乎是奔涌到指尖，短短十几分钟一挥而就。完了，他满意地看了看周遭，庆幸自己没有退掉这间房子。

15- 冒险、重生还是毁灭？

生存还是毁灭，

这是一个值得考虑的问题；

默然忍受命运暴虐的毒箭，

或是挺身反抗人世无涯的苦难，

通过斗争把它们清扫，

这两种行为，

哪一种更高贵？

厦门号环球航海凯旋，在五缘湾如同深藏宝塔中的舍利子突然现世，一波接一波地散发着它的盖世能量。如果把它放在鸟瞰的地图上，这颗"舍利子"的灵性已显出瑞相，大放异彩。

五缘湾的人天天看报纸、杂志、电视、广播、网络的反应。然而在这个"速食"的时代里，一艘驶出港湾的小帆船会像所有的重大事件一样，被瞬间解读后便融化掉了。但当这艘小帆船再度回来的时候，人们的记忆仿佛又重新校正，不断发酵的信息突然又奇迹般地重现在五缘湾周围，甚至比起航时还要疯狂得多。"厦门号"这个名字真的在社会上产生了附加价值。

海上航行这段时间犹如脱离时空一般，当水手们再次回到"真实"世界，虽谈不上陌生，但感观和时空仿佛发生了位移。来自社会的过度热望使他们疲于应付各种采访、提问，甚至质疑，祖国、英勇、伟大、感悟、生死、收获等已经被他们丢弃在海洋里的陆地意义又重新包裹了他们。

大家都揣着一颗懵懂的心无秩序、无意识地应酬着。

祖扬回厦门的第二天便去公司上班了，平常得如同出了趟差一般。

小李回来后的一大任务就是整理航海的所有图片与资料，应对着所有涌上来的媒体采访，他内心感觉比厦门号在海上遇到的大浪还难应对。

徐毅这次逃不掉了，他精心地准备着他和小白的婚礼。厦门号上所有人共同认为这是环球航海最浪漫的收获。

烙铁不知道具体在忙什么，只听他说已经开始实施下一个策划，就是骑上侉子从中国到南非去。

也由于要接受采访的原因，船员们经常会聚在顽石俱乐部旁的"码头咖啡"，但他们最喜欢的还是采访后的散淡闲坐，不断重复回忆着航海中的快乐时光。

"我刚才看到五缘湾旁边有好多白海豚，好玩极了，五缘湾越来越有灵性了。"祖扬只有聚会的时候才会来五缘湾，自厦门号回来后，他觉得五缘湾似乎日新月异。

"还记得小李和徐毅在船尾裸游学海豚吗？人家明星可以在泳池里裸游，你们俩那是在太平洋里裸游啊！这待遇不是一般的高。"

"嘘……别让记者听见，这炒作起来，我这还不要火啊。"最爱在航海中摆pose的小李有点不好意思，笑里还有藏不住的稚嫩。

"火了还不好，火了你就不用在五缘湾混了。"烙铁就爱逗小李。

"我还真有点不想在这混了……"小李突然有些深沉，让大家有些意外。

"怎么了小李？海上大风大浪都过来了，怎么回来反而不适应了？"祖扬的话也引发了其他人的共鸣。

"我也有这感觉，回来后感觉到很不适应，总想做点什么，但也没想好自己究竟要做什么？等我结完婚，我也要考虑一下下一步该怎么走了。"难得徐毅吐露一次内心。

"那要看你们真正想要什么？"祖扬冷静地说。

"之前在岸上，我就想去航海，可回来后，我突然觉得我什么都不需要了，但又好像什么都没有。"小李有些迷茫。

"这也是一种体验，人生必经阶段，是好事。"祖扬一副世故老成的样子。

"西风带咱们都闯过来了，还有什么过不去的！"烙铁知道小李在想什么。

"我们回来都变化了吗？"小李现在总爱抛出这种貌似哲学般的问题。

　　"好像有变化啊。"徐毅答道。

　　"我觉得没什么变化啊。"烙铁不屑一顾。

　　"别嘴硬，其实有变化，会慢慢反映出来的。"小李虽没想明白，但他觉得一定会有变化，至于是什么还不知道。

　　"要是再有环球的机会你们还去吗？"烙铁问。

　　"当然去！"在场的人异口同声地回答。

　　"去啊！不过我想来一次奢侈游，主要是玩好，哈哈。"祖扬对船长"苦行僧"式的航海一直不敢苟同。

　　"还可以尝试一个人航海。"小李劝他挑战自我。

　　"那送你们三个大字：勇往直前！"烙铁边喊便伸出三个指头。

　　"有毛病吧，明明是五个字！"徐毅装作不解的样子起哄。

　　大家虽说都有些变化，但基本还算靠谱，只有船长回来后一直心事重重的，除了偶尔有活动现身，大家很少见到他。

　　这些天来，船长每走进办公室，仿佛就能看到朱先生嘴里叼着半根烟，笑眯眯地坐在沙发上，或者偶尔幻听到朱先生站在楼下喊自己的名字，以前他总是这样喊自己下楼喝茶的。可是一回神，船长明白这只是幻象。每当船长走过顽石门口，都会驻足凝视朱先生几年前栽下的几棵三角梅，他们失去了主人，朵朵都低眉敛目。今天天气阴阴的，三角梅更是一脸的寂寞，她们在微风中缓缓摇曳，仿佛在向船长倾诉心中郁积的哀伤。

　　船长心情很是低沉，漫步到五缘湾的码头上，不知不觉走到了"顽石2号"旁边。船长和朱先生聊过，顽石除了正常经营外，一定要带动和促进周边各大学院校建立帆船队，为他们争取参加国际帆船比赛的机会——厦门大学帆船队就在法国大学生帆船赛中战胜了日本队。让帆船运动在年轻人中得到普及是船长和朱先生商定的共同梦想，而"顽石2号"正是朱先生买来要送给母校集美航校的一艘帆船，没想到这竟成为朱先生的遗愿了。

　　钟兰涧带船长来到朱先生墓前，船长蹲下来喃喃低语，希望再与这位和自己一样喜爱航海的同龄人分享环球中的快乐、悲伤、恐惧、豪情、无奈、感悟……

此时此刻、此情此景，船长终于对曾一年老先生的故事感同身受，为何他始终怀着一颗无法轻灵的心，让歉疚一层一层把心裹成了茧。如今的自己，何尝不是迫切想寻求一个啄破的出口，了却环球航海中唯一的遗憾。

今天要参加一个活动，厦门号众勇士一如既往地成为活动的高潮部分，应主办方要求，所有船员要在会旗上签名。船长郑重其事地签上了"魏军"，船员们依次签过，轮到祖扬的时候，他仍是一如既往地笑呵呵，以潇洒的手法满不在乎地签上"小羊出海了"几个字——这是他微博的名字。

"你应该签真名。"船长突然说。

"为什么？这是我航海的名字，我喜欢。"

"这种名字太不正式。"船长有些严肃。

"为什么要正式？我觉得这样很好。"祖扬的表情异乎寻常地认真起来。

"你应该更认真对待这件事。"船长动了怒，音调高了几度，引来周边人的回望。

这也惹恼了祖扬："我的名字怎么签，是我的自由！"

"你，你接受不了可以滚！"船长的怒火有些莫名其妙，其他人也觉得这话有些过重，未免太不给人面子了。

几人上前把对视的两人分开了，气氛算是平息下来。目睹这一幕的船员们面面相觑：上岸后类似事件或大或小地已经发生过几次，大家真的难以理解——在船上包容得像个父亲、坚强得像个英雄的船长，为何上岸后却似乎变得严厉苛刻了？

其实船长也在反问自己，在10个多月的航程中，他一直在承载、承载、再承载，始终未曾放下。也许只有他自己知道，他也曾担心、也曾质疑、也曾懦弱——即便从未在人前表现出来；当面对生死交关时，他全然不顾自己的安危，却始终把弟兄们挂在心头。虽然从不曾与人提起，但他确实想过万一有人遇难，该如何面对？如今回到了岸上，这提了近一年的心连同所有的负重才开始慢慢卸载、慢慢回归，他也在慢慢地再适应着陆地。这种情绪或许永远都无法与人分享，尽管厦门号被赋予了更多的意义，但作为船长的他，一路走来的心路谁人能知？所有的如履薄冰、战战兢兢，也只能自己和血吞下，就让时间慢慢消解它吧。

船长还惦记着环球航行中接受的另一个使命。

他专程去了永宁。与初来永宁的感触不同，之前是在遥想别人的故事，此番故地重游却是在自己的回忆里漫步。把着记忆的脉络，船长寻到了曾一年念念不忘的古厝。

此时，航海途中所有故事和故事里的人也跟着一同幻化……

朱漆剥落的木门悄然开启，院子里的故事如一缕轻风迎面而来。古厝不事奢华、简洁安静，与曾一年描述的故人很是相符。这里经过曾一年的重修后，又添上了许多工艺精细、丰富多彩的石雕、木雕、剪贴等装饰。古厝里久无人住，只有一位老人定期来洒扫打理，虽无人气儿，但比别处多了一份难得的沉静。

知道船长要来，看管的老人还在正堂点了一炷檀香，船长进门便嗅到了房间里弥漫着的佛缘——闭目，空气里只有檀香沁人心脾，淡淡的味道，淡淡的生命，淡淡的处世……曾一年那一代人的境遇与故事，岁月流年，虽未必沧海桑田，却也恍如隔世。

"海"一次次让我们激越，也让我们一次次淡然地放下一切，其实这个世界本就没有什么是不可以放下的……

檀香一截一截地燃过成尘，船长静坐在这片轻烟里，恍如顿悟：人生很多事本无须纠缠，就如这檀香，一切可在淡然里结束。生命的过程就是从容地挥洒，它的价值只在自己心念之中。

船长将曾一年交给他的那枚同心结放在了正堂祭祀的桌子上，完成了老先生的嘱托。

离开时，夕阳西下，古厝无言，安然淡定。船长静静享受着这古老而年轻的时光，眼前如同一卷旧时风情画卷，释放着曾经的沧桑与美好……

此行，船长释怀。

回到五缘湾后，船长谋划着还想为朱先生做点什么，但又委实不知道该怎么做？

一次与钟兰涧闲聊，他有意无意问道："你们畲族有没有什么神圣的仪式？"

"听老人说，我们畲族除了每年两次的拜祖祭奠外，最神圣的就是'做好事'。"

"什么叫'做好事'？"

"钟宅人管民俗节叫'做好事'，在钟宅，好事就是喜事、过节的意思，'做好事'四年才一次，对于畲族来说是一件大事。你要在钟宅提到'做好事'，每个人心里都很明白是什么意思，而且知道在人口流动性这么大的今天，这件事可遇而不可求。所以那些经历过的人不仅感到激动和渴望，甚至还有一丝掩饰不住的优越感。"

"那具体是做什么呢？"船长被一种未知的神圣吸引了。

"祭拜的仪式，里面最精致的部分就是王船。"

"王船？"船长从未听过，竟然还有近在咫尺他却不知道的与船有关的事，他兴趣更浓了。

"相传宋元年间，因朝野纷争，36位进士被秘密杀害于闽地。暴乱平息后，为抚冤招魂，皇上一一封其为王，并将这36位'王爷'分给厦门周边的百姓供奉。钟宅因此得了3位。数百年过去了，王爷们的灵魂早已得到安息，祖祖辈辈的祭拜传统却一直保留下来，成为钟宅民俗鲜活的图腾。"

"灵魂安息……"船长若有所思。

"钟宅人认为，王爷每四年要外出巡游一次，方能保证钟宅的风调雨顺，因此每四年钟宅人都会给王爷造一艘'王船'，并备足柴火粮油，以利王爷出巡。"

"是真的船吗？"

"是一艘真船，甚至比现在的船还要精雕细琢。村里德高望重的人才能担下这份重任，老人们说：要把王船当船来造，驶得了港也定能驶得出海。"

"什么时候能看到王船出海？"

"龙年和猴年是做好事的大年，您很幸运，今年恰好是龙年能看到。"

"好，一定记得叫我。"

钟兰涧暗笑了一下，仿佛有什么隐藏的故事没说，他猜到船长理解的王船出海一定如同正常渔船的出海，故意没往下解释。他知道朱先生的去世一直萦绕着船长，带着他领略一下钟宅畲族最隆重的仪式也算是一种寄托和排遣。

接下来的日子里，船长多了一项必做工作——不断穿梭在条件恶劣的偏远山区的小学、中学做关于航海的演讲。船长不但不怕苦累，还特别享受这样的机会。

船长面对这些没见过什么世面、没有条件见到帆船和游艇的孩子们时，便有种莫名的责任感。他们不知道、也没有机会知道外面的世界有什么新、奇、特，所以船长将目光落到这一张张痴迷仰望着他的小脸时，那种由海而生的际遇苍茫便脱口而出、滔滔不绝：

人从陆地进入海洋本身就意味着一种挑战，征服海洋会培养和激发人的创新和进取精神。当前中国正一步步走向世界、走向海洋，必将需要更多人掌握与海打交道的途径和经验。联想到最近南海、东海局势的风云变幻，我们更应增强海洋意识，将我们的海洋之路越走越宽。

海洋和陆地是两种截然不同的空间，孕育着两种文明——蓝色文明和黄色文明，同样伟大却各有千秋，而西方现代工业文明是建立在海洋或者说蓝色文化基础上的文明。海洋提供了我们人类生存的一切，它的呼吸比在陆地上更为纯洁而健康，多种生命交错在一起，让你行走在它的上面感受到的是更加博大的生命活力。

当只有无边无际的海陪伴着你的时候，大海就是上帝、就是神……

孩子们听得入神了，讲课让船长找到了抒发航海情怀的另一个舞台。接下来，中国不能只有厦门号，不能只有一个魏军船长，还要有更多的人去认知、体验、升华这样一项能带给我们胸怀和胆识的伟大运动。

有人问船长，为什么不去大学、高级俱乐部这样的地方做演讲？起码也离帆船这项所需不菲的运动更近一些。

若有所思的船长认真给出了答案：昨天播种，今天就要收获；清晨撒网，傍晚就要渔获，如此的思维惯性几乎成为当下国人即食消费的价值核心。他说，但当自己扬起了帆，走遍了全球，再回归了本心之后，便越来越思考在当下还看不到的未来，并为了这个飘渺的未知去做认真的筹划。

参透了这一层的船长想起了启航前无数次被别人问过的问题：你航海为什么？如今他相信自己找到了答案：什么都不为……

船长相信这种"什么都不为"的能量会自然无限地传播下去。使命感和荣耀感让船长的身体一刻不停地奔波，但内心深处却如同打坐，时间的流逝让船长感觉到自己的人生在加速、远游，也在停顿、回味，这或许是环球送给他个人的彻悟。

2012年12月1日，也就是农历十月十八，畲族"做好事"的日子终于到来了。

钟兰涧带着船长早早来到了钟氏祠堂，族人们都已经更早地到了，虽然人声鼎沸，但却有一种无形的秩序在庄重排定每个人的位置。

船长一眼就看到了正殿中间被架起的王船——长约7米，高14米，每个细节都是真材实料精工镂刻而成。船型很像明朝的官船，设有官厅、回廊、前舱和后舱，原木都抛了光，龙骨上用长钉把杉木板钉起来，船头、船尾、中舱、桅杆、帆，无不精工细作，而雕凿、绘画、镂刻更添其华美，甚至连外漆的质感也是无数层油漆潜心刷出来的。这艘王船果然精致到无与伦比。船长心想，如此精美的船就这样放到海里任其漂流真是有点可惜了。

钟兰涧带着德高望重的钟伯来到船长身边，刚一介绍了船长的姓名，钟伯立刻接口："知道，是环球航海归来的英雄嘛，还是老大！"船长逊谢不已，连称"不敢"。又向钟伯问道："这么精美的古法制船都是谁做出来的？这些技法是钟宅代代相传的吧？"

钟伯见船长如此欣赏，自豪地说："是这样的，现在我算是挑头儿的吧！手艺都是钟宅匠人口传心授，非钟姓人不传。工艺确实很复杂，从选料到最后完工至少需要近两年时间，真的是我们用心做出来的。以前我只是造渔船，造近海航行、捕鱼的船，从来没想过有一天会造王船！"骄傲与满足溢于言表。

"这是一艘伟大的船！"船长由衷地称赞。

"一会儿我们一起把王船送出去。"钟兰涧也很期待。

时辰一到，钟伯开始主持仪式，宫庙门洞大开，王船被缓缓抬出，此时看，船身更显庞大，船两边与庙门仅有 10 公分余地。船头悬有狮头面具，下面挂着两个红色灯笼，上写"代天巡狩"；甲板上立着"回避"、"肃静"字样的官牌，船尾则绘有白龙、青龙的图案，蓝色的船帮上满是花草纹样；船边还插着五色旗帜，分别标明为"腾蛇、蛟阵、玄武、晋龙"。

当这艘五彩、艳丽、壮观的王船立在众人眼前时，族人们沸腾起来，他们引导着王船在村子里巡游，围着它舞狮、舞龙。

"现在船是空的，一会儿全族的人会把想象中王爷用得着的东西都放在船上。"钟兰涧向船长介绍道。

船长见大家把纸糊的人、纸糊的戏台、纸糊的士兵放在船上，还配有管粮官、出事、开道兵以及一些细细碎碎的账本、算盘、尺子、剪刀、镜子等。

"这，这不会是要烧了吧？"船长似乎看出了门道。

钟兰涧看着船长，莫测高深地笑。

船长突然想起了钟兰涧那天的暗笑，他回味出了深意："原来如此。"

王船最引人注目的是高高耸起的三根长短不同、方向不同的桅杆……别小看这三根桅杆，最后烧王船时，三根桅杆会相继倒下，而最后倒下的必定是中间那根最高的桅杆。钟宅人相信只有等这根桅杆倒下，王船才算真正出航。

身穿黄黑法袍的法师吹响号角，震天的锣鼓响起来了，船锭从大水缸里被抽出，桅杆直立、白帆扬起，钟宅人的王船浩浩荡荡地出发了。

20 个老人拿着绑了红绳的草把走在队伍的最前边，边走边扫，为王船前行扫除障碍。

王船安放在装有四个轮子的板车上，在众人的牵引下缓缓驶过钟宅的街巷，桅杆间的小彩旗在风中轻轻飘舞，鲜亮的漆纹在阳光下折射出耀眼的光，直立的桅杆向天空伸展，把巨大的船身扯得愈发张扬，更显得气势非凡。两条蓝白相同的青龙蜿蜒其后，龙头上下翻舞，仿佛乍现海面的海之精灵。一大群随香的信众排队走在队伍的最后边，他们各举着三根香，随王船一路走来。王船开到了祖厝，之后便是钟宅族人一起做饭、祭祀、唱大戏。

直到晚上 10 点多，随着法师的一声长啸："吉时到！"三个头家各捧着一位王爷，依次走出祖厝，长老们则请出大厅王爷上船，四位王爷被请到船上，长老们从村里选出一名德高望重之人，坐在王船顶端的座上负责掌舵。在震天的锣鼓声中，两张白帆缓缓升起……

王船要出海了！

族人每人手拿三炷香，神情严肃，沿着海堤护送王船向海边走去。夜幕中，鼓足了风帆的王船像一条巨龙缓缓向前，四周点燃的香如漫天飞舞的萤火虫，一闪一闪的，蜿蜒数百米……

到了海边，由法师选址，王船泊在一个空旷之地。船上的人退了下来，法师围着船身默念咒语。此时，一麻袋一麻袋的冥钱送上来了，呼啦啦地围着船身铺了一地，有两尺多高。只见法师长袖一挥，三个头家举着火炬上前，三鞠躬，然后分立在船的左前、右前和船尾，只听呼的一声，火瞬间沿着船身四周的冥钱熊熊燃烧起来。

也就在那一瞬间，随香的族人齐刷刷地在船身一侧跪了下来，将焚香举过头顶，低头默念：祈祷王爷平安出海，以佑钟宅风调雨顺。一个多小时过去，后面的桅杆倒下了，人群中一阵骚动。海风吹来，船身在火苗的包围中渐渐变得通红。熊熊的火光照亮了深夜的长空，风把火苗吹得老长老长，似乎要把周围的海水也一起煮沸。冥纸的灰烬在风中扬起，漫天飞舞，燃烧的白帆则把长长的火苗抛向了空中，舞出一道道光弧。

跪着的人们凝视着燃烧的王船，若有所思。火苗像舞动的精灵，映在他们亮晶晶的眼里，随着火苗的消长更加鲜活起来。

随着嘎吱一声巨响，正中间的桅杆倒下了，人群中爆发出一阵欢呼。

王船出海了！

船长被这神秘而庄严的一幕彻底征服了。"生存还是毁灭，这是个问题"——莎翁名著《哈姆雷特》中的这句名言在船长的脑海里自然闪现，生存与死亡仅是生命长河的一个节点，我们的祖先在与海的搏斗时早已悟出了真谛。生即走向死，死即是重生。在烈焰中燃烧的王船，用一种极端的方式，用自己的殒灭提醒人们珍惜生命！而这种生命意识的唤醒，也正是千百年来海边人在与海的搏斗中自然而然的感悟与提纯。

回家后，船长站在窗前久久沉思。他想起环球起航前一天——也是夜深人静，也是独立窗前，也是借着月光欣赏着这飞檐高耸的宗祠庙宇，但此时此刻经历了王船祭祀仪式的船长，似乎参透了建筑之于生命的真正意义。这些宗祠古厝，不仅安放着活着时的躯壳，也安放着逝去的祖先的灵魂，如若弃之荒野，不只是所谓民俗文化的遗失，更是精神上的自绝。没了灵魂的居所，出门在外的人就找不到回家的路，就更加无所适从，已经有太多的人迷失在无所不至的繁华中，不是吗？这是航海带给自己的启迪，更是王船带来的震撼。

在如今的时代，遥远的民族记忆几乎淹没在整齐划一的普世价值中，然而，作为一个曾经在肉体和灵魂上都坚强无比的民族，我们需要找到来时的路，才能支撑我们走向更远……所以，在看似古老过时的宗庙祭奠的氛围里，却依然能够看到触动现代人心弦的力量。我们的心能感应到这种能量的牵扯，也可能这就是神明的力量。生命中总有一个时刻需要庄严、神圣的仪式存在，它恰能为我们标注不该被遗忘的不凡岁月！

船长心里更平静了，静得如同无风带上那镜面般的海水，能照到自己的影子……

　　小李辞职了。船长什么也没说，只点了点头。有人问船长，患难见真情啊，为什么面对收获的时刻，反而辞职了呢？

　　船长平静地答道："小李航海回来后有变化，他学会思考了……还有徐毅，其实他是一个有担当的男人……烙铁心态很好，懂得生活……祖扬是我们这里面最有想法的人，什么事跟他聊聊会很有收获……"

　　海上与陆地生活的交错反复后，船长似乎更能平静地看透这一切。

　　当船员上了岸，由水手再变回都市人时，所有人心里有了一片完全不同的疆域，世界还是那个世界，眼光却从此不同。一念黑暗、一念阳光，包括浪迹天涯的洒脱和骄傲、凯旋的荣宠和热闹……一切总会被时间冲淡，也只有当它淡到极处后，本真才会显现，抛去一切伪饰和繁华，才是一个航海者最终所得。

　　船长收到了一封 E-mail：郭川要从青岛出发环球去了。他将驾驶一艘 40 英尺的帆船"青岛号"进行单人不间断环球航行，挑战该级别帆船环球航行的世界纪录。船长强烈感受到了如自己起航前的那般兴奋。船长知道，为了此次环球航行，郭川已经准备了近 3 年，预计要连续航行 125 天。船长决定飞到青岛为郭川送行。这是航海界的一个不成文的规矩，也是航海界的"名人"惺惺相惜的默契，就如当年厦门号起航时，翟墨也是大老远赶来送行。

　　在未来 4 个多月的时间里，郭川将驾驶"青岛号"越过太平洋，绕过合恩角和好望角，穿越印度洋，最终回到青岛，全程不靠岸、无外援、无补给。这些熟悉的地名让船长感觉像两军对垒前战马的嘶鸣，他和郭川聊天时也简要说了某些航段有可能遇到的危险情况。

　　整装待发的郭川临行前对他妻子和两个儿子以及在场所有的朋友喊道："以我过去几年的比赛经验来看，这次航行一定不会一帆风顺的，但我已经做好了充分的准备。我能，我行，我可以！到不了的地方是远方，回得去的地方是故乡，所以没有远方，只有故乡，明年春暖花开的时候我一定会平安回来！"

　　郭川带着新的环球梦出发了，他扬起的不只是自己的帆，也是船长心中那个永不落下的帆。送行的人慢慢散去了,船长站在海边望着这片湛蓝的天与海,久久不愿离去。他想象着这起航带给郭川未知的生命的意义,这是不曾离开岸边的人永远无法参透的彼岸。

不知何时,一个海边戏耍的小男孩跑到船长旁边,调皮地用力踩踏海水,水花不小心溅到了船长——孩子回头看了看船长,见船长没恼怒,他胆子愈发大了起来,不但没道歉,又故意踏了一下溅在船长身上。

"你是谁家的孩子?"船长假装吓唬他。

"我是我家的孩子。"小孩毫不畏惧。

船长见吓唬无效,问道:"你喜欢在海边玩?"

"喜欢,我觉得这里是最好玩、最漂亮的海了。"

"那是因为你没见过更好玩、更漂亮的海。"船长故意挑衅。

小孩想了想船长的话,似乎不信,歪头问道:那你见过更好玩、更漂亮的海?"

"当然见过了。"

"在哪儿?"

"在环球航海的路上。"

"什么是环球航海?"

"就是驾着船去所有你想去的地方,当然也会被很多人看作是'最危险'的事情,但是我去了,还回来了,你说是不是很不可思议?"

"嗯……"小孩半懂不懂,但是很感兴趣。"那你不害怕吗?"小孩被听不太懂的话题吸引了。

"我不害怕,因为有一帮好弟兄在帮我。"

"那他们都很厉害吗?"

"他们啊,他们确实都很厉害,论细心周到我不如小李,论修理帆船我不如烙铁,论心态见识我不如祖扬,论理性逻辑我不如徐毅,呵呵……他们都算人中豪杰,但是他们都跟着我去航海了。"

"那你是船长了，是大英雄！"一听面前这位不起眼的老者竟是船长，小男孩肃然起敬。

船长笑了笑算是承认。

"你为什么那么喜欢航海？"男孩开始追问。

"因为生活要么是一场大胆的冒险，要么就什么都不是。"

小男孩半懂不懂地点点头："可妈妈说不让我出海，说不安全。"

"安全通常来自迷信。从本质上就不存在安全这种东西，人类也从未感受到安全。长远来说，一味的逃避并不会比直接面对更加安全。人生就是一场华丽的冒险，否则还有什么意义呢？"

"你说的这些话，好深奥，我不太懂。"

"这并不是我说的，是一个比你大不了几岁的澳大利亚小女孩说的。她之所以能说出这些话，是因为不惧冒险。"

"她叫什么？多大呢？"

"这个小女孩叫杰西卡·沃森，当年她独自环球航海时才16岁，她至今还是全球最年轻的航海者，很勇敢。"

"她是怎么去航海的呀？"小孩已经停止了一切玩耍的动作，傻傻地仰望着船长，等待着一个他感兴趣的故事的继续。

"她驾驶着她的'埃拉的粉色小姐'号从悉尼出发，210天不间断完全漂在海上。她独自经新西兰以北海域南下，绕过南美洲合恩角，横渡南大西洋，绕过非洲好望角，返回澳大利亚，环球航程2.3万海里，最后回到悉尼才是她全程第一次靠岸。7个多月中，这个小女孩独自与12米高的海浪抗争，独自忍受想念家人的辛苦，甚至还有很多人的批评、质疑。因为沃森出发前，不少反对者说她不够成熟，欠缺航海经验。"

"那她爸妈不反对吗？"

"不反对，沃森的父母特别支持女儿，他们认为自8岁起就开始海上航行的女儿早已做好准备了。"

"嗯……那我能航海吗?"小男孩被鼓舞了。

"你几岁?"船长看着他笑了笑。

"我 9 岁,虚岁都 10 岁了。"

"很多人都会觉得小孩没能力做成这类事情,但其实我们谁也不知道年轻人能做什么,当初全世界都不知道一个 16 岁的女孩能独自环球。"

"那个姐姐是英雄。"

"也有人这么说过她,你知道是谁吗?就是他们国家的总理。可你知道小女孩怎么回答的?"

小男孩摇摇头。

"她说,我没把自己视为英雄,我只是一个普通女孩,一个相信自己梦想的女孩。想做成一件令人震惊的事,你不必是一个特殊的人。"

小男孩仿佛听懂了似的点点头:"那她一个人在船上都玩什么呢?"

"她会把枕头搬出驾驶舱,在星光下像小猫一般打个盹;有时她早上一起来,就会发现甲板上躺着很多小鱿鱼,很明显是晚上跳上船后被黏住了,其中一条足有 25 厘米长;她还会一个人在船上过圣诞节,把自己的小船装扮得漂漂亮亮的……"

"真好玩,那……12 米的海浪她不害怕吗?"

"她说那有点像待在一个洗衣机里,那时她就跟自己聊天,很快又变得高兴起来。她还会默默倒数,离好望角还有 5450 海里。"

"哈哈,我天天听见洗衣机的轰隆声,我妈妈每天都洗衣服。"

"那你害怕吗?"

"那有什么好害怕的,我不怕。"

"那你也能航海。"

"喔……我也能航海了,我要去航海了……"小男孩张开双臂,围着船长欢快地奔跑，边跑边将海水肆意地溅在船长的身上、脸上。

船长站在浪花里笑，从未有过的开心的笑。

太阳已接近海平面，薄纱般的雾霭从海面上浮起，静静的海岸线无限延伸……只有船长一个人站在岸边，眺望着远方。白天的气息还没有完全散去，极富层次感的云彩已遍布整片蓝天——紫黛色的天宇露出一抹水红色的晚霞，霞光藏在云的身后，将体感极强的云彩极力地推到海面上。

船长无意中瞥见一抹彩霞，酷似一条飞扬着鳞爪、腾渊而起的潜龙，煞是好看。这条潜龙在蔚蓝与红霞交相辉映的天空中争分夺秒地变幻着色彩，同时也俯视着地球上的一切生灵……

（京）新登字 083 号

图书在版编目（CIP）数据

五缘湾，海知道：魏军和他的厦门号环球航海纪行／王春元著 .
—北京：中国青年出版社，2013.8
ISBN 978-7-5153-1851-6

Ⅰ . ①五… Ⅱ . ①王… Ⅲ . ①报告文学 – 中国 – 当代
Ⅳ . ① I25

中国版本图书馆 CIP 数据核字（2013）第 185767 号

责任编辑：侯群雄　　李　磊
装帧设计：瞿中华

出版发行：中国青年出版社
社址：北京东四 12 条 21 号
邮政编码：100708
网址：www.cyp.com.cn
编辑部电话：（010）57350401
门市部电话：（010）57350370
印刷：北京科信印刷有限公司
经销：新华书店

开本：700×1000　1/16
印张：19.5
字数：200 千字
印数：1-10000册
版次：2013 年 11 月北京第 1 版
印次：2013 年 11 月北京第 1 次印刷
定价：48.00 元

本图书如有印装质量问题，请凭购书发票与质检部联系调换
联系电话：（010）57350337